目　录

人依何为生　／ 001

哪儿有爱，哪儿就有上帝　／ 026

两个老人　／ 039

纵火容易灭火难　／ 062

蜡烛　／ 079

三位长老　／ 089

上帝知道真情，但不立即说出（纪实）　／ 097

教子　／ 107

一个人是否需要很多土地　／ 127

高加索的俘虏（纪实）　／ 143

趁有光，在光中走（古代基督徒的故事）　／ 172

假息票　／ 233

伊利亚斯　／ 305

魔高一尺，道高一丈　／ 310

小姑娘比大人聪明　／ 313

忏悔的罪人　／ 316

鸡蛋大的麦粒　／ 320

两兄弟和金币　／ 324

人依何为生

我们因为爱弟兄，就晓得是已经出生入死了。没有爱心的，仍住在死中。（《约翰一书》第3章第14节）

凡有世上财物的，看见弟兄穷乏，却塞住怜悯的心，爱神的心怎能存在他里面呢。（第3章第17节）

小子们哪，我们相爱，不要只在言语和舌头上，总要在行为和诚实上。（第3章第18节）

爱是从神来的。凡有爱心的，都是由神而生，并且认识神。（第4章第7节）

没有爱心的，就不认识神。因为神就是爱。（第4章第12节）

从来没有人看见过神。我们若彼此相爱，神就住在我们里面。（第4章第12节）

神就是爱。住在爱里面的，就是住在神里面，神也住在他里面。（第4章第16节）

人若说，我爱神，却恨他的弟兄，就是说谎的。不爱他所看见的弟兄，就不能爱没有看见的神。（第4章第20节）

一

从前有一个鞋匠，同妻儿们住在一间向农民租来的房子里。他没有自己的房子，也没有自己的土地，靠做鞋子养活一家人。粮食贵，手工贱，他挣的钱刚够糊口。鞋匠和他的妻子合穿一件皮袄，但就连这件皮袄，也已经穿得破烂不堪。鞋匠想买块羊皮做件新皮袄已经想了一年多了。

入秋前，鞋匠凑了点钱，一张三卢布的钞票放在妻子的箱子里，村里的农民还欠他五卢布二十戈比。

一天早晨，他准备到村里去买羊皮。吃过早饭以后，他在衬衣外面穿上妻子的土布棉袄，外面再套上一件呢袍，拿起一根棍子，就动身了。他想："我从农民那儿收回五卢布，再加上自己的三卢布，就能买块羊皮做新皮袄了。"

鞋匠走到村里，走进一个农民家，当家的不在，他的老婆不给钱，但答应一星期内叫丈夫把钱送去。鞋匠走到另外一个农民家，那个农民对天发誓，说他没钱，只给了二十戈比修靴子的钱。鞋匠想赊购一块羊皮，但卖羊皮的信不过他，不肯赊。

"带钱来，任你挑，"卖羊皮的说，"我可知道要账的滋味。"

鞋匠什么也没办成，只收到二十戈比修靴子的钱，另外从一个农民那儿带了双旧皮靴回来修。

鞋匠很泄气，把二十戈比买酒喝了，两手空空的往家走。从早晨起他就觉得很冷，但现在喝了酒，身上不穿皮袄也觉得暖烘烘的。他一手拿棍子敲着冰冻了的路面，一手晃着旧皮靴，边走边自言自语：

"我不穿皮袄也暖洋洋的。我喝了一杯，浑身发热。皮袄也用不着了。我走吧，忘掉那些倒霉的事。我这个人就是这样！我怕什么？没有皮袄我照样活。我一辈子也不要皮袄。不过我老婆会伤心的。说来也真倒霉，你给他干活，他却坑你。这回等着瞧吧，你不送钱来，我饶不了你，老天在上，我饶不了你。要不这算怎么回事？只给二十戈比！二十戈比能干什么？喝酒，只够喝酒！他说他穷。你穷，我就不穷吗？你有房子，有牲口，样样都有。而我呢，什么都没有。你有自己种的粮食，而我却要去买，不管情愿不情愿，一个星期得花三卢布去买面包。等我走到家，面包也吃完了，我还得掏一个半卢布去买。你还是把钱还给我吧。"

鞋匠就这样向拐弯处的小礼拜堂走去。忽然他瞧见在小礼拜堂边儿上有个发白的东西。天色已经发黑，鞋匠怎么也看不清那是什么。他想："是石头吗？那儿并没有石头。是牲口吗？不像是牲口。脑袋像人，不过白了点。如果是人，干吗待在这儿？"

鞋匠走近了些，现在看得清清楚楚了。怪事儿，真是个人，不知是死是活，光着身子靠在小礼拜堂的墙上。鞋匠害怕起来，心里想："准是有人把他杀了，扒了衣服扔在这儿。我再靠近他就脱不了干系了。"

鞋匠从他身边走过，只要走到小礼拜堂后面就看不见那个人了。他走过小礼拜堂以后，回头一看，发现那个人离开了墙壁在动弹，好像在仔细看着什么。鞋匠更加害怕了，心里想："我是走到他跟前去呢，还是离开他？到他跟前去会不会倒霉？谁知道他是什么人？他落到这儿来准没好事。如果我走到他跟前去，他跳起来掐住我的脖子，我就逃不脱了。即使他不掐我，也会把我缠住。他光着身子，我该拿他怎么办？总不能脱下我身上最后一件衣服给他吧。上帝保佑他吧！"于是鞋匠加快了脚步。他已经走到了小礼拜堂后面，但他的良心感到有愧了。

鞋匠在路上站住。

"谢缅，你怎么了？"他对自己说，"别人遭了难，快死了，你却这么胆小，想走开。难道你已经发财了，害怕别人抢你的财宝了吗？谢缅，这可不好！"

谢缅转身朝那个人走去。

二

谢缅走近那个人，仔细一看，发现他年轻力壮，身上看不到伤痕，看来他只是冻僵了或吓坏了。他靠墙坐着，不看谢缅，似乎身子很虚弱，连眼皮也抬不起来。谢缅走到他跟前，忽然那人好像清醒过来了，转过脸，睁开眼睛，看了谢缅一眼。这一眼就使谢缅喜欢上了他。谢缅把皮靴扔到地下，解开腰带放在皮靴上，然后脱下呢袍。

"来吧，别说废话，穿上吧！"他说。

谢缅抓住那人的胳膊肘儿，扶他起来。那人站起身来。谢缅发现他的皮肉细嫩，胳膊和腿都没断，脸蛋儿挺可爱。谢缅把呢袍披到他肩上，但他的手却伸不进袖管。谢缅帮他把手伸进袖管，掩上衣襟，系好腰带。

谢缅又把破帽子从头上摘下来，打算戴到那人头上，可是自己的头光着也很冷。他想："我的头全秃了，他却长着长长的卷发。"他又把帽子戴上了，"我最好把皮靴给他穿上。"

谢缅又让那人坐下，把旧皮靴给他穿上。

谢缅给他穿戴好以后说：

"行啦，老弟。你活动活动，暖暖身子。没有我们别人也能把事情搞清楚的。你能走吗？"

那人站了起来，讨人喜欢地看着谢缅，但却一句话也说不出。

"你干吗不说话啊？总不能在这儿过冬吧。得到有人家的地方去。喂，这是我的棍子，走不动就撑着一点。打起精神来!"

那人迈步走了起来，走得很轻松，一点也不落后。

他们沿着大路走着，谢缅问：

"你是哪里人？"

"我不是本地人。"

"本地人我都认识。那么，你是从哪儿来到这小礼拜堂边儿上的？"

"我不能说。"

"是有人欺侮你吧？"

"没人欺侮我。是上帝惩罚我。"

"那当然。上帝主宰一切。你总得找个地方待待啊。你到哪儿去好呢？"

"哪儿都一样。"

谢缅吃了一惊。那人不像个坏人，讲起话来轻声细语，就是不肯说自己从何而来。谢缅想："天下真是无奇不有。"于是他对那人说：

"好吧，那就到我家去，哪怕暖暖身子也好。"

谢缅向前走去，那人和他并肩而行，一步也不落后。起风了，风一直钻进谢缅的衬衣，他的醉意渐渐消失，身上觉得冷了。他一边走一边吸着鼻子，把妻子的棉袄裹紧在身上，心里想："唉，皮袄，出门为了做皮袄，回家的时候连呢袍也没穿的了，还带着一个光身子的人回来。玛特廖娜不骂我才怪呢!"一想到玛特廖娜，谢缅心里就发了愁。可是当他看到那个人，想起他靠在小礼拜堂墙上的情景，谢缅的心里又激动起来。

三

谢缅的妻子早早地就把家务活儿干好了。柴劈好了，水挑满了，孩子们喂饱了，她自己也吃过了，于是她开始想：该什么时候发面呢？今天还是明天？家里还剩一大块面包。

她想："如果谢缅在那边吃午饭，那么晚饭就吃不了多少，面包就还够明天吃。"

玛特廖娜把那块面包在手里翻了又翻，心想："我今天不发面了。剩下的面粉只够做一次面包，得熬到星期五。"

玛特廖娜把面包收起来，坐到桌边开始给丈夫补衬衣。她一边补一边想象着丈夫怎样去买做皮袄的羊皮。

"卖羊皮的可别骗了他。我男人太老实。他自己从不骗人，可小孩也能把他骗了。八卢布不是笔小钱，能做一件好皮袄了。即使不是熟皮，总是一件皮袄。去年冬天没有皮袄真难熬啊！不能下河边，哪儿也不能去。他一出门，就把衣服全穿走。我就没衣服好穿了。他今天出门不算早，但也应该回来了，我的宝贝该不会去喝酒了吧？"

玛特廖娜刚想到这儿，台阶上就响起了脚步声，有人进来了。玛特廖娜把针一插，走到穿堂里。她看见进来两个人：谢缅和一个没戴帽子、脚穿皮靴的男人。

玛特廖娜立刻闻出丈夫身上的酒味儿。"唉，真的喝酒了。"再一看他没穿呢袍，只穿着一件棉袄，两手空空，而且一声不响，扭扭捏捏的，她的心沉了下去。"他把钱都喝光，跟这么个人浪荡鬼混，还把他带回家来。"

玛特廖娜让他们进了屋，自己也走进屋子，她发现这个陌生人年纪很轻，有点瘦，身上穿着他们家的呢袍，呢袍下面没穿衬衣，头上没戴帽子。他进来以后就站在那儿一动也不动，连眼皮也不抬，玛特廖娜心想：不是个好人，她害怕。

玛特廖娜皱着眉头退到炉台旁边，看看他们究竟要干什么。

谢缅摘下帽子在板凳上坐下，像个正派人。

"喂，玛特廖娜，"他说，"准备晚饭吧。"

玛特廖娜咕哝了一句，站在炉边一动也不动。她看看谢缅，又看看那个人，只是摇头。谢缅看出妻子不高兴，但也没办法。他装出没看到的样子，拉起陌生人的手。

"坐吧，老弟。"他说，"咱们就吃晚饭。"

陌生人在板凳上坐了下来。

"怎么，饭还没做？"

玛特廖娜来火了。

"饭倒是做了，但没你的份儿。我看你已经喝昏头了。出去买羊皮，回来时连呢袍也不穿了，还带回一个光着身子的流浪汉。我这儿没有晚饭给你们这些酒鬼吃。"

"玛特廖娜，别唠唠叨叨的，你先得问问他是什么人……"

"你说说，钱到哪儿去了？"

谢缅把手伸进呢袍的口袋，掏出一张钞票，把它展开。

"钱在这儿，特里丰诺夫没还钱，答应明天还。"

玛特廖娜更来火了：羊皮没买，把家里仅有的一件呢袍子给一个流浪汉穿，还把他带回家来。

她把钞票从桌上一把抓过来藏进口袋，说：

"我这儿没饭吃。你总不能养活所有光身子的酒鬼吧。"

"唉，玛特廖娜，嘴上积点德啊！你先听我说……"

"我听够了，你这醉鬼，傻瓜！我本来就不想嫁给你这个醉鬼。我娘给我的麻布让你喝掉了，出去买羊皮，又把钱喝掉了。"

谢缅想对妻子解释他只喝掉二十戈比，他想告诉妻子他是在哪儿发现这个人的，但妻子不让他插嘴，东拉西扯，连十年前的事也翻了出来。

玛特廖娜说着说着就跳到谢缅面前，揪住他的衣袖。

"把我的棉袄还给我，我只剩下这一件了，你还把它抢走穿到自己身上。拿来，麻脸的公狗，天杀的。"

谢缅开始脱身上的棉袄，他刚把一只袖子脱下来，他妻子一拽，棉袄就撕破了。玛特廖娜抓过棉袄，往头上一套，就去开门，想出去，但又站住了，她拿不定主意。她既想发一顿脾气，又想知道他到底是什么人。

四

玛特廖娜在门边站住，说：

"如果他是好人就不会光着身子，连件衬衣也不穿。如果你干的是正经事，你就应该告诉我，你从哪儿弄来这个浪荡鬼。"

"我告诉你吧，我在路上看到这个人，他光着身子靠在小礼拜堂的墙上，都冻僵了。又不是夏天，却光着身子。上帝把我带到他面前，不然他就完了。唉，怎么办呢？天底下什么样的事儿没有啊！我就给他穿上衣服，把他带回来了。你消消气吧。罪过啊，玛特廖娜，我们将来都要死的。"

玛特廖娜本想骂谢缅一顿，但她看了陌生人一眼就不作声了。陌生人坐在板凳边上一动也不动，他的手放在膝上，头垂在胸前，双眼闭着，眉头紧皱，好像透不过气来似的。玛特廖娜一声不吭。于是谢缅说：

"玛特廖娜，难道你心里就没有上帝吗？"

玛特廖娜听了这话，再看看那个陌生人，她的气忽然消了。她从门边回到灶台跟前，端出了晚饭。她在桌上放了一只碗，倒了满满一碗格瓦斯①，又把最后一块面包也摆到桌上，再摆上一把刀子和两把勺子。

"吃吧。"她说。

谢缅推了推陌生人，说：

"来吧，小伙子。"

谢缅把面包切开，弄碎以后就吃了起来。玛特廖娜在桌子的一角坐下，用手撑着下巴，看着陌生人。

玛特廖娜开始可怜这个陌生人，而且有点喜欢他了。陌生人也忽然高兴起来，不再皱着眉头，抬起眼看着玛特廖娜，对她笑了笑。

他们吃好晚饭，玛特廖娜也收拾完了，就开始问陌生人：

"你是哪儿人？"

"我不是本地人。"

"你怎么待在大路上呢？"

"我不能说。"

---

①　一种用麦芽或面包屑制成的清凉饮料。——译者

"谁抢你了?"

"上帝惩罚我。"

"你就这样光着身子躺着?"

"我就光着身子躺着,冻坏了。谢缅看见了我,他可怜我,把袍子脱下来给我穿,把我带到这儿来了。在这儿,你给我吃,给我喝,可怜我。上帝保佑你们!"

玛特廖娜站起身,从窗台上拿起一件谢缅的旧衬衫,就是刚才缝的一件,递给陌生人。她还找了两条包脚布给他。

"拿去吧,我看你连衬衫也没有。穿上它,想睡哪儿就睡哪儿。高柜上、炉台上都行。"

陌生人脱下呢袍,穿上衬衣,裹好包脚布,躺到了高柜上。玛特廖娜熄了灯,拿起呢袍,也躺到丈夫身边去了。

玛特廖娜用呢袍的下摆盖住身子,躺在床上睡不着,心里一直在琢磨那个陌生人。

她想到最后一块面包已经给他吃了,明天没有面包了,又想到衬衫和包脚布也给了他,她心里难过,但一想到陌生人刚才的微笑,她的心里又激动起来。

玛特廖娜久久不能入睡,她听出谢缅也没有睡着,感觉到他在把袍子往他那边拉。

"谢缅!"

"嗯。"

"面包吃完了,我又没发面。我不知道明天该怎么办。得上亲家玛拉妮娅那儿借一点。"

"咱们能活下去,能吃饱肚子。"

玛特廖娜躺着,沉默了一会儿。

"这人像是个好人，不过他为什么不肯说自己是从哪儿来的呢？"

"想必是不能说。"

"谢缅！"

"嗯！"

"咱们给别人东西，可怎么没别人给咱们啊？"

谢缅不知道该怎么回答，只说了句"又唠叨了"，就转过身睡了。

五

早晨谢缅醒来的时候，孩子们还睡着，妻子到邻居家借面包去了。昨天来的陌生人穿着衬衣，裹着旧包脚布，一个人坐在板凳上，眼睛朝天看着。他的脸色比昨天好多了。

谢缅说：

"喂，好小伙子，肚子要吃，身上要穿，你得能养活自己。你会干活吗？"

"我什么活也不会干。"

谢缅吃了一惊，又说：

"只要肯学，什么事都能学会。"

"别人都干活，我也要干活。"

"你叫什么名字？"

"米哈伊尔。"

"米哈伊尔，你不想说你是从哪儿来的，那是你的事，但你得养活自己。你照我吩咐的去干，我给你饭吃。"

"上帝保佑你，我一定学。你吩咐吧。我干。"

谢缅拿了根麻线，绕在手指上打了个结。

"这不难，你瞧……"

米哈伊尔看了一遍，也把麻线绕在手指上打了个结。

谢缅又做给他看怎样上蜡，米哈伊尔也立刻明白了。谢缅再教他怎样穿鬃线、怎样上靴子，米哈伊尔都立刻就学会了。

无论谢缅教他干什么，他都立刻就会，到第三天他缝起靴子来就像已经缝了一辈子靴子似的。他不停地干活，吃得很少，休息的时候也总是一声不响地看着天。他不上街，不多话，不说笑话，也不笑。

他只露出过一次微笑，就是第一天晚上，当谢缅的妻子给他端上晚饭的时候。

六

一天又一天，一星期又一星期，快一年了，米哈伊尔仍旧在谢缅家干活。谢缅的这个雇工的名声传开了，谁做的靴子都没他做的靴子漂亮、结实。附近的人都来找谢缅做靴子，谢缅的收入越来越多了。

冬季里的一天，谢缅正和米哈伊尔坐着在干活，一辆三套马车响着铃铛来到屋前。他俩朝窗外一看，一辆马车停在屋前，一个小伙子从车夫座上跳下来，打开车门。车厢里下来一位穿皮大衣的老爷。他下车以后就朝谢缅的屋子走来，上了台阶。玛特廖娜连忙把门打开。老爷弯下腰走进屋子，然后挺直身子，头几乎碰到了天花板，人占了整个儿一个屋角。

谢缅站起身，向老爷鞠了躬，惊讶地看着老爷。他从没见过这样的人。谢缅自己是个干瘦的人，米哈伊尔也很瘦削，玛特廖娜则干瘪得像片木板，而这位老爷却好像是从另外一个世界来的：红润润的脸油光油亮，脖子粗得像公牛一样，整个身子像铁打的。

老爷喘了一口气，脱下皮大衣，坐到板凳上，问：

"谁是做鞋的老板？"

谢缅上前一步，说：

"我，大人。"

老爷便对自己的仆人喊道：

"喂，费季卡，把货拿到这儿来。"

仆人跑出去，拿来一个包裹。老爷接过包裹，放到桌上。

"解开。"老爷说。仆人解开了包裹。

老爷用手指戳了戳包裹里的皮子，对谢缅说：

"嘿，你听着，鞋匠。你看到这货了吗？"

"看见了，大人。"鞋匠说。

"你知道这是什么货吗？"

谢缅摸了摸皮子，说：

"好货。"

"哼，好货！你这个傻瓜，还没见过这样的货吧？这是德国货，值二十卢布。"

谢缅有点害怕了，说：

"咱们哪儿见过啊！"

"那当然。你能用这块皮子给我缝双靴子吗？"

"能啊，大人。"

"什么'能啊'！你要明白，你是用什么皮子给谁做靴子。你得给我做一双这样的靴子，要穿一年也不变形、不脱线。你要能做，就把皮子拿去裁；不能做，就别拿去裁。我把话说在前头，如果不到一年靴子脱了线、变了形，我可要叫你坐牢的。如果穿了一年不脱线、不变形，我就给你十卢布工钱。"

谢缅害怕了，不知道说什么好。他看了米哈伊尔一眼，用胳膊肘碰碰他，低声说：

"接吗?"

米哈伊尔点点头，说："接活儿吧。"

谢缅听从了米哈伊尔，决定做这种靴子，要一年不脱线、不变形。

老爷叫仆人把他左脚上的靴子脱了，把脚伸了出来。

"量尺寸!"

谢缅缝了一张十俄寸长的纸，弄平了，跪到地下，用围裙把手好好擦了擦，恐怕弄脏了老爷的袜子，然后开始量尺寸。谢缅量了脚掌、脚背，又去量小腿肚，但纸不够。小腿肚粗得像根圆木。

"当心点，别把靴筒做小了。"

谢缅再缝上一张纸。老爷坐着，脚趾头在袜子里动来动去，一边打量着屋里的人，他发现了米哈伊尔。

"这是你的什么人?

"他是我的靴匠，靴子就是他做。"

"留心点，"老爷对米哈伊尔说，"记住，要一年穿不坏。"

谢缅回头看看米哈伊尔，发现他的眼睛并不在看老爷，而是盯着老爷背后的屋角，好像在仔细打量什么人。他看着看着，脸上忽然露出了微笑，显得高兴起来。

"你这个傻瓜笑什么? 你最好当心点，要按时做好。"

米哈伊尔说：

"到时候包给您做好。"

"这就对了。"

老爷穿上靴子和大衣，掩上衣襟，向门口走去。他忘了弯腰，脑袋在门框上碰了一下。

老爷骂了几句，揉揉自己的脑袋，坐上马车走了。

老爷走后，谢缅说：

"这人壮实得像块石头，你用棍子甭想打死他。门框都给他撞坏了，他好像不疼似的。"

玛特廖娜说：

"像他这样的大人物过的都是快活日子，死神也请不走这样的大人物。"

七

谢缅对米哈伊尔说：

"活儿我们是接了，可别惹出祸来。皮子贵重，老爷又凶。千万别出娄子。你的眼睛比我好，手也比我巧，把尺寸拿去，你裁料，靴面我来缝。"

米哈伊尔没有反对，他拿起老爷送来的皮子，摊在桌上，对折起来，拿起刀就裁。

玛特廖娜走过来看米哈伊尔怎样裁。米哈伊尔的做法使她感到奇怪。玛特廖娜对做靴子也很熟悉，她发现米哈伊尔没有按做靴子的方法去裁料，而是裁了两片圆料。

玛特廖娜本来想说，可她又想："也许我还不明白该怎样给老爷缝靴子吧，也许米哈伊尔比我懂，我还是别多嘴吧。"

米哈伊尔裁好两只鞋料，拿起一根线缝起来，他不是像缝靴子那样用两根线缝，而只用一根线缝，像做便鞋一样。

玛特廖娜对这一点也很惊奇，但仍然没有插嘴。米哈伊尔继续缝着。到了中午，谢缅站起身一看，米哈伊尔用老爷送来的皮子缝了一双便鞋。

谢缅惊叫了一声。他心里想："米哈伊尔在我这儿干了整整一年了，从来没出过任何差错，今天怎么闯下这样的大祸？老爷定做的是有缘条的靴子，而他却做了一双不掌后跟的便鞋，把皮子都糟蹋了。这回我怎么向老爷交代啊？到哪儿去找得到这样的料子？"

于是他对米哈伊尔说：

"你这是干什么呀，亲爱的，你可要了我的命啦！老爷定做的是靴子，你缝的是什么？"

他的话刚讲完，门环响了，有人敲门。他俩朝窗外一看：一个骑马的人来到门口，正在拴马。他俩打开门，那个老爷的仆人走了进来。

"你们好！"

"你好！你要什么？"

"太太派我来谈靴子的事。"

"靴子要怎么样？"

"靴子不要怎么样了！老爷不需要靴子了。他已经命归西天啦！"

"你说什么？"

"他从你们这儿出去，还没到家就死在马车里。马车到家以后，我们去扶他下车，他像个蒲包似的倒在车里，身子已经僵硬了，我们费了好大的劲儿才把他从车里拖出来。太太对我说：'你去告诉鞋匠，老爷本来要定做双靴子，皮子也给了，现在不需要了，你对鞋匠说，赶快用那块皮子给老爷缝双便鞋。你等着，等鞋一缝好，你就把它拿回来。'所以我就来了。"

米哈伊尔从桌上拿起剩下的料卷成一卷，再把两只做好的便鞋互相拍了拍，又用围裙擦了擦，递给了那个仆人。仆人接过便鞋，说：

"再见，老板！祝你好运！"

八

一年、两年过去了，米哈伊尔在谢缅家已经第六年了。他仍旧像以前一样哪儿也不去，不多说话。这些年来他只笑过两次：第一次是谢缅的妻子给他端上晚饭的时候，第二次是他看着那位老爷的时候。谢缅对自己的雇工喜爱极了，再也不问他的来历，只怕他走掉。

有一天，他们都在家。女主人正把铁锅放到炉灶上，孩子们在板凳边跑来跑去，有人朝窗户里张望。谢缅正在一扇窗户下面缝靴子，米哈伊尔在另一扇窗户下面钉鞋跟。

一个男孩从板凳边跑到米哈伊尔身旁，靠在他肩上朝窗外看。"米哈伊尔叔叔，你瞧，一个大妈带着两个小姑娘好像是到我们家来了。有个小姑娘还是个瘸子。"

小男孩刚说完，米哈伊尔就放下手上的活儿，转过脸朝窗外街上张望。

谢缅感到惊奇。米哈伊尔以前从不朝窗外张望，但现在却趴到窗上不知在看什么。谢缅也朝窗外看去，他看见的确有个女人朝他们家走来，她穿得干干净净，两手各牵着一个穿皮袄、戴呢头巾的小姑娘。两个小姑娘长得一模一样，简直没法儿区分。只是其中一个的左腿有毛病，走路一瘸一拐的。

那个女人上了台阶，走进穿堂，摸到房门口，抓住把手推开了门。她让两个小姑娘走在前头，自己也跟着进了屋。

"你好，老板！"

"请坐。有什么事啊？"

女人在桌边坐下。两个小姑娘靠在她的膝头，好奇地望着屋里的人。

"我想给两个小丫头做两双春天穿的皮鞋。"

"行啊。我们还没做过这么小的皮鞋。不过肯定行。正绱、反绱都行。我们的米哈伊尔是个能手。"

谢缅回头看看米哈伊尔，发现他扔下手上的活儿，坐在那儿目不转睛地看着两个小姑娘。

谢缅对米哈伊尔的样子感到惊奇。他想：不错，两个小姑娘是挺漂亮，胖乎乎的，脸蛋儿红润润的，身上的小皮袄和小头巾都挺漂亮。他不明白的是，米哈伊尔看着她们的神情像是认识她们。

谢缅心里感到奇怪，然后他开始和那个女人谈生意。讲好价钱以后，准备量尺寸了，女人把那个瘸腿的小姑娘抱到膝上，说：

"这个孩子得量两个尺寸，有毛病的脚做一只鞋，没毛病的那只脚你缝三只鞋。她俩的脚一模一样大，她俩是双胞胎。"

谢缅量好尺寸，指着瘸腿的小姑娘说：

"她怎么会变成这样的？多好看的小姑娘。生下来就这样吗？"

"不，是给她们的娘压的。"

玛特廖娜走了进来，她想知道这个女人是什么人，孩子是谁的，她问：

"难道你不是她们的娘？"

"老板娘，我不是她俩的亲娘，也不是亲戚，她俩是别人生的，是我的养女。"

"不是亲生的，可你真疼她们！"

"怎么能不疼呢，她俩都是吃我的奶长大的。我本来有个男孩，给上帝带走了，我对那男孩还不如对她们俩这么疼。"

"那么她们俩是谁的孩子呢？"

九

那女人就开始讲起来：

"那是五六年前的事了，"她说。"这两个女孩在一个礼拜之间就忽然成了孤儿：礼拜二埋了爹，礼拜五死了妈。爹死了三天以后，妈生下她们，不到一天，妈也死了。当时我和我男人还在种田，和他们家是邻居，墙靠着墙。这两个孩子的爹是自立门户的，在林子里干活。有一天，一棵树放倒的时候正好压在他身上，五脏六腑都压出来了。刚抬到家就死了。就在那个星期他的老婆生下一对双胞胎，就是这两个女孩。又穷，又孤单，没有婆婆，也没有小姑子，就她一个人。她孤零零地生下孩子，又孤零零地死了。

"第二天早晨我过去看看，我走进屋子，那可怜的女人已经僵硬了。她死的时候压在这个小姑娘身上，就这一压，把她的一条腿给压瘸了。大家都来了，给那女人洗干净身子，做了口棺材，把她埋了。大家都是好人哪！两个孩子没爹没妈，怎么办呢？婆娘们中间只有我在奶孩子，我生头胎那个男孩才八个礼拜。我就把她们暂时抱回了家。男人们聚在一起商量了半天，该拿她们怎么办。后来他们对我说：'玛丽亚，你暂时先养着这两个丫头，给我们一些时间，我们再想想办法。'我先喂了那个腿好的，这个瘸腿的我没喂：我没指望她能活。可是后来我发现这个可怜的小东西有点僵僵的，我开始可怜她了，给她也喂了奶。我自己的一个，再加上这两个，我要奶三个孩子！那时候我年轻力壮，吃得又好。上帝给我的奶水多得直往外流。我总是先喂两个，第三个就等着。等一个吃饱了，再把第三个抱起来。上帝让我把这两个孩子养大了，而我自己的孩子第二年却死了。以后上帝再也没有给我孩子，但收入变多了。现在我们在一个商人的磨坊里干活，工钱挺多，日子过得挺好。就是没再生孩子。如果没有这两个小姑娘，我一个人日子怎么过啊！我怎么能不喜欢她们！她们是我的命根子！"

那女人用一只手抱紧瘸腿的小姑娘，另一只手抹着脸上的泪水。

玛特廖娜叹了口气，说：

"是啊，俗话讲得一点不错，没有爹娘能活，没有上帝不能活。"

她们聊了一会儿，那女人站起身要走，主人送她出去的时候看了米哈伊尔一眼。米哈伊尔坐着，双手交叉放在膝盖上，望着天在微笑。

十

谢缅走到他面前问：你怎么啦，米哈伊尔？

米哈伊尔从板凳上站起来，放下活儿，解开围裙，向男主人和女主人鞠了一躬，说：

"请主人原谅。上帝已经宽恕了我，请你们也原谅我。"

主人看到米哈伊尔全身在发光。谢缅站起来，对米哈伊尔鞠了一躬，说："米哈伊尔，我看出来了，你不是凡人，我不能留你，也不能问你。只是请你告诉我一点：为什么我发现你，带你回家时，你一直闷闷不乐，而当我老婆给你端来晚饭时，你对她笑了一下，从此以后，你就高兴了些？为什么那位老爷来定做靴子的时候，你笑了第二次，从那以后，你就更高兴了？为什么刚才那个女人带两个小姑娘来，你笑了第三次，而且变得完全高兴了？米哈伊尔，你告诉我，为什么你身上发光？为什么你笑了三次？"

米哈伊尔说：

"我身上发光是因为上帝本来惩罚我，而现在已经宽恕了我。我笑三次是因为我必须知道上帝的三个道理，现在我已经知道了。你妻子可怜我的时候，我知道了第一个道理，因此我第一次笑了。那有钱人来定做靴子的时候，我知道了第二个道理，我第二次笑了。刚才我看见那两个小姑娘，我知道了第三个，也就是最后一个道理，因此我笑了第三次。"

谢缅说：

"米哈伊尔，请你告诉我，上帝为什么惩罚你，上帝的那些道理又是什么，好让我知道。"

米哈伊尔说：

"上帝惩罚我是因为我不服从他的命令。我本是天上的天使，但是违背了上帝的命令。

"我本是天上的天使，上帝派我去取一个女人的灵魂。我飞降到地上，看见一个女人躺在床上，她病了，她刚生下一对双胞胎，两个女孩。两个小女孩在母亲身边蠕动，母亲无力抱她们喂奶。那女人看见我就知道是上帝派我来取她的灵魂，她哭了，说：'天使啊！我男人刚死，是在林子里给树压死的。我没有姐妹，没有姑妈，也没有奶奶，没人帮我把孩子带大。你别取我的灵魂，让我把两个孩子扶养成人吧！孩子没爹没娘没法活啊！'我听从了她的话，把一个女孩放在她胸前，另一个让她搂着，然后我就飞回天上。我飞到上帝面前说：'我不能取那个产妇的灵魂。她丈夫给树压死了，她又生了一对双胞胎，她求我别取她的灵魂，她说：让我把两个孩子扶养成人吧，孩子没爹没娘没法活啊。我就没取那个产妇的灵魂。'上帝说：'你去取那个产妇的灵魂，然后你要去弄明白三个道理：人的心里有什么，人不能知道什么，人依何为生。等你知道了这三个道理，再回到天上来。'于是我又飞到地上，取走了那个产妇的灵魂。

"两个婴儿从母亲怀里滚落到床上，母亲的身体倒到床上的时候压在一个小女孩身上，压坏了她的一条腿。我升到村子上空，准备把灵魂带给上帝，可是一股风卷住了我，我的翅膀断落了，那个灵魂独自飞往上帝那儿，我却摔落到地上，落在大路旁。"

十一

于是谢缅和玛特廖娜明白了，穿他们的衣服、吃他们的饭、和他们生活在一起的是什么人，他们又是害怕又是高兴，流出了眼泪。

天使接着说：

"我一个人落在田野里，光着身子。以前我不知道人类的需要，我不知道饥饿，也不知道寒冷。现在我变成一个人了，我又饿又冷，不知道该怎么办。我看见田野里有座为上帝造的小礼拜堂，我就走过去，想到里面躲一躲。小礼拜堂的门锁着，我进不去。于是我坐到小礼拜堂背后去避风。天快黑了，我饿坏了，冻僵了，整个儿不行了。忽然我听见路上来了一个人，他背着一双靴子，还在自言自语。我变成人以后是第一次看见凡人的脸，我害怕这张脸，就转过身去不看他。我听见这人在自言自语地说着冬天他该穿什么衣服御寒，他怎样设法养活妻子和孩子。我想：'我又冷又饿，快要死了，而这个人却只想着怎样弄一件皮袄给他和妻子御寒，怎样弄到面包来养活一家人。他不会帮助我的。'这个人看见了我，皱着眉头，样子变得更加可怕，从我身边走过。我绝望了。忽然我听见他又转回来。我抬头一看，简直认不出原先那个人了：他脸上本来只有死气，现在忽然有了生气，在他脸上我认出了上帝。他走到我面前，给我穿衣服，把我带到他自己家里。我来到他的家里，一个女人迎上来开始讲话。这女人比那男人更可怕，一股死气从她的嘴里冲出来，死气的恶臭使我喘不过气来。她想把我赶到冰冷的屋子外面去，我知道，如果她把我赶出去，她将会死的。忽然，她丈夫对她提到上帝，那女人立刻就变了。当她给我们端来晚饭的时候，她看着我，我看了她一眼，发现她身上的死气没有了，她充满了生气，我在她身上认出了上帝。

"于是我想起了上帝说的第一句话：'你要弄明白，人的心里有什么。'我知道了人的心里有爱。我很高兴，因为上帝已经开始向我揭示他答应向我揭示的东西，我第一次笑了。但是我还没有完全明白。我还不知道：人不能知道什么，人依何为生。

"我在你们家住了下来，住了一年。有个人来定做一双靴子，要穿一年不坏、不变形、不开裂。我看了他一眼，忽然发现我的朋友、死亡天使站在他的背后。除了我以外，谁也看不见这位天使。但我认识他，并且知道太阳落山以前，这个有钱人的灵魂就要被取走了。于是我想：这人要给自己准备一双能穿一年的靴子，但他不知道他活不到今天晚上。'我想起了上帝说的第二句话：'你要弄明白，人不能知道什么。'

"人的心里有什么，我已经知道了。现在我又知道了，人不能知道什么。那就是人不能知道他们的肉体需要什么。于是我笑了第二次。我感到高兴，因为我看到了我的天使朋友，也因为上帝对我揭示了第二个道理。

"但是我还没有完全明白。我还不明白，人依何为生。于是我继续住在你们家，等待上帝向我揭示最后一个道理。第六年来了一个女人和两个小姑娘，我认出了这两个小姑娘，我知道她们是怎样活下来的。于是我想：'当那位母亲为了孩子向我求情的时候，我相信了她。我以为孩子没爹没娘没法活下去，结果别的女人把她们抚养大了。'当那个女人疼爱别人的孩子，并且流下了眼泪的时候，我在她的身上看到了真正的上帝，我明白了人依何为生。我知道上帝向我揭示了最后一个道理，而且已经宽恕了我，所以我笑了第三次。"

十二

天使的身体裸露出来，全身光芒四射，肉眼不能看他。他开始用一种更洪亮的声音讲话，这声音仿佛不是来自他的体内，而是来自天上。天使说：

"我知道了，人活着不是靠对自己的关心，而是靠爱。

"那位母亲不能知道，她的孩子需要什么才能活下去。那位有钱人也不能知道，他自己到底需要什么。没有一个人能知道，天黑以前他需要的是一双活人穿的皮靴还是一双死人用的便鞋。

"当我变成一个人的时候，我不是靠自己关心自己活下来的，而是靠爱，靠那个过路人和他的妻子心中的爱，他们怜悯我，爱我。那两个孤女能活下来也是靠另一个女人心中的爱，她怜悯她们，爱她们。所有的人活着都不是靠他们自己关心自己，而是靠人们心中的爱。

"以前我也知道，是上帝给了人生命，要人活着。现在我明白了更多的东西。

"我明白了，上帝不愿意人们各人只顾各人地过日子，所以他不让人们知道，每一个人只为了自己需要什么。上帝要人们共同生活，所以让他们知道，为了自己，也为了大家，他们需要什么。

"现在我明白了，人们以为自己只是靠对自己的关心活着的，其实他们完全是靠爱活着的。谁生活在爱里，谁就住在上帝里面，上帝也住在他里面，因为上帝就是爱。"

于是天使唱起了赞美上帝的颂歌，他的歌声震动了木屋。天花板裂开了，一根火柱从地上升到天上。谢缅和他的妻儿匍匐到地上。天使的背上伸出一对翅膀，他升上天去了。当谢缅清醒过来时，木屋还和过去一样，木屋里除了他们一家人以外，没有任何其他的人。

1881 年

哪儿有爱，哪儿就有上帝

从前城里有个靴匠，名叫马丁·阿夫杰伊奇。他住在一间只有一扇窗户的地下室里。窗户朝着大街，从里面可以看见街上来往的行人，虽然只能看见他们的脚，但马丁凭脚上的靴子就能认出是什么人。马丁在这个地方住了很久，认识很多人。附近几乎没有一双靴子没经过他的手一次两次的。有的要钉鞋掌，有的要打补丁，有的要缝线，还有的要换新靴面。他从窗户里经常可以看见从他手里出去的活儿。马丁的活儿很多，因为他做得结实、用料好，价钱公道，又讲信用。到期能交货他才接活，如果不能，他就把话说在前头，从不骗人。大家都了解马丁的为人，因此他的活儿总是做不完。马丁一向是个好人，年纪大了更关心自己的灵魂，与上帝更接近了。当马丁还在老板家干活的时候，他的妻子就死了，留下一个三岁的儿子。他们的孩子总是活不长，以前他们生的几个孩子都死了。起初马丁想把儿子送到乡下妹妹家去，后来又觉得不忍心，他想："我的宝贝在别人家长不好，还是把他留在身边吧。"马丁不在老板那儿干活了，他租了一间房子，带着小儿子过日子。上帝不让马丁享受有孩子的幸福。孩子刚长大一点儿，能帮帮父亲了，他高兴得不得了，但孩子却突然一病不起。孩子发了一个星期的高烧后死去。马丁埋葬了儿子，绝望极了，以致埋怨起上帝来。马丁是那么伤心，他不止一次地求上帝让他死，责备上帝不把他这个老头子召去，而把他心爱的独子带走了。马丁不再去教堂。有一次，有个年老的同乡从圣三一修道院回来顺便来到马丁家，他在外面云游已经第八年了。马丁和他聊天，向他诉说自己的痛苦：

"圣人，我不想再活了，我只想死。我对上帝只有这一个要求。我现在完全绝望了。"

老人对他说：

"马丁，你这话说得不好，咱们不能议论上帝的事。那不是我们所能懂的，只有上帝才能决定。上帝要你的儿子归天而要你活着，就是说，这样更好。你感到绝望是因为你只为自己的快乐而活着。"

"那么，应该为什么而活着呢？"马丁问。

老人说：

"应该为上帝活着，马丁。他给了你生命，应该为他活着。当你为他活着的时候，你就什么也不愁了，你会觉得一身轻松。"

马丁沉默了一会儿，又问：

"那么，应当怎样为上帝活着呢？"

老人又说：

"应该怎样为上帝活着，基督已经向我们指明了。你识字吗？去买本《福音书》来读，从那里面你就会知道，应该怎样为上帝而活着。那里面一切都讲得清清楚楚。"

马丁把这些话牢记在心里。当天他就去买了本大号字的《新约全书》，开始读起来。

马丁本来只打算在节日里读，但他一开始读，就觉得心情变好了，于是他就每天读。有时他读到灯油点干了还舍不得放下。马丁就这样每天晚上读。他读得越多就越明白，上帝要他做什么，应该怎样为上帝活着，他的心情也越来越好。以前他躺下睡觉的时候常常唉声叹气，总是想念他那死去的儿子，而现在却只是念着："圣哉我主！圣哉我主！遵从您的旨意。"从此，马丁的整个生活都改变了。以前，逢到节日他常常到小酒馆喝上一杯茶，有时也来一点酒。他经常和熟人一起喝酒，虽然不至于喝醉，但从小酒馆里出来时总是兴奋得很，讲许多废话，对别人又叫又骂。现在他再也不这样了。他安安静静、快快乐乐地过日子，早晨起来干活，干完一天的活，晚上从钩子上把油灯取下，放到桌上，再从搁板上把《福音书》拿下，摊开，坐下来读。他读得越多，就懂得越多，心里也就越亮堂、越快乐。有一天，马丁读书读到很晚。他读的是《路加福音》。他读到第六章，读到这样一段："有人打你这边的脸，连那边的脸也由他打。有人夺你的外衣，连里衣也由他拿去。凡求你的，就给他。有人夺你的东西去，不用再要回来。你们愿意人怎样待你们，你们也要怎样待人。"

他继续往下读，在那一章里，主还说：

"你们为什么称呼我主啊、主啊，却不遵我的话行呢？凡到我这里来，听见我的话就去行的，我要告诉你们他像什么人。他像一个人盖房子，深深地挖地，把根基安在磐石上。到发大水的时候，水冲那房子，房子总不能摇动，因为根基安在磐石上。唯有听见不去行的，就像一个人在土地上盖房子，没有根基；水一冲，随即倒塌了，并且那房子坏得很大。"马丁读到这些话，他心里很快乐。他摘下眼镜，放在书上，把胳膊肘撑在桌上，开始沉思起来。他用这些话衡量自己的生活，心里想：

"我的房子是盖在磐石上呢，还是盖在沙子上？如果在磐石上，那就好。就是一个人坐着也觉得轻松，上帝吩咐什么，就做什么。如果你放松自己，你就会犯罪。我一定要坚持下去。像现在这样真好。主啊，求你帮助我！"

他这样想了一会儿以后，准备躺下睡觉，可他又舍不得放下书。他便又开始读第七章。他读到一个百夫长的故事，一个寡妇的儿子的故事，读到耶稣回答约翰的门徒的话，一直读到一个有钱的法利赛人请耶稣到家里做客，一个有罪的女人用香膏抹他的脚，用眼泪洗他的脚，耶稣怎样赦免了她。他读到第四十四节："于是转过来向着那女人，便对西门说：'你看见这女人么。我进了你的家，你没有给我水洗脚。但这女人用眼泪湿了我的脚，用头发擦干；你没有与我亲嘴，但这女人从我进来的时候，就不住地用嘴亲我的脚；你没有用油抹我的头，但这女人用香膏抹我的脚。'"读到这些话以后他想："没有给我水洗脚，没有与我亲嘴，没有用油抹我的头……"

马丁摘下眼镜，放到书上，又开始沉思起来。

"那个法利赛人大概跟我过去一样。我过去也是只想着自己。只管我有茶喝，有衣穿，有人照料，却不为客人着想。只想着自己，不想着客人。客人是什么人？就是上帝。如果上帝到我这儿来了，我也能这样对他吗？"

马丁两只手托着头，不知不觉打起瞌睡来。

"马丁！"忽然有人在他耳边轻轻叫了一声。

马丁一惊，迷迷糊糊地问：

"谁啊？"

他转过脸去朝门口一看，什么人也没有。他又打起瞌睡来。忽然他又清楚地听到：

"马丁！马丁！明天你注意街上，我要来。"马丁清醒了，他从椅子上站起来，揉揉眼睛。他自己也不知道刚才是在做梦，还是真的听到了这句话。他熄了灯，躺下睡了。

第二天天不亮他就起床了，祷告过上帝，生好炉子，煮了稀饭和汤，再生好茶炊，系上围裙，就坐到窗边干起活来。他坐着干活的时候，一直在想着昨晚的事。他有两种想法：他一会儿觉得是自己迷糊了，一会儿又觉得是真的听到了那个声音。"算了，"他想，"这种事常有的。"

马丁坐在窗前干活，一边朝窗外看着，当有人穿着他不熟悉的靴子从窗前走过，他甚至弯下腰来，这样从窗户里看出去就不仅能看见那人的脚，还能看见那人的脸。守院人穿着一双新靴子走过去了，运水的马车也过去了，接着走到窗前的是一个尼古拉时代的老兵，脚上穿一双包边的旧毡靴，手上拿一把铁铲。马丁是凭那双毡靴认出他的。这个老兵名叫斯杰潘内奇，隔壁的商人好心让他寄住在自己家里。他的任务是帮守院人干活。斯杰潘内奇开始在马丁的窗户对面扫起雪来。马丁看了看他，又继续干活了。

"瞧，我大概是老糊涂了，"马丁自嘲着，"斯杰潘内奇来扫雪，而我还以为是基督到我家来了呢！真糊涂，老家伙。"但马丁刚缝了十来针，又忍不住朝窗外看去。他看见斯杰潘内奇把铁铲靠到墙上，不知是想暖和暖和身子呢，还是想歇一口气。

看来，他年老体衰，扫雪吃力得很。马丁想：要不要给他杯茶喝呢，正好茶炊要开了。马丁把锥子一插，站起来，把茶炊端到桌上，将泡好的浓茶水倒进茶炊，然后用手指敲了敲窗玻璃。斯杰潘内奇转身走到窗前，马丁招手叫他进来，然后便去开门。

"进来暖和一下吧，"他说，"都冻坏了。"

"基督保佑，骨头都快散了。"斯杰潘内奇说。

斯杰潘内奇进了门，抖掉身上的雪花，又开始擦脚，为了不弄脏地板，但他连站都站不稳。

"别费神擦了，我会搞的，你来坐下吧。"马丁说，"喝杯茶。"

马丁倒了两杯茶，把一杯给客人，自己拿起一杯倒了一点在小碟子里，用嘴去吹。

斯杰潘内奇喝完那杯茶，把杯底翻过来朝上，将咬剩的糖块放在杯底上，开始道谢。但看样子他还想喝。

"再喝点吧，"马丁说，他又给客人和自己各倒了一杯茶。马丁一边喝茶，一边不时地朝窗外看着。

"你在等什么人吗?"客人问。

"等什么人? 真不好意思说我在等什么人。我不在等什么人，只是有句话刻在我心里了。是不是看见异象了呢? 我自己也不知道。老兄啊，你来帮我看看吧! 昨天晚上我读《福音书》，读到我主耶稣怎样受苦，怎样在各地走来走去。我说，你听到过这些吧?"

"听到过，听到过，"斯杰潘内奇答道，"我没文化，不识字。"

"我读到基督怎样在各地走来走去，读到他去一个法利赛人的家里，那个法利赛人没有好好接待他。老兄啊，昨天我就读到这个地方，我想:他怎么能不恭恭敬敬地接待我主耶稣! 我想，要是，譬如说，碰到我或是其他什么人，真不知要怎样接待才好呢! 而他却不好好接待。我这样想着想着就打起瞌睡来。老兄啊，我在打瞌睡的时候听到有人喊我的名字，我站起身，好像有个声音轻轻地对我说，你等着，我明天来。说了两遍。你相信吗? 就是这话刻在我心里了。我骂自己老糊涂了，可我还在等他，等我主耶稣。"

031

斯杰潘内奇摇摇头，什么也没说。他喝完茶，把杯子放在一边，但马丁拿起杯子又给他倒满。

"随便喝吧。我想，我主耶稣在各地走来走去的时候，从不嫌弃任何人，而且多半和普通老百姓来往。他总是到老百姓家里去，他收的门徒也多半是我们的弟兄，干活儿的，像我这样的人。他说，凡自高的，必降为卑；自卑的，必升为高。他又说，你们称呼我主，可我给你们洗脚。他说，谁愿为首，必做众人的仆人。他还说，贫穷的人、虚心的人、温柔的人、怜悯人的人有福了。"

斯杰潘内奇忘了喝自己的茶，他老了，容易流泪，他坐在那儿听着，眼泪不禁流了下来。

"再喝一点吧。"马丁说。但斯杰潘内奇画了个十字，道了谢，推开杯子，站起身来。

"谢谢你，马丁·阿夫杰伊奇，"他说，"你招待我，使我的灵魂和肉体都得到满足。"

"请来吧，下次再来，欢迎你来！"马丁说。

斯杰潘内奇走了，马丁倒了最后一杯茶，喝完以后，收拾好茶具，又坐到窗前干活了。他正在绱靴跟。他一边绱一边还在看着窗外，他还在等着基督，一直在想着他和他的事迹。他的脑子里不断地出现基督说过的各种各样的话。

两个士兵走过去了，一个穿着公家发的靴子，另一个穿着自己做的靴子。接着，隔壁的老板穿着一双擦得干干净净的套鞋走过去了，然后是卖面包的小贩拎着一只篮子走过去了。行人一个个地走过去了。这时，一个穿羊毛袜和乡下式样鞋子的女人走到了窗前。她从窗前走过以后在墙边停住了。马丁从窗内看了她一眼，看见这个陌生女人穿得很破旧，还抱着个孩子，她背风站在墙边，想把孩子裹起来，但又没东西好裹。那女人穿的几乎是夏天的衣服，而且还是破的。马丁在窗内听见孩子在哭叫，那女人在哄孩子，但怎么也哄不住。马丁站起来，开门出去，站在楼梯上喊道：

"喂！喂！"那女人听见了，转过身来。"天这么冷，你干吗抱着孩子站在那儿？到屋里来吧，屋里暖和，孩子就好哄了。到这儿来。"

女人有点惊讶，她看见一个腰上系着围裙、鼻子上架着眼镜的老头儿在喊她，就跟着他走了。

他们走下阶梯，走进地下室，老头儿把女人带到床前，说：

"你坐这儿，乖人儿，靠炉子近些。你烤烤火，喂喂孩子。"

"没有奶啊，我从早晨起就没吃过东西。"女人说。但她还是把孩子抱到了胸前。

马丁摇摇头，走到桌前，拿出面包和碗，然后打开灶门，倒了一碗菜汤。他再把稀饭罐取出来，但稀饭还没煮好，他就又在碗里加了点菜汤，端到桌上。他还从钩子上取下一块毛巾放到桌上。

"坐下吃吧，乖人儿。"他说，"我来哄孩子，我也有过孩子，我会照看孩子。"

女人画了个十字，坐到桌边，开始喝汤。马丁则坐到床边开始哄孩子。他对孩子咂嘴，但咂得不好，因为他没牙齿了。孩子仍旧不停地哭。马丁又伸出一个指头去吓唬孩子，他装出一副要把指头伸进孩子嘴里的样子，把指头一直伸过去，但伸到嘴边又移了开来。他的手指被线蜡染得黑黑的，孩子看着他的手指，渐渐不哭了，后来竟笑起来。马丁很高兴。女人一边吃一边告诉马丁，她是什么人，从哪儿来。

"我是个士兵的老婆。我丈夫到很远的地方去当兵，都快八

033

个月了，一点消息也没有。我给人家当厨娘，但生了孩子以后人家就不肯用我了。我已经两个多月找不到活干，把东西都卖了吃了。我想当奶妈，也没有人要，都说我太瘦。我来找一个商人，我们那儿有个女人在他家干活，说他家要雇我。我以为事情成了。结果她又吩咐我下星期再来。我家住得远，我累坏了，我的小宝贝也受苦了。好在老板娘看在基督的面上可怜我们，让我们先住下。要不我真不知道该怎么办好了。"

马丁叹了一口气，问：

"你有暖和点的衣服吗？"

"亲爱的，是该穿暖和点的衣服了，但昨天我把最后一块头巾当了二十戈比用了。"

女人走到床边，抱起孩子。马丁也站起身，走到墙边，翻了一阵子，找出一件旧上衣。

"拿着吧，"他说，"虽不是件好衣服，但总能裹裹孩子。"

女人看看衣服，又看看马丁，她接过衣服，哭了起来。马丁转过身去，他爬到床底下，拖出一只箱子，在里面翻了一阵，然后在女人对面坐下。

女人说：

"老爷爷，基督保佑你，看来是他把我送到你的窗前的。要不我的孩子就冻死了。我出门的时候天气还挺暖和，没想到现在冷成这个样子。是主叫你朝窗外看，叫你可怜我这苦命人。"

马丁笑了笑，说：

"是他叫我做的。乖人儿，我不是平白无故地朝窗外看的。"

于是马丁对女人讲了自己的梦，讲他听见一个声音说，主今天要到他这儿来。

"什么事都可能有的。"女人说着站起来，拿起那件旧上衣，把孩子裹好，又向马丁鞠躬道谢。

"看在基督面上，收下吧。"马丁递给她一枚二十戈比的铜币，说，"去把头巾赎回来。"女人画了个十字，马丁也画了个十字，送她出了门。

女人走后，马丁喝了点汤，收拾好碗，又坐下来干活。他一边干活，一边还惦记着窗外，只要窗口一暗，他就立刻抬头看是什么人走过去了。走过去的有熟人，也有陌生人，但就是没有不平常的人。

忽然，马丁看见有个卖东西的老太婆在他窗前站住了。她拎着一个篮子，里面的苹果已经不多了。她的肩上还扛着一袋碎木片，大概是在建筑工地上拣的，准备带回家去。看来袋子压在肩上很重，她想换个肩，就把袋子放在人行道上，又把苹果篮子放在路灯柱子的柱础上，然后她开始抖弄袋子里的木片。正当她在抖弄的时候，突然不知从哪儿跑来个小男孩，从篮子里抓了个苹果就想溜。老太婆发现了，转过身来一把抓住小男孩的衣袖。小男孩挣扎着想逃，但老太婆用两只手抓牢他，打落了他的帽子，揪住他的头发。小男孩喊叫着，老太婆骂着。马丁来不及插好锥子，把它朝地上一扔，就跑出门去，他在楼梯上被绊了一下，眼镜都掉了。马丁跑到街上，看见老太婆揪住小男孩的头发，骂着要拖他到警察局去。小男孩一边挣扎一边抵赖。

"我没拿，"他说，"你干吗打我？放开我。"

马丁把他们拉开，牵着小男孩的手对老太婆说：

"放了他吧，老奶奶，看在基督的面上，你原谅他吧！"

"我就这样原谅他？我要教训他一顿，叫他忘不了。我要把这个小流氓送到警察局去。"

马丁开始求老太婆：

"放了他吧，他下回再也不敢了。看在基督的面上放了他吧！"

老太婆放了孩子，小男孩想跑，但马丁拉住他。

"向老奶奶道个歉，"马丁说，"说下回再也不敢了，我刚才看见你拿的。"

小男孩哭起来，向老太婆道了歉：

"我是拿了。苹果在这儿，给你。"

于是马丁从篮子里拿了一个苹果给小男孩。

"我付钱，老奶奶。"他对老太婆说。

"你把他们这些小流氓惯坏了，"老太婆说，"该赏他一顿鞭子，叫他屁股痛得一个礼拜不能坐。"

"唉，老奶奶，"马丁说，"照咱们的规矩是该这么办，但照上帝的意思就不该这么办。如果他拿了一个苹果就该吃鞭子，那么，我们这些罪人该怎样处罚呢？"

老太婆不作声了。

马丁向老太婆讲了一个寓言，讲有个主人免了仆人的一大笔债，但这个仆人出去以后却掐住一个欠他债的人的喉咙。老太婆听了他的故事，小男孩也站着听完了他的故事。

"上帝吩咐我们要宽恕，"马丁说，"不然我们自己就得不到宽恕。要宽恕一切人，这不懂事的小孩就更要宽恕了。"

老太婆摇摇头，叹了口气。

"话是不错，"老太婆说，"可他们也太淘气了。"

"我们这些老人就该教他们。"马丁说。

"我也是这么说，"老太婆说，"我生过七个孩子，只剩下一个女儿。"接着，老太婆告诉马丁，她住在女儿家，她有几个外孙。

"我已经没力气了，但还在干活。"她说，"我疼我的外孙，他们真好。谁都不像他们那样欢迎我。阿克秀特卡老是跟着我，别人谁都不要。婆婆，好婆婆，最好的婆婆……"老太婆的心完全软下来了。

"小孩子嘛，总是这样的。上帝保佑他们。"老太婆指着小男孩说。

正当老太婆想把那袋木片扛到肩上去的时候，小男孩跑上前去，说：

"老奶奶，让我背吧，我顺路。"老太婆摇着头，把袋子放到了小男孩肩上。

他们沿着大街并肩走去。老太婆甚至忘记了向马丁要那个苹果的钱。马丁站在那儿一直看着他们，听到他们一边走一边在谈着什么。马丁送走他们，又回到自己屋里。他在楼梯上找到了眼镜，眼镜没有摔坏。他捡起锥子，又坐下来开始干活。他干了没一会儿，就看不见穿针了。他看到点灯人走过去点街灯。他想："看来，该点灯了。"他添了灯油，把灯挂好，又开始干活。一只靴子做好以后，他拿着它翻来覆去地仔细看了一番：做得很好。他放下工具，扫干净碎皮子，收拾好鬃绳、线头和锥子，取下油灯放到桌上，再从搁板上拿下《福音书》。他想翻到昨天他用小羊皮夹着的地方，但却翻到了另一个地方。他刚翻开《福音书》就想起了昨天的梦。他刚开始回想，忽然听到好像有人在动，他背后有脚步声。他回过头来一看，看见墙角的暗处仿佛站着几个人，但看不清是什么人。有人在他耳边低声说：

"马丁啊，马丁！难道你认不出我了？"

"谁啊？"马丁问。

"我，"一个声音说，"就是我。"

斯杰潘内奇从墙角的暗处走出来，笑了笑，又像云一样地消散不见了……

"就是我。"又有声音说。

抱孩子的女人从墙角的暗处走出来，女人微笑了一下，孩子也笑了一下，接着也消失了。

"就是我。"还有一个声音说。

老太婆和拿苹果的小男孩走了出来，两人都笑了笑，也消失了。

马丁的心中非常快乐，他画了十字，戴上眼镜，开始读《福音书》上他刚才翻到的地方。那一页上写着：

"因为我饿了，你们给我吃。渴了，你们给我喝。我作客旅，你们留我住……"

他在这一页的下面还读到：

"这些事你们既作在我这弟兄中一个最小的身上，就是作在我身上了。"(《马太福音》第25章)

于是马丁明白了，他的梦没有骗他，基督这一天真的到他家来了，他接待的就是基督。

1885 年

两个老人

妇人说："先生，我看出你是先知。(《约翰福音》第4章第19节）

"我们的祖宗在这山上礼拜。你们倒说，应当礼拜的地方是在耶路撒冷。"（第20节）

耶稣说："妇人，你当信我，时候将到，你们拜父，也不在这山上，也不在耶路撒冷。（第21节）

"你们所拜的，你们不知道。我们所拜的，我们知道，因为救恩是从犹太人出来的。（第22节）

"时候将到，如今就是了，那真正拜父的，要用心灵和诚实拜他，因为父要这样的人拜他。"（第23节）

一

有两个老人打算去古城耶路撒冷朝圣。一个是富裕的农民，名叫叶菲姆·塔拉谢奇·舍维列夫。另一个不富裕，名叫叶利塞·波德洛夫。

叶菲姆是个稳重的农民，不喝伏特加，不抽烟，也不闻鼻烟，他从不骂脏话，是个严厉、坚定的人。他当过两任村长，离任的时候一点也不欠款。他有一大家子人：两个儿子和一个娶了媳妇的孙子，大家全住在一起。他身体健壮，留一把大胡子，腰杆挺直，七十多岁了才开始长出几根白胡子。叶利塞不富也不穷，他以前在外面做木匠，年纪大了以后待在家里养蜂。他有个儿子出门谋生去了，另一个儿子在家。叶利塞是个善良和快乐的人。他喝伏特加、闻鼻烟，还喜欢唱歌，但他为人随和，与家人和邻居都相处得很融洽。叶利塞个子不高，皮肤黑黑的，胡子有点儿卷，就像他的庇护圣徒以利沙一样，他的头也完全秃了。两个老人早就许下愿并且讲好一起去朝圣，但叶菲姆总是没空：他的事情一件接一件。一件事刚结束，另一件事又来了。一会儿要给孙子娶媳妇，一会儿要等小儿子服役归来，一会儿又要盖新房子。

有一天过节，两个老人遇到了，他们在一堆圆木上坐下。

"怎么样，"叶利塞说，"咱们什么时候去还愿？"

叶菲姆皱起了眉头。

"还得再等一等，"他说，"今年我手头很紧。我张罗盖这房子的时候，以为只要一百卢布就够了，现在已经用了三百，但房子还没盖好。看来，要等到夏天了。到夏天，如果上帝让去，我们一定去。"

"依我看，"叶利塞说，"不该再拖了，应该现在就去。春天去最合适。"

"时候倒正是时候，但事情开了头，怎么能扔下呢？"

"你家就没其他人了？儿子会把事情办完的。"

"他能办完！我家老大靠不住，他好喝酒。"

"老兄，咱们都要死的，将来没咱们，他们也要活下去。得让儿子学学。"

"话是这么说，但我总想亲眼看到事情办完。"

"唉，亲爱的！事情是永远做不完的。前几天我们家的婆娘洗洗弄弄，收拾收拾准备过节，这也要做，那也要做，事情哪儿做得完？我大媳妇是个聪明婆娘，她说：'幸亏节日不等人，不然任你怎么干，事情也干不完'。"

叶菲姆沉思起来。

"我盖这房子花了不少钱，"他说，"总不能空着手上路啊！至少要一百卢布，数目不小。"

叶利塞笑着说：

"别胡说了，老兄。你的财产是我的十倍，你还谈什么钱的事。你只要说，咱们什么时候动身。我现在虽然没钱，但到时候就会有的。"

叶菲姆笑了。

"瞧，来了个大富翁，"他说，"你上哪儿去弄钱啊？"

"回家凑一凑，总能凑出一点来。如果还不够，我就把十箱蜂卖给一个邻居，他早就求过我了。"

"今年可能分群多，你会心疼的。"

"心疼？不，老兄。除了我的罪过，我这辈子不心疼别的东西。没有什么比灵魂更珍贵的了。"

"话是这么说，但家里的事没安排妥当总是不好。"

"但是，如果咱们灵魂上的事没安排妥当，那就更糟。咱们是注定要去的，咱们去吧！真的，咱们去吧。"

二

叶利塞说服了朋友。叶菲姆左思右想，第二天一大早就来找叶利塞。

"好吧，我们去。"他说，"你说得对。生死由上帝决定。趁我们活着，还有力气，应该去。"

过了一个星期，两个老人准备好了。

叶菲姆家里有钱，他带了一百卢布上路，还留给老伴儿两百卢布。

叶利塞也准备好了。他把十箱蜂和这十个蜂箱里将要生出的幼蜂一起卖给了邻居，总共得了七十卢布。然后他把家里所有人的钱都搜刮得一干二净，凑足了三十卢布。老伴儿把自己最后的积蓄、一笔准备做丧事用的钱给了他，儿媳妇也把自己的私房钱给了他。

叶菲姆把所有的事都对大儿子吩咐得一清二楚：到什么地方割多少草，厩肥该运到哪儿，房子怎么盖，房顶怎么上。每件事都想到了，也都吩咐了。而叶利塞却只嘱咐老伴儿，十箱卖掉的蜂所生出的幼蜂一定要单独放，全部交给邻居。至于家里的事，他什么也没吩咐，他说该怎么办就怎么办，女主人们觉得怎样做好就怎样做。

两个老人做好了准备。他们烤好了家常吃的饼，缝好了口袋，裁了新的包脚布，穿上新的树皮鞋，还带了几双备用的树皮鞋，就动身了。家人们把他们送到村口，互相告了别，两个老人终于踏上了旅途。

叶利塞是怀着快乐的心情离开家的，一出了村子，他就把家里的事忘在脑后了。他只想着路上怎样照顾同伴，对任何人都不讲粗话，和睦友爱地到达目的地，然后再回家。叶利塞一边走一边低声地祷告，或是背诵他记得的《圣徒行传》。路上碰到人，或是宿夜时与别人在一起，他总是尽量热情待人，照上帝的教导讲话。一路上他很快乐。只有一件事他做不到。他本想戒掉鼻烟，把烟盒也留在家里了，但觉得烟瘾难熬。路上有人给了他一盒。他走不一会儿就要落到同伴后面闻一下鼻烟，以免引诱同伴犯罪。

叶菲姆一路上也很好，他目标坚定，不做错事，不说废话，但他心情却不轻松。他一直挂念着家里的事，总在想着家里现在在干什么。有没有什么事情忘记吩咐儿子了？儿子照他的吩咐去做了吗？路上看见别人种土豆或是运厩肥，他就想：儿子有没有照他的话去做啊？他恨不得回去——指点和亲自去做。

三

两个老人走了五个星期，家里带来的树皮鞋都穿坏了，他们已经买了新的鞋，这时他们来到了乌克兰境内。离家以来，他们宿夜和吃饭都是付钱的，但来到乌克兰人中间以后，人们都争先恐后地邀请他们到自己家里去。那些乌克兰人不收他们的钱，给他们住和吃，还把面包或者烙饼塞到他们的背囊里让他们路上吃。两个老人就这样自由自在地走了大约七百俄里。又经过一个省份以后，他们来到一处闹饥荒的地方。人们也让他们白住，但不给他们白吃。面包不是到处都有，有时就是有钱也买不到。当地人说，去年颗粒无收。有钱人破了产，东西都卖了。原来的中等人家现在过不下去。穷人要么离乡背井，要么到处乞讨，要么在家苦苦挣扎，冬天只能吃糠和野菜。

043

有一天，两个老人在一个小镇上过夜，买了十五俄磅面包，住了一夜，第二天天不亮就动身了，为了趁天凉好多赶路。他们走了十俄里路，来到一条小河边，两人坐下，舀了一碗水，将面包蘸了水吃，然后换了双鞋。他们坐着休息了一会儿。叶利塞掏出烟盒。叶菲姆对他摇摇头。

"怎么，"他说，"还不扔掉这脏东西！"

叶利塞挥挥手，说：

"罪孽胜过我的意志，有什么办法呢！"

他们站起来，继续向前走。又走了大约十俄里，他们来到一个大村子，走过这个大村子，天已经很热。叶利塞累极了，想休息一会儿，喝点水，但叶菲姆却一直不停步。叶菲姆挺能走路，叶利塞跟着他走很吃力。

"喝点水吧。"叶利塞说。

"行啊，你喝吧。我不想喝。"

叶利塞停住了。

"你别等我，"他说，"我只到那边小屋去喝点水，马上就赶上来。"

"行啊。"叶菲姆说。接着他就一个人继续向前走，而叶利塞则转身向小屋走去。

叶利塞走到小屋跟前。这是一间很小的土坯屋，下面黑，上面白，灰泥剥落，看样子很久没有抹过墙了，屋顶的一侧也已经掀开。屋前有个院子。叶利塞走进院子，看见墙角边躺着一个没胡子的人，这人很瘦，照乌克兰人的穿法把衬衣下摆扎在裤子里。大概他本来躺在阴凉处，现在太阳晒到他身上了。他躺着，并没有睡着。叶利塞喊他，向他要水喝，他没有回答。"不是他病了，就是他不爱理人。"叶利塞想，他又走到屋门口，听到屋里有孩子在哭。他敲敲门环。"主人在吗？"没人答应。他又用拐杖敲门。"有基督徒吗？"还是没有动静。"上帝的仆人！"仍旧没人回答。叶利塞已经想走了，但他听到门背后似乎有人在呻吟。"这儿的人是不是遭到什么灾难了？我得看一看。"于是叶利塞决定进屋去。

四

叶利塞转了转门环，门没锁。他推开门，穿过过道。里屋的门开着。左边是炉灶，中间是上座，屋角供着圣像，还有张桌子，桌子旁边有张板凳，板凳上坐着一个老太婆，她只穿一件内衣，没戴头巾。她身边还有个瘦瘦的小男孩，全身蜡黄，肚子很大，拉着老太婆的衣袖在哭喊，似乎在要什么。叶利塞走进屋子，屋里的气味难闻。他一看，炉灶后面的床上躺着一个女人。她脸朝下，不看任何人，喉咙里发出呼噜呼噜的声音，一条腿时伸时缩。她在床上翻来覆去，身上发出一股难闻的气味。显然，她是拉了屎尿，没人替她收拾。老太婆看见有人进来，抬起了头。

"要什么？"她说，"你要什么？这儿什么也没有。"

叶利塞听懂了她的话，走到她身边，说：

"我是上帝的仆人，来要点水喝。"

"没有，我说，没有。没东西好要。你走吧。"

叶利塞又问："那么，你们就没有一个没病的人能给这个女人收拾收拾吗？"

"一个也没有，男人在院子里快死了，我们也要死在这里了。"小男孩看见陌生人不哭了，但是当老太婆一开口说话，他又抓住老太婆的衣袖，说："面包，奶奶！面包！"接着又哭起来。

叶利塞刚想再问老太婆，那个男人跌跌撞撞地进了屋，他扶着墙走，想坐到板凳上去，还没走到就跌倒在门槛边。他没有爬起来，一字一停地喘着气说："我病了，她也倒了，闹饥荒。他要饿死了！"那个男人用头指了指小男孩，哭了起来。

叶利塞抖了抖背上的背囊，把手抽出来，将背囊扔到地上，然后又把它放到板凳上。他解开背囊，取出面包和刀子，切了一块面包递给那个男人。男人不接，指着小男孩和女孩，说，给他们吧！叶利塞把面包给了小男孩。小男孩闻到了面包香，他伸出两只小手，抓住面包就往嘴里塞。炉灶后面爬出一个小女孩，眼睛盯住面包。叶利塞也给了她一块。他还切了一块面包给老太婆。老太婆拿起来就啃。

"最好去打点水，"她说，"嘴干裂了。记不得是昨天还是今天，我想去打水，跌倒了，没走到，桶就扔在那儿，如果没人拿走的话。"叶利塞问他们井在哪儿，老太婆告诉他。叶利塞去找到了桶，打了水回来，给大家喝了。孩子们边喝水边吃面包，老太婆也吃了，但那个男人不肯吃。他说："我心里不想吃啊。"那女人没起床，也没清醒，一直不停地在床上翻来覆去。叶利塞到村里的小店去买了黄米、盐、面粉和油。他又找出一把斧头，劈了柴，生着了炉子。小女孩也帮他的忙。叶利塞烧了一锅菜糊糊和一锅粥给他们吃。

五

男人吃了一点儿，老太婆也吃了，小女孩和小男孩连碗都舔得干干净净，然后就搂着睡了。

男人和老太婆开始讲他们怎么会变成这样的：

"我们的日子本来就不富裕，去年又颗粒不收，从秋天就开始吃存粮。吃完存粮就只好向邻居和好心人讨。起先别人还给，后来别人就不给了。有人想给也没东西可给。我们也不好意思再去讨：我们欠别人太多了，钱、面粉、面包。"那男人说，"我去找活儿干，但活儿不好找。到处都是出来找活儿干挣口饭吃的人。才干了一天活儿，又得花两天时间去找活儿干。奶奶带着孙女儿到远处去讨饭。讨不到什么东西，谁都没有粮食。我们就这么熬着，盼着能熬到新粮上来。可是打春天以来就完全讨不到东西了，这儿又开始闹病。事情就糟了。一天有吃，两天没吃。我们就开始吃野菜。不知是不是吃野菜的缘故，我老婆病了。她躺下了，我又没力气。一点儿办法也没有。"

老太婆说："我一个人撑着，但没吃的，筋疲力尽，就撑不住了。小姑娘也撑不住了，但她又害羞。叫她去找邻居，她不去。往角落里一躲，就是不去。前天邻居家的婆娘来看了一下，又走了。她家男人出门了，自己的小孩子也没吃的。我们就只好这样躺着等死。"

叶利塞听了他们的话，放弃了当天去追赶同伴的念头，留下来过夜。第二天一早他就起来在屋里干活，好像他是这家的主人似的。他和老太婆一起和面、生炉子，又同小姑娘到邻居家去设法弄必需的东西。什么都缺，不管是家用物品还是衣服，都给卖掉吃光了。叶利塞开始替他们储存必需的物品，有的自己动手弄，有的去买。叶利塞就这样住了一天、两天、三天。小男孩恢复了体力，在板凳上走来走去，对叶利塞很亲热。小姑娘则非常高兴，样样事情

047

都帮着做。她总是跟在叶利塞背后喊着："爷爷！爷爷！"老太婆能站起身到邻居家走走了。那男人也能扶着墙走了。只是那女人还躺着，不过到第三天也清醒了，想要吃东西。"唉，没料到会耽搁这么多时间，"叶利塞想，"现在我该走了。"

六

第四天正逢开斋节，叶利塞想："我和这家人一起开斋吧，我给他们买点东西过节，晚上我就走。"叶利塞又到村里去，买了牛奶、白面粉和脂油。他和老太婆一起熬了油、烤了饼，早晨他还去做了日祷，回来以后就和这家人一起开了斋。这一天，那女人也起床了，开始在屋里慢慢走动。那男人刮了脸，换了老太婆给他洗过的干净衬衣，到村里一个富裕农民那儿去求情。他的草场和麦地都抵押给那个富裕的农民了，他去求那农民把草场和麦地先还他，等新粮上来以后他再还钱。天黑的时候他愁眉苦脸地回来了，一到家就哭。那个有钱的农民不肯开恩，只是说："拿钱来。"

叶利塞又开始想："下面他们怎么过日子呢？别人都去割草，他们没草可割，草场抵押出去了。黑麦快熟了，别人都准备去收麦（天哪，今年的麦子长得多好哇！），而他们却没任何指望：他们的一俄亩麦地已经抵押给那个富裕的农民了。我一走，他们又要苦苦挣扎了。"叶利塞的心里非常矛盾，结果晚上没走，推迟到第二天。他到院子里去睡觉。他做过祷告以后躺下来，却睡不着。他想：该走了，钱和时间已经花了很多，不过这家人也真可怜。

"可你总不能把东西都分给他们。我本来只想替他们打点水，每人给块面包，大概就够了。现在呢，我还得去赎草场和麦地。赎回麦

048

地还得给孩子们买头母牛，给那男人买匹马运麦捆。叶利塞老兄，你这回可给绊住了。钱花完了，你还说不出个所以然！"叶利塞坐起身，把当枕头用的长外衣拿起来摊开，取出鼻烟盒，闻了闻，想理清思绪，但不成功：他想了又想，想不出任何结果。他觉得应该走，但又可怜这家人。究竟该怎么办，他也不知道。他仍旧把长外衣卷起来当枕头，又躺下了。他躺着躺着，直到鸡叫了，他才睡着。忽然，好像有人喊醒了他。他发现自己已经穿好衣服，背着背囊，拿着拐杖。他必须进一道门，可是这道门很窄，只能让一个人过去。他进门的时候，背囊的一边被篱笆钩住了。他正想解开，包脚布又被另一边的篱笆钩住并松开了。他去解背囊，发现背囊不是被篱笆钩住，而是被那小姑娘拉住了，她喊着："爷爷，老爷爷，面包！"他再看看脚，那小男孩拉着他的包脚布，老太婆和那男人从窗子里朝外看着。叶利塞醒了过来，他自言自语道："明天我去把草场和麦地赎回来，再买一匹马和一些面粉，要够他们吃到新粮上来，还要给孩子们买一头奶牛。不然你漂洋过海去朝拜基督，实际上却把基督丢了。一定要把这家人安排好！"于是叶利塞就睡着了，一直睡到天亮。叶利塞很早就醒了，他到那个富裕农民家用钱把麦地和草场赎了回来。他买了一把镰刀（这家人的镰刀也卖掉了）带回来。他叫那男人去割草，自己去找其他的农户。他在酒店老板那儿找到一匹要卖的马和一辆大车，谈妥了价钱就买下了。他又买了一口袋面粉放到大车上，再去买奶牛。他在路上赶上了两个乌克兰女人。两个女人一边走一边聊天。她们说的是乌克兰话，但叶利塞听出，她们是在议论他。

"听说，他们原来并不认识他，以为他不过是个普通的人。他来要水喝，结果就住下了。他给他们买了多少东西啊！听说今天他从酒店老板那儿买了一匹马和一辆大车。这种人世上真少见。咱们得去看看。"

叶利塞听见这话，知道她们在称赞他，就不去买奶牛了。他回到酒店老板那儿，付了买马和车的钱，套上车，拉着面粉朝那个人家跑去。到了门口，他停住马，从车上下来。主人看见马很吃惊。他们想，他给他们买马了，但他们不敢说。那男人出来开了门。

"老爷爷，"他问，"你从哪儿弄来的马？"

"买的，"叶利塞说，"碰上匹便宜的。你去割点儿草放槽里给它夜里吃。这袋面粉也搬下来吧！"

那男人卸了马，把面粉搬到粮囤里，又去割了一抱草，放在马槽里。后来大家都躺下来睡了。叶利塞睡在院子外面，天黑以后他就把自己的背囊拿出来了。等大家都睡着了，他起身扎好背囊，穿上鞋和长衣，上路去追赶叶菲姆。

七

叶利塞走了大约五俄里，天亮了。他坐到一棵树下，解开背囊数他的钱。数下来他还剩十七卢布二十戈比。"嘿，"他想，"这点钱还不够渡海！如果借基督的名义向别人讨钱，不，我不想再作孽了。叶菲姆老兄一个人也能走到，他会替我供上一支蜡烛的。看来，我是到死也还不了愿了。好在主是仁慈的，他会宽恕我。"

叶利塞站起来，抖了抖背上的背囊，开始往回走。不过他绕开了那个村子，免得被人看见。叶利塞很快就回到了家。出去的时候好像挺艰难，他有时是很勉强地跟着叶菲姆走。而回去呢，上帝保佑，他一点儿也不觉得累。挥挥拐杖，像去游玩一样地走路，一天走七十俄里。

叶利塞回到家，地里的庄稼已经收完。家里人看见老人回来，高兴极了，问这问那：怎么回事啊，为什么被同伴拉下了，为什么没走到就回来了？叶利塞没有解释。

"是上帝没让我走到。"他说，"路上丢了钱，又拉在同伴后面，所以就回来了。看在基督面上，原谅我吧！"

叶利塞把剩下的钱交给老伴儿，又详细询问了家里的事，得知一切都好，家中该干的事样样都干了，没有遗漏，一家人过得很和睦。

当天叶菲姆家的人也听说叶利塞回来了，都来打听他们家老头儿的情况。叶利塞对他们说的也是那几句话。

"你们家老头儿真能走路，"他说，"圣彼得节前三天我和他分了手，我本想赶上去，但这时出了事，我把钱丢了，没法再向前走，我就回来了。"

大家都觉得奇怪：那么聪明的人怎么做出这样的蠢事，出门了，却没走到，反把钱丢了？大家奇怪了一阵也就把这事忘了。叶利塞也忘了。他着手料理家中的事：和儿子一起准备冬天用的木柴，跟婆娘们一起打谷，修木棚的顶，收拾蜜蜂，把十箱蜂和它们产的幼蜂交给邻居。老伴儿想隐瞒卖掉的十箱蜂究竟分出了多少群蜜蜂，但叶利塞心里知道，哪些分群哪些不分群，他一共交给邻居十七窝蜜蜂。料理好家里的事，叶利塞叫儿子出门去打工，自己一个冬天在家编树皮鞋和做蜂箱。

八

叶利塞在生病的那家人屋里留下的那天，叶菲姆一直在等自己的同伴。他朝前走了没多远就坐下来，左等右等，睡着了又醒过来，一直坐着等，就是看不到同伴的影子。他眼睛都望穿了，太阳已经落到了大树后面，还是看不到叶利塞。他想："是不是我睡着的时候他从我身边走过去了，或是坐别人的车过去了，没看见我？不过，他不可能看不见我啊。草原上能看得很远。"他又想："如果我往回走，而他却向前走了，那我就跟他越错越远了。我还是向前走吧，到过夜的地方一定能碰上。"叶菲姆走到一个村子，跟村长说好，如果有那样一个老头儿来，就把他带来。但叶利塞没有来过夜。叶菲姆继续向前走，逢人就问：有没有看见一个秃顶的老头儿？谁也没有看见。叶菲姆觉得奇怪，只好一个人继续向前。他想："到了敖德萨，或是在船上，肯定能碰见。"于是他就不再想了。

叶菲姆在路上遇到一个游方僧，他戴一顶僧帽，穿一件长袍，留着长发。他去过希腊的阿托斯圣山，这回是第二次去耶路撒冷。他们俩是在宿夜的地方碰上的，两人聊起来，然后一路同行。

他们一路顺利地到了敖德萨。在敖德萨等船等了三天三夜。等船的朝圣者很多，来自四面八方。叶菲姆又打听叶利塞的消息，但谁也没有看见他。

叶菲姆领到一张出国护照，花了五卢布。一张去耶路撒冷的来回票花了四十卢布。他还买了面包和鲱鱼，准备路上吃。船装好了货物，朝圣者上了船，叶菲姆和游方僧也上了船。起锚了，开船了，船驶向了大海。白天风平浪静，傍晚时起了风，又下雨，船开始摇晃，还进了水。大家慌乱起来，女人们尖叫着，体弱一点的男人也在船上跑来跑去，想找个安全的地方。叶菲姆也感到害怕，但他不表现出来。他上船后就和几个从坦波夫来的老人一起坐在甲板上，现在还坐着，他又这样坐了一整夜和第二天一整天。他只是抱住自己的背囊，一句话也不讲。第三天风停了。第五天到了君士坦丁堡。有些朝圣者上岸去看圣索菲亚大教堂，那里现在已被土耳其人占领。叶菲姆没有上岸，一直坐在船上。他只买了点白面包。船停了一昼夜，又继续在海上航行。船还在伊兹密尔和亚历山大停了一下，然后顺利地抵达雅法。朝圣者都在雅法上岸，到耶路撒冷还要步行七十俄里。下船时大家又受了惊；船很高，朝圣者被一个个从船上扔到下面小划子上，小划子在摇晃，一不小心就会落到水里。有两个人落了水，不过大家还是顺利地上了岸。上岸以后，大家步行前进，第三天午饭前到达耶路撒冷。他们在一家俄国人开的客店住下，签了护照，吃过午饭，就同游方僧一起去朝拜圣地。这时还不让去朝拜主的灵柩。他们先去牧首修道院，朝圣者们都聚集在那里，女人在一边，男人在另一边。有人吩咐他们脱掉鞋子，围成一圈坐下。一位修士出来拿着一条毛巾给大家洗脚，他替每个人都洗一洗，然后擦干，吻一下。他也擦了和吻了叶菲姆的脚。他们又站着做了晚祷和晨祷，供了蜡烛，呈上写有父母名字的追荐亡魂名录。他们还在这里用了餐，喝了葡萄酒。第二天早晨，他们又去看埃及的马利亚的苦修室。他们供了蜡烛，做了祷告。从那儿出来再去亚伯拉罕修道院，他们看见了萨维科夫花园里亚伯拉罕要把儿子杀了献祭给上帝的地方。接着他们又去看基督向抹大拉的马利亚显圣的地方，还有以主的兄弟雅各命名的教堂。游方僧带叶菲姆去看了所有的圣地，每到一处都指点他，该奉献多少钱。中午他们回到客店，吃了午饭。他们正准备收拾收拾去睡觉，游方僧突然惊叫了一声。他在自己的衣服里翻了一阵，说："我的钱包给人掏了，里面有二十三卢布，两张十卢布的钞票，三卢布零钱。"

游方僧唉声叹气，但没有办法。他们只好躺下睡了。

九

叶菲姆躺下以后，遇到了考验。"没人掏他的钱，"他想，"他根本就没钱。他无论在哪儿都不奉献。他叫我奉献，而自己却不奉献，他还从我这儿拿了一卢布呢！"

叶菲姆想到这儿，又开始责备自己："我怎么能论断别人，我犯罪过了。快别想了。"他刚要把这事忘掉，又想起游方僧时时注意着钱，他说他的钱包被人掏了，似乎不是真的。"他根本就没有钱。只是为了转移视线。"

第二天清晨，他们起来去复活大堂做早祷，朝拜主的灵柩。游方僧一步也不离叶菲姆，一直和他在一起。

他们来到圣殿。这里聚集了许多游方僧和朝圣者，有俄罗斯人、希腊人、亚美尼亚人、土耳其人、叙利亚人，各个民族都有。叶菲姆同大家一起进了圣门。有个修士领着大家经过土耳其人的岗哨，走到救主被人从十字架上取下并敷油的地方，那儿点燃着九个大烛台。那修士一一指给大家看了，并做了讲解。叶菲姆在那儿供上一支蜡烛。然后修士们又领着叶菲姆向右走，沿着石阶登上各各他，即当年竖十字架的地方。叶菲姆在那儿做了祷告。接着又有人把一个洞指给叶菲姆看，这个洞一直通往地狱。他还看了耶稣的手脚被钉上十字架的地方，以及亚当的坟墓，当年耶稣的血曾流到他的遗骨上。后来，他们走到戴着荆棘冠的耶稣当年坐过的那块石头前，又走到耶稣被捆在上面受鞭打的柱子前。接着叶菲姆又看见一块石头，上面有耶稣的两个深深的脚印。本来还想让他们再看一些东西，但大家都急着要去洞穴教堂看主的灵柩。那儿其他教派的仪式刚结束，东正教的祈祷开始了。叶菲姆跟着人群前往洞穴教堂。

叶菲姆想甩掉游方僧，他脑子里一直对游方僧怀着有罪的想法，但游方僧总是不离开他，跟他一起到主的灵柩前来参加祈祷。他们本想往前站一点儿，但是来晚了。人群挤得水泄不通，既不能向前，也不能后退。叶菲姆站在那儿，眼睛朝前，祷告着，他不时摸摸身上，看钱包在不在。他心里有两种想法：一种想法是游方僧骗他，另一种想法是游方僧没骗他，钱包真的被偷了。如果真是这样的话，但愿我的钱包不要被偷。

十

叶菲姆就这样站着祷告，眼睛望着前方，望着教堂里面，主的灵柩在那儿，灵柩上点着三十六盏长明灯。叶菲姆站着，从人们头上望过去，真是怪事儿！就在燃着圣火的长明灯下，在所有人的前面，站着一个穿粗呢长袍的小老头儿，他的秃顶跟叶利塞的一样闪闪发亮。"像是叶利塞，"叶菲姆想，"但是叶利塞不可能在这儿！他不可能比我先到。前面一班船比我们早开一个星期，他不可能赶上。我们那条船上没他，船上所有的朝圣者我都见过。"

叶菲姆正这样想着，那小老头儿开始祷告了，他鞠了三次躬：先朝前向上帝鞠了一躬，然后再朝左右两边向东正教会众各鞠了一躬。当他把头转向右边的时候，叶菲姆立刻认出他就是叶利塞。正是他本人，黑黑的、有点卷曲的大胡子，脸颊上有些白毛，那眉毛、眼睛、鼻子，整个儿都像他。肯定是他，叶利塞·波德洛夫。

叶菲姆找到了同伴非常高兴，他觉得奇怪的是，叶利塞怎么会赶到他前面去的？

"嘿，这个叶利塞，"他想，"跑得那么快！看来，他是遇到了什么人带他来的。等一会儿我到出口处去找他，甩开这个戴圆帽子的游方僧，同他一起走，说不定他能把我带到前面去。"

叶菲姆一直盯着叶利塞，唯恐他走不见了。祈祷结束了，人群移动起来。大家走上前去吻主的灵柩，互相拥挤，把叶菲姆挤到了一边。叶菲姆又害怕起来，担心有人掏他的钱包。他用一只手按住钱包往外挤，只想挤到人不多的地方去。挤出来以后，他在圣殿里到处找叶利塞。他看见一间间的僧房里有各种各样的人：有的吃饭，有的喝酒，有的睡觉，有的看书。哪儿都没有叶利塞。叶菲姆回到客店，还是没有找到自己的同伴。这天晚上游方僧也没有回来。他失踪了，那一卢布也没有还。只剩下叶菲姆独自一人。

第二天，叶菲姆又跟一个从坦波夫来的老头儿去看主的灵柩，在船上时他就跟这老头儿在一起。叶菲姆想挤到前面去，但又被挤到了边上，他只好站在一根柱子旁祈祷。他朝前面看，只见叶利塞又站在最前面主的灵柩旁，就在长明灯下，他像祭坛前的神父那样伸开双手，秃顶在闪闪发亮。"嘿，"叶菲姆想，"这回我可不能让他溜走。"他拼命往前挤，等他挤到前面，叶利塞又不见了，显然已经走了。第三天，他又亲眼看见叶利塞站在主的灵柩旁，站在最神圣的地方，伸开双手，举目向上，仿佛看见上面有什么东西。叶利塞的秃顶仍旧在闪闪发亮。叶菲姆想："这回我可不能再让他走了，我到大门口去，那就不会错过了。"叶菲姆走到大门口，等了半天，人都走光了也没看见叶利塞。

叶菲姆在耶路撒冷待了六个星期，各处圣地都去过了：伯利恒、伯大尼、约旦河，他在主的灵柩旁给自己的寿衣盖了印，从约旦河取了一小瓶水，取了一点圣土，拿了一支点过圣火的蜡烛，在八个地方写下了追荐名录，把钱都花了，只剩下回家的路费。于是叶菲姆动身回家了。他走到雅法，坐上船，到达敖德萨，然后步行回家。

十一

叶菲姆一个人从原路返回。离家渐渐近了，他又开始担心，他不在家，家里不知怎么过的。"光阴流逝，又是一年。"他想，"治家一辈子，败家一阵子。我不在，儿子不知会怎么搞，开春时怎么弄的？牲口怎么过冬的？房子盖好了没有？"叶菲姆走到去年他和叶利塞分手的地方，简直认不出那儿的人了。去年这儿的人受穷，如今人人过得很富足。地里的庄稼长得好。人们恢复了元气，忘记了过去的痛苦。傍晚时分，叶菲姆来到去年叶利塞待过的那个村子。他刚进村，一个穿白衬衫的小姑娘就从房子里跑出来。

"爷爷！老爷爷！到我们家来吧。"

叶菲姆想往前走，但小姑娘抓住他的衣襟不放，一边笑一边把他朝屋里拖。

一个女人带着个小男孩走到台阶上，也招呼他：

"爷爷，进来吃晚饭吧，就在这儿过夜。"

叶菲姆就去了。"我顺便打听一下叶利塞的消息，"他想，"说不定当时他就是到这个人家来要水喝的。"

叶菲姆进了屋，那女人替他把背囊取下，打水给他洗脸，请他坐到桌边。她把牛奶、饺子和稀饭端上桌。叶菲姆道了谢，称赞他们殷勤待客。那女人摇了摇头，说：

"我们不能不殷勤招待香客，因为我们从他们那儿学会了该怎样生活。以前我们过日子，把上帝忘了，上帝就惩罚我们，等着我们的是死路一条。去年夏天，我们全躺倒了，没吃的，又生病。要不是上帝派来一个像你一样的老人，我们就要死了。他中午来要水喝，看见我们这样子，他可怜我们，就留在我们这儿了。他打水给我们喝，做饭给我们吃，让我们恢复了元气，他还替我们赎回了地，给我们买了一匹马和一辆大车，为我们花了很多钱。"

这时，一个老太婆走进来，打断了女人的话。

"我们真不知道他是凡人还是天使。"她说，"他爱我们大家，可怜我们大家，他走了，连名字也没留，我们都不知道该为谁向上帝祷告。我清清楚楚记得当时的情景：我躺在这儿等死，忽然看见进来一个老人，老老实实的样子，头顶光秃秃的，他来要水喝。我这个罪人当时还想：这些人闲逛什么呀？可后来他做了多少事啊！他一看见我们，立刻放下背包，就放在这个地方，解开来。"

小姑娘插进来说：

"奶奶，不对，他起先把背包放在屋子当中，后来才拿到板凳上。"

于是，他们开始争先恐后地叙说那个老人说过的话和做过的事：他在哪儿坐过，在哪儿睡过，他做过些什么，对谁说过些什么话。

夜里，男主人骑着马回来了，他也讲了叶利塞待在这儿时所做的事。

"如果他不到我们家来，我们就要带着罪孽死去了。"男主人说，"我们已经绝望了，怨天怨地，在等死。是他让我们恢复了元气，让我们认识了上帝，使我们相信世上有好人。愿基督保佑他！以前我们像畜生一样过日子，是他让我们变成了人。"

他们给叶菲姆吃饱喝足，安排他睡下，然后自己才躺下睡觉。

叶菲姆躺在那儿睡不着，他在耶路撒冷的圣殿里三次看见叶利塞站在最前面的情景不断地浮现在他的脑海里。

"原来他就是这样赶到我前面去的！"他想，"我的奉献不一定被主接受，而他已经被主接受了。"

第二天早晨，这家人送叶菲姆上路，给他许多烙饼让他路上吃，然后他们就去干活了，而叶菲姆则继续赶路。

十二

叶菲姆出门整整一年，春天他回到了家里。

他是傍晚前到家的。儿子不在家，上酒馆去了。儿子喝得醉醺醺地回来，叶菲姆开始盘问他。各种迹象表明，他不在家，儿子走了邪路。钱乱花了，事却没做。叶菲姆训斥儿子，儿子顶撞他：

"你本来就该自己掌管，谁叫你出门的？把钱都带走了，还来问我。"

老人生气了，把儿子打了一顿。

第二天早晨，叶菲姆到村长那儿去谈儿子的事，路过叶利塞家的院子。叶利塞的老伴儿站在台阶上，向他打招呼：

"你好啊，大哥，一路上好吗？"

叶菲姆停住脚步。

"感谢上帝，"他说，"走到了，不过把你家老头子弄丢了，我听说，他已经回来了。"

老太婆爱聊天，她说：

"回来了，我当家的早就回来了，好像是在圣母升天节过后不久。上帝把他送回来，我们真高兴！他不在家我们好无聊。他那把年纪，倒不是要他干什么活。可他是一家之长啊，大家在一起多快活！儿子别提有多高兴了。儿子说，爹不在，就像眼睛里没亮光似的。他不在我们真无聊，亲爱的，我们爱他，疼他。"

"哦，他现在在家吗？"

"在家，亲爱的，在养蜂场上整理分群的蜜蜂呢！他说，这回分群分得可好啦！上帝给蜂子这么大的力，他可从来没见过。他说，上帝赏赐可不是因为我们有罪。进来吧，亲爱的，他不知会多高兴呢！"

叶菲姆穿过过道和院子去养蜂场看叶利塞。他一进养蜂场就看见叶利塞穿一件灰色的长袍站在白桦树下，没戴头罩，也没戴手套，伸开双手，朝天望着，他的整个秃顶闪闪发亮，就像他在耶路撒冷站在主的灵柩旁时一样。阳光穿过白桦树直射下来，像火焰在燃烧，金色的蜜蜂成群地在他头上飞舞，形成一个光环，但却不螫他。叶菲姆站住了。

叶利塞的老伴儿喊了丈夫一声：

"你大哥来了！"

叶利塞回头一看，高兴地上来迎接叶菲姆，一面轻轻地把蜜蜂从大胡子里捋出去。

"你好啊，老兄……顺利地走到了吧，亲爱的？"

"脚是走到了，我还给你带了点约旦河的水。顺便时来拿吧，就是不知道主有没有接受我的奉献……"

"感谢上帝，基督保佑你。"

叶菲姆沉默了一会儿，又说：

"我的脚是到了，可心呢？也许别人……"

"那是上帝的事，老兄，上帝的事。"

"我回来的时候去过那个人家，就是你待过的……"

叶利塞吃了一惊，连忙说：

"那是上帝的事，老兄，上帝的事。到屋里去坐吧，我来拿蜜。"

叶利塞岔开话头，谈起家常事来。

叶菲姆叹了一口气，不再提那个人家，也不说他在耶路撒冷看见叶利塞的事。他明白了，上帝要每一个人活在世上时以爱和善行还愿。

1885 年

纵火容易灭火难

那时彼得进前来，对耶稣说："主啊，我弟兄得罪我，我当饶恕他几次呢？到七次可以吗？"（《马太福音》第18章第21节）

耶稣说："我对你说：不是到七次，乃是到七十个七次。（第22节）

"天国好像一个王要和他仆人算账。（第23节）

"才算的时候，有人带了一个欠一千万银子的来。（第24节）

"因为他没有什么偿还之物，主人吩咐把他和他妻子儿女，并一切所有的都卖了偿还。（第25节）

"那仆人就俯伏拜他，说：'主啊，宽容我，将来我都要还清。'（第26节）

"那仆人的主人就动了慈心，把他释放了，并且免了他的债。（第27节）

"那仆人出来，遇见他的一个同伴欠他十两银子，便揪着他，掐住他的喉咙，说：'你把所欠的还我。'（第28节）

"他的同伴就俯伏央求他，说：'宽容我吧，将来我必还清。'（第29节）

"他不肯，竟去把他下在监里，等他还了所欠的债。（第30节）

"众同伴看见他所做的事，就甚忧愁，去把这事都告诉了主人。(第31节)

"于是主人叫了他来，对他说：'你这恶奴才，你央求我，我就把你所欠的都免了。(第32节)

"你不应当怜恤你的同伴，像我怜恤你么。'(第33节)

"主人就大怒，把他交给掌刑的，等他还清了所欠的债。(第34节)

"你们各人，若不从心里饶恕你的弟兄，我天父也要这样待你们了。"(第35节)

从前乡下有个农民叫伊凡·谢尔巴科夫。他日子过得很好，自己身强力壮，在村里干起活来数第一，三个儿子都已长大成人：老大娶了亲，老二订了婚，老三虽然还是个少年，但也开始驾车和耕地了。伊凡的老伴儿是个聪明能干的婆娘，儿媳妇也温顺勤劳。伊凡一家人日子过得挺顺心。吃闲饭的只有老爷子一个人，他有气喘病，在炕上躺了六年多了。伊凡家里样样东西都很充裕，他有三匹马，一头马驹，一头母牛，一头一岁的小牛犊，还有十五只绵羊。女人给男人做鞋缝衣，也下地干活，男人则专干农活。每年打下的粮食都吃不完。光是燕麦卖的钱就够交税和日常零用了。伊凡和儿子们本来可以就这样好好过下去，但他与隔壁院子的邻居戈尔杰伊·伊万诺夫的儿子、瘸子加夫里洛结了仇。

戈尔杰伊老头儿在世、伊凡的父亲还当家的时候，两家人就是邻居。女人要用个筛子或是木桶啦，男人需要个麻袋或是要换车轮啦，两家人都送来送去，互相帮助。如果牛犊跑到打谷场上去了，只要把它赶开，说一声"别让它跑出来，我家的麦草还没收起呢"

就行了。把打谷场和干草棚里的东西藏起来、锁起来，或是互相造谣诬蔑这一类的事从来没有过。

老一辈是这样过的，但新一辈当家以后，情况就变了。

起因是一件微不足道的小事。

伊凡的儿媳妇养了一只母鸡，它早就开始下蛋了。儿媳妇积存鸡蛋准备过复活节用。她每天都到板棚底下的旧木箱里去捡鸡蛋。有一天，大概是孩子们惊吓了母鸡，它飞过篱笆，到隔壁院子里下了蛋。儿媳妇听见母鸡下蛋后咯咯地叫，她想：我现在没空，要收拾屋子准备过节。我等一会儿去捡。晚上，她到板棚底下去看，旧木箱里没有鸡蛋。她去问婆婆和小叔子有没有捡，他们都说没有捡。最小的叔子塔拉斯卡说：你的凤头鸡飞到隔壁院子里去下了蛋，在那边叫过了才飞回来的。儿媳妇看了看她的凤头鸡，它和公鸡并排蹲在架子上，已经闭上眼睛准备睡觉了。她真想问问凤头鸡把蛋下到哪儿去了，可惜它不可能回答。于是她就到隔壁去。邻家的奶奶迎上来问：

"你要什么，媳妇？"

"是这样，奶奶，"她说，"我的母鸡今天飞到你们家来了，不知有没有把蛋下在这儿？"

"我们没看见。我们自己有鸡，上帝保佑，早就下蛋了。我们只捡自个儿的蛋，不拿别人家的蛋。媳妇，我们可不到别人家的院子里去捡蛋。"

媳妇听了心里不高兴，多说了一句，邻家老太又回敬了她两句，两人就对骂起来。伊凡的老婆挑水回来，也卷进去了。加夫里洛的老婆跳出来指责邻居，把有过的事和从来没有过的事搅在一起乱说一气。两家吵成一团，大家拼命地叫嚷，两句并成一句说，话

064

越说越难听。你是这个，他是那个，你是小偷，她是婊子，你想药死你的老公公，你这不像人样的东西！

"你这个叫花子，把我家的筛子都磨破了！我家的扁担还在你手里呢，把扁担还我！"

两个女人抢扁担，把水弄泼了，头巾扯下来了，她们打了起来。加夫里洛从地里回来，站在自己老婆一边。伊凡和他的儿子也冲进人堆。伊凡是个身强力壮的汉子，谁都打不过他，加夫里洛的一撮胡子都给他揪了下来。村里的人跑来，好不容易才把他们拉开。

事情就是从这儿开始的。

加夫里洛把被揪落的一撮胡子用纸包起来，到乡里去告状。

他说："我留胡子可不是为了给麻子伊凡揪的。"

他的老婆在别人面前夸口，说伊凡要被判刑，要被流放到西伯利亚去。两家的仇就越发深了。

他们吵架的第一天，老爷子躺在炕上就劝他们，但是儿孙们不听他的。老爷子对他们说：

"孩子，你们胡闹啊，为了一件屁大的事。你们想想，为了一个鸡蛋闹成这样。小孩子捡了个鸡蛋算什么，上帝保佑他，一个鸡蛋值几个钱？上帝让大家都有饭吃。她说了不好听的话，你指出来，教教她该怎么说话，不就行了？现在打架了咱们都是罪人，这事难免。你们只要去认个错，事情就完了。要是结了仇，你们会倒霉的。"

儿孙们都不听老爷子的，认为老头子说的话莫名其妙，都是些唠唠叨叨的废话。

伊凡不肯向邻居低头。

"我又没扯他的胡子，"他说，"是他自己扯的，他儿子倒把我的衣领子撕坏了，衬衫也给撕得不像样子。你们瞧。"

于是伊凡也去告状。他们先在治安法官那儿争吵，后来官司又打到乡里。正当他们打官司的时候，加夫里洛家的大车主轴不见了。加夫里洛家的女人诬赖伊凡的儿子偷了车轴。

"我们看见夜里他从窗口走过，往大车那边去的，"她们说，"我家干娘说，他到小酒店去，硬要把车轴卖给酒店老板。"

于是两家再打一场官司。平常在家，他们也没一天不吵骂打架。连孩子们也互相对骂，这都是跟大人学的。女人们到河边去洗衣服碰见了，她们衣服捶得少，舌头动得多，说的全是能气死人的话。

起先男人们只是互相诬赖，后来就真的干上了，谁家东西没放好，马上会给别人拖走。女人和孩子们也学会了这样做。他们的日子越过越糟。伊凡·谢尔巴科夫和瘸子加夫里洛在村民大会上打官司，再打到乡里，打到治安法官那儿，弄得法官都腻烦了。一会儿是加夫里洛要求罚伊凡的款，或是送他进拘留所。一会儿又是伊凡要求罚加夫里洛的款，或是送他上拘留所。他们越是互相恶意相待，相互间的仇恨就越深。就像两只狗打架一样，只会越打越厉害。别的狗在背后咬它一口，它也会以为是那只狗咬它，更加发狂。这两家农民也是这样：他们互相打官司，使对方被罚款或是进拘留所，彼此就更加仇恨对方。"你等着瞧吧，"他们总是说，"我要和你算账的。"他们就这样闹了六年。只有躺在炕上的老爷子一直在劝说：

"孩子们，你们在干什么？你们别再算账了，别耽误了正经事。恶有恶报，善有善报啊！"

但是他们不听老人的话。

到了第七年，在一次婚礼上，伊凡的儿媳妇当众羞辱加夫里洛，揭他的短，说他偷马被人抓住过。当时加夫里洛已经喝醉了，不能控制自己，他打了伊凡的儿媳妇，打得她一个星期不能起床，而她正有孕在身。伊凡高兴了，他跑到侦查员那儿递了状子。"这回我可以摆脱我的这位邻居了，"他想，"他少不了要坐监牢或者流放西伯利亚。"然而伊凡的事没有办成。侦查员不肯接受他的状子，因为有人来给他儿媳妇做检查的时候，她已经起床了，而且没有被打伤的痕迹。伊凡又去找治安法官，治安法官把案子转到乡里。伊凡到乡里奔走一番，请文书和乡长喝了半小桶甜酒，结果加夫里洛被判鞭刑。他们在法庭上向加夫里洛宣读了判决。

文书宣读道："法庭决定，在乡公所用树条抽打农民加夫里洛·戈尔杰伊二十下，以示惩罚。"伊凡一边听一边看着加夫里洛：看你这回怎么办？加夫里洛听完判决，脸色发白，转身就走出了屋子。伊凡跟着他出了门，正要去牵马，听到加夫里洛说：

"好哇，他要拿树条抽我的背，叫我的背发烧，我要叫他烧得更厉害。"

伊凡听到这话，立刻转身回去对法官说：

"公正的法官！他威胁说要烧我。你们听听吧，他当着别人的面讲的。"

法官把加夫里洛喊来。

"你真的说了吗？"

"我什么也没说。既然你们有权，你们就用树条抽吧。看来我一个人得为了真理受苦，他却可以为所欲为。"

加夫里洛还想说些什么，但他的嘴唇和脸颊都颤抖起来。他转过脸去对着墙壁。连法官们看着他的样子都觉得害怕。他们想，他可别真的对他的邻居或是对自己做出什么可怕的事来。

一个老法官说：

"老弟们，你们最好还是讲和。你啊，加夫里洛老弟，你打了一个孕妇，难道做得对吗？感谢上帝，没出事儿，要不你犯的罪过可大了。这事做得好吗？你向他认个错、赔个礼，他也就原谅你了。我们可以改判的。"

文书听了这话说：

"这可不行。因为根据第一百一十七条，调解不成而由法庭判决，判决应当生效。"

老法官不听文书的话。

"你别胡说八道。老弟，第一条是要记着上帝，上帝命令他们和解。"

老法官又劝两个农民和解，但没能说服他们。加夫里洛不听他的。

"我都快满五十岁了，儿子都娶了媳妇，我从来就没被人打过，现在麻子伊凡倒要叫我吃鞭子，我还要给他赔礼！哼，瞧着吧……我要叫你伊凡记得我！"

加夫里洛的声音又颤抖起来，他说不下去了，转身走了出去。

从乡里到家有十俄里，伊凡到家时已经很晚。女人们出去接牲口了。他把马卸下来，收拾好，走进屋去。屋里一个人也没有。儿子们还没从地里回来，女人们又都去接牲口了。伊凡进屋后在板凳上坐了下来，开始沉思。他回想起宣读判决时加夫里洛怎样气白了脸，转过脸去向着墙壁。他的心难受得紧缩起来。他设想，如果他被判处鞭刑他会怎样？他开始可怜加夫里洛了。这时他听到老爷子在炕上咳嗽，翻身，把脚移到地下，接着爬下炕来。老爷子下炕以后慢慢走到板凳边，坐了下来。走这点路已经把老爷子累得不行，他咳啊，咳啊，咳了好一阵，才扶着桌子说：

"怎么样，判了？"

伊凡说：

"判用树条抽二十下。"

老爷子摇着头，说：

"作孽啊，伊凡，你作孽了。你不是对他作孽，而是对你自己作孽了。别人把他的背抽烂了，你就快活了？"

"以后他就不敢再干了。"伊凡说。

"不敢干什么？他干过比你更坏的事吗？"

"怎么，他还要干什么？"伊凡说，"他本来要打死我儿媳妇，现在又威胁说要放火。难道说为这个我该去向他赔礼道歉？"

老爷子叹了一口气，说：

"伊凡，你东西南北到处走，而我在炕上躺了这么多年，你就以为你什么都见过，而我却什么都不知道。不对，孩子，你什么也看不清，仇恨使你的眼睛模糊了。别人的罪过在眼前，自己的罪过在脑后。你说：他干坏事！如果只有他一个人干坏事，就结不成仇。两个人之间的仇难道是由一个人结起来的吗？仇是双方结起来的。他干的坏事你看见了，而你自己干的坏事你却看不见。要是只有他一个人坏，而你好，仇就结不起来。谁把他的胡子揪下来的？是谁把别人家的草加到自己的草垛上的？是谁到处告他的状？而你把一切都推到他头上。你自己乱糟蹋，所以日子过不好。孩子，以前我可不是这样过日子的，也不是这样教你们的。我跟加夫里洛他爹难道是这样过日子的吗？我们是怎么过的？好邻居。他家面粉吃完了，他家婆娘就过来了：伏洛尔大叔，要点面！我就说：他媳妇，到粮囤去拿吧，要多少就拿多少。他家没人放马，我就对你说：小伊凡，去把他家的马牵出来。我家缺什么，也总是到他家去。'戈尔杰伊大叔，要点这个，要点那个。''拿吧，伏洛尔大叔！'我们那时就是这样。当时你们也都过得很好。而现在呢？前几天，有个当兵的讲起俄土战争，你们现在干的仗比这场俄土战争还要糟。难道这叫过日子吗？这叫作孽！你是男子汉，是一家之主。你要负责任。你是怎么教育女人和孩子的？教他们骂人。前几天塔拉斯卡这个没出息的东西用下流话大骂阿琳娜婶子，他娘还看着他笑。这好吗？要知道，你有责任啊！你想想你的灵魂吧。难道能这样做吗？你骂一句，我就骂两句；你打我一记耳光，我就打你两记。不，孩子，基督在世上到处走的时候，不是这样教导我们这些蠢人的。别人骂你，你不作声，他自己会觉得有愧。我主是这样教导我们的：别人打你的脸，你要把另一边的脸也转过去，说，如果我该打的话，你就打吧。他的良心会觉得有愧，他就会心平气和了，听得进你的话了。我主是这样吩咐我们的，没叫我们高傲自大。你怎么不说话？我说得对不对？"

伊凡一声不响，他在听。

老爷子咳了一阵，费力地吐出一口痰，接着又说：

"你想想，基督教过我们做坏事吗？他总是教我们要行善。你想想你在这世上的生活吧：自从你们开始干仗以来，你过的日子是变好了还是变坏了？你算算，你打官司花了多少钱？来回赶路吃饭花了多少钱？你的儿子都出息得像小鹰一样，日子本该越过越好，可你的财产却在减少。为什么呢？都是因为你骄傲自大。你应该和孩子们一起下地，亲自去播种，可你却为了报仇跑到法官或是什么其他的官那儿去了。不按时耕地，不按时下种，土地娘娘就不长东西。燕麦今年为什么没长出来？你什么时候下的种？从城里回来以后。告状告出什么来了？脖子上套根绳子。唉，孩子，要记住自己该干的事：跟孩子们一起干好地里的活和家里的事。如果有人欺侮你了，你就照上帝吩咐的那样宽恕他，这样你干什么事都自由自在，心里也总是很轻松。"

伊凡不作声。

"你怎么啦，伊凡！你听听我这老头子的话吧。去吧，套上那匹灰马，现在就去乡公所，在那儿把案子都了结了，明天早上再到加夫里洛家去，照上帝的吩咐你们互相宽恕，然后把他请过来，明天刚巧过节，是圣母诞辰节，你生个茶炊，打一瓶烧酒，把你们作的孽都解了，今后再也不作孽了，吩咐婆娘们和孩子们也不许再作孽了。"

伊凡叹了一口气，心里想："老爷子说得对。"他的气消了，只是不知道现在该怎么做，怎么去和解。

老爷子好像猜到了他的心思，又说：

"去吧，伊凡，别耽搁。灭火要在火刚起的时候，等火烧大了就来不及了。"

老爷子还想说什么，但还没来得及说，女人们就进了屋，像喜鹊一样叽叽喳喳说个不停。她们已经全知道了：加夫里洛怎么被判鞭刑，他怎么威胁说要放火。她们打听到了所有的情况，自己再添点枝加点叶，已经在草地上和加夫里洛家的婆娘又对骂一通了。她们说，加夫里洛的儿媳妇拿办案子的人来压她们。说办案子的人要帮加夫里洛的忙，他要把整个案子翻过来，还说有个教师已经写了一份状子给皇上告伊凡，状子里什么事都提到了：车轴的事啦，菜园子的事啦，这回半个菜园子可要归他们了。伊凡听了她们的话，心又凉了，打消了同加夫里洛和好的念头。

伊凡是一家之主，家里总有好多事等着他去做。他没跟婆娘们说话，站起身走出屋子，到打谷场和板棚那儿去了一下。等到在那边收拾完了回到院子里，太阳已经落山。儿子们也从地里回来了，他们要在入冬前把春播地再耕一遍。伊凡迎上去，问了他们耕地的情况，帮着收拾，把坏了的马轭卸下来修理。他本来还想把木杆收到板棚里面去，但天已经完全黑了，他只好把这事留到明天去做。他给牲口扔下些草料，把门打开，让塔拉斯卡把吃夜草的马赶到外面去，然后再关好大门，堵上门槛。"现在该去吃饭睡觉了。"伊凡想，他拿着坏了的马轭走进屋子。这时他忘记了加夫里洛，也忘记了父亲说过的话。他刚摸着门环，走进穿堂，就听到他的邻居在篱笆外面用嘶哑的嗓子骂人。"他有个屁用！"加夫里洛不知对什么人大叫着，"该杀的东西！"听到这些话，伊凡原先对邻居的所有仇恨又重新涌上心头。加夫里洛在骂的时候，他站在那儿听。等加夫里洛不骂了，他才走进屋去。他进了里屋，屋里已经点了灯。儿媳妇坐在屋角纺线，老伴儿在做晚饭，大儿子在搓绑树皮鞋用的绳子，二儿子拿着一本书坐在桌边，塔拉斯卡在准备夜里出去放马。

要是没有那块心病——凶恶的邻居，家里样样都好，一切都使人高兴。

伊凡心里有火，他走进来，把小猫从板凳上打下去，又骂婆娘们木盆放得不是地方。他心里烦躁不安。他坐下来，皱着眉头，开始修理马轭，但脑子里一直想着加夫里洛的话，想着他在法庭外怎样威胁人，想着他刚才嘶哑着嗓子不知在对什么人大叫："该杀的东西！"

老伴儿给塔拉斯卡准备好了晚饭，他吃完后，穿上皮袄和长袍，系好腰带，拿了面包，到外面去放马了。大儿子本想送他出去，但伊凡自己站起身来，走到门外台阶上。外面一片漆黑，天空布满乌云，起风了。伊凡走下台阶，扶小儿子上了马，又吓走跟在小儿子后面的马驹，在那儿站了一会儿，他听着小儿子骑马从村里走过，与其他的孩子会合，后来他们的马蹄声渐渐消失了。他在大门旁站了好久，脑子里一直想着加夫里洛的话："我要叫他烧得更厉害。"

"他会不顾一切的。"伊凡想，"现在天气干燥，又刮风。他从后院过来，放把火，这种事以前有过。坏人放了火，结果还逍遥法外。如果把他当场抓住，他就逃不了啦！"伊凡脑子里产生了这个念头，就没有回屋去，而是一直朝外走，他出了大门，向拐角走去。"我绕到院子后面去看看，谁知道他会干什么呀。"于是伊凡就蹑手蹑脚地沿着篱笆朝前走。

他刚走到拐角上，顺着篱笆朝屋后看过去，就觉得那头的拐角处有个什么东西闪了一下，像是伸出来又躲到篱笆后面去了。伊凡站住了，他屏住呼吸，仔细地听和看，四周静悄悄的，只有风吹着藤上的叶子、刮着麦秸发出沙沙的声响。虽然黑得伸手不见五指，但伊凡的眼睛已经适应了黑暗：他看得见前面的拐角处，看得见那儿的木桩和屋檐。他站着仔细地观察了一会儿："什么人也没有。"

"大概是我花了眼吧。"伊凡想，"不过我还是要去看看。"他沿着板棚的外墙蹑手蹑脚地向前走。他穿着树皮鞋，走得又轻，连自己也听不见自己的脚步声。当他走近拐角处时，他看见篱笆尽头的木桩旁有什么东西闪亮了一下又不见了。他的心感到一阵刺痛，他停住了脚步。他刚停下来，那个地方闪出了更亮的光，可以清楚地看见有个戴帽子的人背对着他蹲在地上，正在点燃手中的一束麦秸。伊凡的心剧烈地跳动起来，他全身紧张，大步地朝前奔，甚至自己听不见自己的脚步声。"嘿，"他想，"这回他逃不掉了，我要把他当场抓住！"

伊凡只差一点就要抓到了，突然前面一片明亮，但不是在刚才那个人蹲的地方，也不是一小点火，而是一股火苗烧着了棚檐底下的麦秸，正向屋顶上窜，加夫里洛站在那儿，他的身影看得清清楚楚。

伊凡像老鹰抓云雀似的向瘸子扑过去。"让我来收拾你，"他想，"这回你可跑不了啦！"瘸子大概听到了脚步声，回头一看，立刻顺着板棚溜了，不知他哪来这股麻利劲儿。

"你逃不了啦！"伊凡大喊着朝他冲过去。

伊凡刚要抓住他的衣领，他却从伊凡手下溜走了。伊凡又抓住了他衣服的下摆。下摆撕破了，伊凡跌倒在地上。伊凡从地上跳起来，喊道："来人哪！抓住他！"接着他又追上去。

当伊凡从地上爬起来时，加夫里洛已经到了自家院子外，但伊凡还是追上了他。伊凡正要抓住他，突然头上被什么东西猛地一击，好像是一块石头砸在头顶上：这是加夫里洛拿起院墙边的一根橡木桩子，等伊凡跑过来时，就使出全身的力气朝他头上打下去。

伊凡一愣，两眼直冒金星，接着眼前一黑，他就摇晃起来。等他清醒过来，加夫里洛已经不见了，四周像白天一样亮，从他家的院子那边传来像机器开动一样的轰隆声，还有什么东西在劈劈啪啪地响。伊凡转过身来，看见后院的板棚已经全部烧着了，院子侧面的板棚也着火了，火苗、黑烟和被烟带起的麦秸的残烬都朝正房顶上卷去。"老兄啊，这是怎么搞的！"他大叫起来，举起双手拍了一下自己的大腿。"我只要把它从棚檐底下抽出来踩灭就完了！老兄啊，这是怎么搞的！"他又重复了一遍。

他想大喊一声，但是气接不上来，声音也哑了。他想跑，两条腿又动不了，好像互相绊住了。他朝前走了一步，又摇晃起来，气又接不上了。他站着喘了一会儿气，再向前走。等他走到大火燃烧的地方，侧面的板棚也已全部烧着了，而且已经蔓延到正房的一角和大门上，火从正房里窜出来，院子也进不去了。许多人跑来，但却毫无办法。邻居们都把自己家里的东西往外搬，把牲口从院子里往外赶。伊凡的家烧起来了以后，加夫里洛家的院子接着也烧着了，风一刮，火就烧到了街对面。半个村子都烧起来了。

伊凡家的人冲进火里，只救出了老爷子，其他的东西都没救出来。家里的牲口除了放出去吃夜草的马以外，全都烧死了。鸡烧焦在架子上，大车、木犁、耙子、女人的箱子、囤里的粮食，全都烧光了。

加夫里洛家把牲口都赶出来了，另外还抢出了一些东西。

火烧了好长时间，烧了整整一夜。伊凡站在自家院子旁边看着，嘴里只是不停地重复那句话："老兄啊，这是怎么搞的！我只要把它抽出来踩灭就完了。"但是当正房的顶往下塌的时候，他竟钻进火里，抓住一根烧焦的圆木往外拖。女人们看见了，喊他回来，但他已经拖出一根圆木，又钻进去拖第二根圆木，结果身子一晃，跌倒在火里。这时他儿子钻进去把他拖了出来。伊凡的胡子和头发都烧掉了，衣服和手也烧伤了，而他却毫无感觉。大家都说："他已经伤心得糊涂了。"大火渐渐地熄灭了，而伊凡还站在那儿不停地说："老兄啊，这是怎么搞的！我只要把它抽出来……"天亮以后，村长的儿子来找伊凡。

"伊凡大叔，你的父亲快死了，叫你去见他最后一面。"

伊凡已经忘记了父亲，不明白别人在对他说什么。

"谁的父亲？"他问，"叫谁去？"

"叫你去，见最后一面，他在我们家里，快死了。我们走吧，伊凡大叔。"村长的儿子说着拉起他的手。伊凡就跟村长的儿子走了。

老爷子被救出来时，燃着的麦秸掉下来烧伤了他。人们把他抬到村长家去，村长家所在的地方离火场比较远，火没烧到那儿。

伊凡去见他父亲时，村长家里只有村长的老伴儿和几个坐在炕上的孩子。其他的人都在火场上。老爷子躺在板凳上，手里拿着一根蜡烛，眼睛斜盯着门口。儿子进门的时候，他动弹了一下。村长的老伴儿走过去告诉他，他儿子来了。他叫儿子到他跟前去。伊凡走到他跟前，他问：

"怎么样，伊凡，我跟你说过的吧。是谁烧的村子？"

"爹，是他，"伊凡说，"我当面看见的。他就在我面前把火把塞到棚檐底下。我要是把那把麦秸抽出来，踩灭它，就什么事也没了。"

"伊凡，"老爷子说，"我的死期到了，你将来也要死的。这回究竟是谁的罪过？"

伊凡两眼直盯着父亲，沉默着，一句话也说不出来。

"你当着上帝的面说：是谁的罪过？我当初跟你怎么说的？"

这时伊凡才清醒过来，全明白了。他抽泣着说：

"爹，是我的罪过！"他跪倒在父亲面前，哭着说，"宽恕我吧，爹，我在你面前，在上帝面前都有罪。"

老爷子双手动了动，把蜡烛换到左手上，想把右手举到额前画个十字，但才举到一半就举不上去了。

"主啊，感谢你！主啊，感谢你！"他说完，又斜过眼睛去看儿子。

"伊凡！伊凡！"

"想说什么，爹？"

"现在该怎么办？"

伊凡不停地哭。

"我不知道，爹，"他说，"现在怎么过下去啊，爹？"

老爷子闭上眼睛，动了动嘴唇，似乎在积蓄力气，接着他又睁开眼睛，说：

"能过下去的。只要和上帝在一起，就能过下去。"

老爷子沉默了一会儿，然后笑了笑，又说：

"伊凡，你注意点，可别说是谁放的火。庇护别人一次罪过，上帝就宽恕你两次。"

老爷子双手举起蜡烛，把它们放在胸口下面，叹了一口气，伸直腿就死了。

伊凡没有告发加夫里洛，谁也不知道大火是怎么烧起来的。

伊凡对加夫里洛的仇恨消失了，加夫里洛发现伊凡没有告发他，觉得奇怪。起初他害怕伊凡，后来也就不在乎了。两个农民不再吵架，他们的家人也不再吵了。重造房子的那些日子，两家人住在一个院子里，等到村子重建完毕，他们的院子都变大了，伊凡和加夫里洛仍旧是近邻。

伊凡和加夫里洛像他们的父辈那样和睦相处。伊凡·谢尔巴科夫牢记老爷子的遗训和上帝的指示：灭火要在刚着火的时候。

077

如果有人对他做了不好的事，他不是力求报复，而是力求使事情变好。如果有人对他说了一句难听的话，他不是竭力回敬一句更恶毒的话，而是设法教别人不再说难听的话。他也是这样教导自己家里的女人和孩子们的。伊凡·谢尔巴科夫不仅重建起自己的家园，而且日子比以前过得更好了。

1885 年

蜡烛

你们听见有话说："以眼还眼，以牙还牙。"只是我告诉你们，不要与恶人作对。(《马太福音》第5章第38、39节）

这是地主老爷时代的事了。地主是各种各样的。有的地主记得上帝，知道人是要死的，因而怜悯人。也有的地主像狗一样，就别提他们了。而最坏的要数农奴出身的小头目，标准的小人得势！在这种人手下日子最难过。

有个地主的庄园里就有这样一个管家。那时农民还是交的劳役租。地很多，也很好。水啦，草场啦，森林啦，老爷和农民们什么都不缺。可是老爷从另一处领地的家奴中挑了一个人到这儿来当管家。

管家掌了权就骑在农民头上。他自己有家小：妻子和两个出了嫁的女儿，挣的钱也不少，本来可以好好过日子，不犯罪孽。但他太贪心，结果陷进罪孽里。起初他强迫农民多服劳役，后来他开了个砖厂，又强迫农民没日没夜地干活，烧出的砖他拿去卖钱。农民们到莫斯科去向老爷告状，但没有结果。老爷把农民们打发走，没有任何说法，也没有撤销管家的权力。管家打听到农民们去告过他的状，就加倍地报复他们。农民们的日子更不好过了。农民中间出了几个不可靠的人，他们向管家告自己弟兄的密，还互相使坏。农民们的心不齐，管家就更凶恶了。

管家越来越凶恶，以致后来农民见到他像见到猛兽一样害怕。只要他到村里去，大家就像看见狼一样地躲起来，唯恐被他看见。管家看在眼里，知道大家怕他，就更凶狠。他不是打人就是逼人干活，农民们受尽了他的折磨。

像这样的恶棍被人干掉是常有的事。农民们开始议论这个问题。他们在僻静的地方聚在一起，胆子大一点的人就说："咱们还要忍受多久啊？咱们豁出去啦，打死这种恶棍不作孽的！"

复活节前的一天，农民们在森林里干活：管家派他们收拾老爷的林子。聚在一起吃饭的时候，他们议论开了。

"现在咱们怎么活下去啊？他会把我们折磨死的。他逼着咱们没日没夜地干活，不管是咱们自己，还是娘儿们，都不得休息。有一点不合他的意，他就找碴儿、抽鞭子。谢缅就是被他打死的。阿尼西姆也给戴上了足枷。咱们还要等到什么时候？傍晚他一到这儿来，又要乱折磨人了。干脆把他从马上拖下来，给他一斧子，事情就完了。挖个坑像埋狗一样把他埋了，不留一点痕迹。不过我们要讲好：大家一条心，不能出卖人！"

这是瓦西里·米纳耶夫说的话。他最恨管家。管家每个星期都鞭打他，还把他的老婆抢去给自己当厨娘。

农民们就这样议论了一阵。傍晚时分，管家来了。他是骑马来的，一来就找碴儿，说树砍得不对。他在砍倒的树堆中找到一棵椴树。

"我没叫你们砍椴树。"他说，"是谁砍的？快说，不然我叫你们都吃鞭子!"

他开始查看,这棵椴树在谁砍的那一行里。结果查出是西多尔砍的。管家狠狠地鞭打西多尔,打得他满脸是血。他还抽了鞑靼人瓦西里一顿鞭子,说他砍得少。然后他就骑马回去了。

晚上农民们又聚在一起,瓦西里说:

"唉,弟兄们!我们不像人,像是麻雀。嘴里说:'咱们要对着干,对着干。'但事到临头,大家又全躲到屋檐底下去了。麻雀在老鹰面前也是这样:'咱们不出卖,不出卖,要对着干,对着干!'可老鹰一飞过来,大家就都躲到荨麻底下去了。老鹰想抓哪一只就抓哪一只,抓住就走。麻雀再跳出来:'叽叽,叽叽!少了一只。''谁没了?万卡没了。唉,他活该。自作自受。'你们也是这样。既然说好不出卖,就不出卖!他抓住西多尔,大家就该拥上去结果了他。可你们呢:'不出卖,不出卖,对着干,对着干!'结果老鹰一飞过来,你们就躲到灌木丛里去了。"

农民们一次又一次地这样议论,终于下定决心要除掉这个管家。复活节前一个星期,管家吩咐农民们准备好在复活节去服劳役耕燕麦地。农民们觉得这太欺负人,他们聚集在瓦西里家的后院里又开始议论。

"既然他连上帝也忘记了,要干出这样的事,"他们说,"是该把他打死。咱们豁出去啦!"

彼得·米赫耶夫也到他们这儿来了。他是个老实的庄稼人,平常不参加农民们的议论。他听了大家的话以后说:

"弟兄们,你们想干的事是件大罪过。毁掉一个人的灵魂可是件大事。毁掉别人的灵魂容易,但是自己的灵魂会怎么样呢?他作恶,会有恶报。弟兄们,应该忍耐。"

瓦西里听了这话很生气，说：

"你总是说：杀人罪过。当然，是罪过，但问题是杀什么人？杀好人罪过，但像他那样的畜生上帝让杀的。要怜悯人就得把疯狗打死。不打死他罪过就更大。谁叫他害老百姓的！我们哪怕因为这件事而受苦受难，也是为了老百姓。老百姓会对我们说声谢谢的。如果我们再忍下去，他会把大家都害死。米赫耶夫，你尽说些没用的话。难道复活节叫咱们去干活，这个罪过还小吗？你自己就不会去！"

米赫耶夫说：

"为什么不去？叫我去耕地，我就去耕地。又不是替我自己耕。上帝知道是谁的罪过，只要我们不忘记上帝就行了。弟兄们，这话不是我说的。要是有人叫我们以恶除恶，那么上帝的法令上应该有这一条。然而上帝的法令上所讲正好相反。你以恶除恶，恶就转到你身上。杀人是不聪明的，血会黏住你的心。杀了人，血就污了自己的灵魂。你以为杀了一个坏人，以为除了恶，可是一看，你把更大的恶引到了自己身上。你向灾难低头，灾难也就向你低头。"

结果农民们没有商量出个一致意见：各人有各人的想法。有人照瓦西里的说法考虑这件事，也有人赞成彼得的话，认为不能犯罪，而应该忍耐。

农民们第一天在一起庆祝，是个周天。晚上，村长陪着地方长官从老爷家的院子里来对大家说，管家米哈伊尔·谢苗内奇命令明天全体农民都去翻耕燕麦地。村长和地方长官在村里转了一圈，通知大家明天都去耕地，有些去河对面，有些去大路边。农民们哭了，但是不敢违抗，第二天早晨都带上犁去耕地。教堂响起了钟声，召唤大家去做早祷，各处的人都在过节，只有这儿的农民在耕地。

管家米哈伊尔·谢苗内奇醒来时已经不早了，他起床后就去处理庄园里的事。他的老婆和一个回家来过节的守寡的女儿梳妆收拾好了，雇工替她们套好车，她们乘车去做了早祷，然后回来。女仆生好了茶炊，米哈伊尔·谢苗内奇也回来了，大家一起喝了茶。米哈伊尔·谢苗内奇喝够了茶，点上烟斗，把村长叫来了。

"怎么样，派农民去耕地了吗？"

"派了，米哈伊尔·谢苗内奇。"

"哦，都去了吗？"

"都去了，我亲自分派的。"

"分派归分派，但是他们耕不耕地呢？你去看看，告诉他们，我午饭以后就去，地要耕两遍，要好好耕！要是让我发现漏耕的地方，我可不管过节不过节！"

"是，大人。"

村长正要走，米哈伊尔·谢苗内奇又把他叫回来。米哈伊尔·谢苗内奇把他叫回来以后，又犹豫起来，似乎想说什么，但又不知道怎么说。他犹豫了一阵，终于说：

"是这样，你听听他们那伙强盗怎么议论我。谁骂我，骂了些什么，都回来告诉我。我可了解他们那伙强盗，他们不爱干活，光想东倒西歪地躺着，荡来荡去。他们就爱吃，爱过节，也不想想，错过了耕地的时间就会误了农时。因此你要注意听他们说话，谁说些什么，都要向我报告。我必须知道这些。你去吧，要记好，全都要向我报告，不得隐瞒。"

村长转身出了管家家的门，骑上马，到地里去找农民了。

管家的妻子听到了丈夫和村长的谈话，她走到丈夫面前向他求情。管家的妻子是个老实的女人，心地善良。她总是尽力平息丈夫的怒火，在他面前替农民说话。她走到丈夫面前，说："亲爱的米申卡，这是大节，是主的节日，看在基督的面上，你别作孽，放农民回家吧！"

米哈伊尔·谢苗内奇不听妻子的话，他只是嘲笑她：

"你大概好久没尝过鞭子的味道了，胆子变得这么大，竟敢管闲事了？"

"亲爱的米申卡，我做了一个跟你有关的噩梦，你听我的话，让农民们回去吧！"

"我说得不错，"管家说，"你大概是油吃多了，以为鞭子不会抽你了。你当心点！"

米哈伊尔·谢苗内奇发火了，拿燃着的烟斗去戳他老婆的嘴，把她赶走，命令开午饭。

米哈伊尔·谢苗内奇吃了肉冻、馅饼、肉丝菜汤、烤小猪、牛奶面条，喝了樱桃酒，还吃了点甜饼，然后把厨娘喊来，叫她唱歌，他自己也拿起一把吉他来伴奏。

米哈伊尔·谢苗内奇高高兴兴地坐在那里，打着饱嗝，拨拨琴弦，和厨娘说说笑笑。村长走进来，鞠了一躬，然后开始报告他在地里看到的情况。

"怎么样，他们在耕地吗？到时候能耕完吗？"

"已经耕了一半多了。"

"没有漏耕的地方？"

"我没看见，耕得挺好，他们害怕。"

"那么，地耙得好不好呢？"

"耙得很松软，就像满地的罂粟花一样。"

管家沉默了一会儿。

"那么，他们有没有说我什么？他们骂我了吗？"

村长犹豫起来，米哈伊尔·谢苗内奇叫他照实说。

"你全说出来，又不是你说的话，是他们说的话。你照实说了，我奖赏你；如果你护着他们，那对不起，我就用鞭子抽你。喂，喀秋莎，给他杯伏特加壮壮胆。"

厨娘给村长端来一杯酒。村长道了谢，喝干了，擦擦嘴，开始报告。他想："别人不夸他又不是我的过错。既然他叫我照实说，我就照实说吧。"村长的胆子变大了，他开始说起来：

"他们抱怨呢，米哈伊尔·谢苗内奇，都在抱怨。"

"到底说些什么？你告诉我。"

"他们都说，你不信上帝。"

管家笑了。他问：

"这是谁说的？"

"大家都这么说。他们说，你听魔鬼的话。"

管家又笑了。

"很好。现在你分开讲，谁说了些什么。瓦西里说什么了？"

村长本来不想供出自己人，但他和瓦西里早就有仇。

"瓦西里骂得最厉害。"他说。

"他到底骂些什么？你说呀！"

"说出来可怕。他说你不得好死。"

"嘿，有种的，"管家说，"他怎么不看准机会把我杀了？大概是手够不到吧？好吧，瓦西里，我会和你算账的。还有，季什卡那狗东西也骂我了？"

"是的，大伙儿没一句好话。"

"他们到底说些什么?"

"重复一遍都使人恶心。"

"恶心什么? 你别怕,说。"

"他们说,要叫你肚破肠流。"

米哈伊尔·谢苗内奇听了很高兴,甚至哈哈大笑起来。

"咱们等着瞧吧,看谁先肚破肠流。这话到底是谁说的? 季什卡吗?"

"谁也不说一句好话,都在骂人,都在威胁人。"

"哦,那么彼得·米赫耶夫怎么样? 他说什么了没有? 我看,他也骂我了吧?"

"没有,米哈伊尔·谢苗内奇,彼得没骂。"

"他怎么回事?"

"所有的农民中只有他一个人什么也没说。他可是个聪明的庄稼汉! 我也觉得他奇怪,米哈伊尔·谢苗内奇。"

"他在干什么?"

"他干的事大家都觉得奇怪。"

"干的什么?"

"真是很奇怪。我朝他那边走,他正在耕图尔金河边上的那一块狭长的地。我走到他跟前,听到有人在唱歌,声音轻轻的,很好听,犁把上有个什么东西在闪亮。"

"是吗?"

"那个闪亮的东西好像是火。我再走近点,看见犁把的横木上点着一支五戈比的蜡烛,风也吹不灭它。他穿着一件新衬衣,一边耕地一边唱着复活节的圣诗。他掉头和抖土,蜡烛都不熄灭。他当着我的面抖土,把拨土板重新放好,再驾犁向前走,那蜡烛一直点着，没有灭!"

"他说什么了吗?"

"什么也没说。他一看见我，就上来同我亲吻了三次，祝贺复活节，然后又唱起圣诗来。"

"那么，你和他说话了吗?"

"我没说，别的农民过来嘲笑他，他们说：米赫耶夫复活节耕地，这罪过他祷告一辈子也赦免不了啦!"

"他说什么呢?"

"他只说：'愿世上太平，愿人间幸福!'接着他又驾起犁，赶着马，用轻轻的声音唱起来，那蜡烛一直点着，没有熄灭。"

管家不再笑了，他放下吉他，低下头，开始沉思。

他坐了好一会儿，然后叫厨娘和村长出去，独自走到布帘后面，往床上一躺，又是叹气，又是呻吟，好像在赶车运麦捆似的。老婆过来问他，他也不回答，只是说：

"他打败了我! 现在轮到我了!"

老婆劝他说：

"你去放他们回家吧。也许不会有什么事。你做过那么多事，从没怕过，现在怎么这样胆小?"

"我完了，"管家说，"他打败了我。"

老婆对他喊道：

"你老是这句话：'打败了，打败了。'你去让农民们回家，不就行了吗? 去吧，我叫人备马。"

马牵来了，管家的老婆说服了丈夫去放农民们回家。

米哈伊尔·谢苗内奇骑上马，出发到地里去。他走到村口，一个农妇给他打开大门，他就进了村。老百姓一看见管家，全都躲开

087

他，有的躲进院子，有的藏到墙角后，有的跑到菜园里。

管家穿过村子，来到村子的另一个出口处。村口的栅门关着，他骑在马上没法开门。他喊了又喊，想叫人给他开门，但没人答应他。他只好自己下马把门打开，然后再上马。他把一只脚塞进马镫，跃起身子，正想跨到马鞍上，突然马被一头猪惊吓了，猛地往栅栏那边一跳，他肥胖的身子没有落到马鞍上，而是越过马鞍肚皮戳到了栅栏上。栅栏上仅有一根尖头朝上的木桩比其他的木桩长，管家的肚皮正好戳在这根木桩上。他的肚皮被戳破了，摔倒在地上。

农民们耕完地回来，马喷着鼻子，不肯进栅门。农民们一看，米哈伊尔·谢苗内奇仰面躺在地上，两臂伸开，眼睛一动也不动，五脏六腑都流到了地上！血聚成了一小洼，已经渗不进地下去了。

农民们都吓得掉转马头，只有彼得·米赫耶夫一个人下了马，走到管家跟前，看见他已经死了，就把他的眼睛合上，套了一辆车，和儿子一起把死人装上车厢，拉到了老爷的院子里。

老爷知道了事情的全部经过后，为了避免再犯罪孽，就让农民改交代役租了。

农民们也明白了，上帝的力量不在恶行中，而在善行中。

1885 年

三位长老

你们祷告，不可像外邦人，用许多重复话，他们以为话多了必蒙垂听。你们不可效法他们。因为你们没有祈求以先，你们所需用的，你们的父早已知道了。（《马太福音》第6章第7、8节）

一位主教乘船从阿尔汗格尔斯克出发，到索洛维茨群岛去。船上还有一些去朝拜圣徒的香客。天气晴朗，船又顺风，行得很平稳。香客们有的躺着，有的在吃东西，有的三五成群地坐着聊天。主教也走出来，在甲板上来回踱步。他走到船头，看见那儿聚集着一堆人。一个男人指着海上的什么东西在讲着，其他的人在听。主教停住脚步，朝那个男人指的方向看去：他只看见海水在阳光下闪烁，其他什么也没看见。主教再走近些，想听听他在说些什么。那个男人看见主教，摘下帽子，不作声了。其他的人也看见了主教，也都摘下帽子向他致敬。

"别客气，弟兄们，"主教说，"我也是来听的，善人，你讲下去。"

"刚才这渔民在给我们讲长老们的事呢。"一个胆子大一点的商人说。

"讲长老们的什么事?"主教一边问,一边走到船舷边,在一只木箱上坐下,"也讲给我听听吧,我在听呢,刚才你指什么?"

"瞧那儿有个小岛,"渔民指着右前方说,"长老们就住在那个小岛上拯救自己的灵魂。"

"小岛在哪儿啊?"主教问。

"你顺着我的手看过去,那儿有朵云,在云的左下方,看得见一条带子。"

主教看啊看啊,海水在阳光下闪耀,他的眼睛不习惯,什么也看不见。

"我看不见。"他说,"那岛上住着什么样的长老?"

"敬仰上帝的人,"渔民说,"我早就听说过他们了,只是没见过他们,前年夏天,我亲眼看见了。"

于是渔民又重新开始讲,他怎样出海打鱼,风浪怎样把他吹打到那个小岛上,他自己也不知道是在什么地方。第二天早晨,他到岛上去,发现一座土坯小屋,看见屋旁有一位长老,后来又出来两位。他们给他吃饭,替他烘干衣服,帮他修好小船。

"他们长什么样子呢?"主教问。

"有一个很矮,弯腰驼背,年纪非常大,穿一件旧法衣,应该有一百多岁了,白胡子都已经变青了,但他脸上总是在微笑,放着光彩,像天使一样。另一个高些,也很老了,穿一件破袍子,大胡子白里夹黄。他力气很大,把我的小船翻过来,就像翻一只木桶似的,我都没来得及帮他。他也是一副很快乐的样子。第三位长老个子很高,胡子一直拖到膝盖,白得像月亮,眉毛很长,一直挂到眼睛上。他显得愁眉苦脸,全身不穿衣服,只在腰上系一块草席。"

"他们跟你说话了吗?"主教问。

"他们干活时多半不作声,彼此间也很少讲话。一个看另一个一眼,另一个就明白了。我问高个子的长老,他们是不是在这儿住了很久。他皱着眉头说了句什么,好像生气了,那个年纪最大的矮个子长老连忙过来拉住他的手,微笑了一下,高个子长老就平静下来了。矮个子长老只说了一句'宽恕我们吧',只是微笑了一下。"

渔民讲话的时候,船离小岛更近了。

"现在看得清楚了,大人您看。"他指着前方说。

主教一看,确实看见了一条黑带子,就是那个小岛。主教看了一会儿,从船头走到船尾,走到舵手跟前。

"前面看得见的那个小岛是什么岛?"主教问。

"没名字的岛,这种岛很多。"

"听说有几位长老在那儿寻求灵魂得救,是真的吗?"

"是听说过,大人,我也不知道是不是真的。渔民们说看见过。不过他们也常常瞎说。"

"我想到岛上去看看长老们,"主教说,"怎么才能办得到?"

"这船靠不上去,"舵手说,"坐小艇可以,不过得问问船长。"

有人把船长请来了。

"我想去看看那些长老,"主教说,"能送我去吗?"

船长说:"可以是可以,但要花很多时间,斗胆禀告大人,他们不值得去看。我听说这些长老都是些非常愚昧的人,他们什么也不懂,什么也不会说,就像海里的鱼一样。"

"我想去,"主教说,"我付钱,请送我去。"

船长没有办法,只好命令船员们改变帆向。舵手掉转船头,船朝小岛驶去。有人给主教搬来一张椅子放在船头。他便坐下来朝前方看。大家都聚集在船头，望着小岛。眼睛好的已经看见岛上的石头了，并且指着那座小土坯屋。有一个人甚至看见了三位长老。船长拿出望远镜看了一会儿，然后把它递给主教，说："真的，岸边上，一块大石头的右边，有三个人站着。"

主教用望远镜对准那个地方看着。确实有三个人站着：一个高些，另一个矮些，第三个更矮。他们手拉着手站在岸边。

船长走到主教面前说："大人，该在这儿停船了。您如果要去，就请从这里乘小艇去，我们在这儿抛锚等您。"

水手们放下缆绳，抛了锚，收起帆，船摇晃起来。一只小艇放下去了，几个划桨的跳了下去，主教也沿着小舷梯下到小艇上。主教下到小艇上以后，坐在船头的一张小板凳上，桨手划动桨，小艇就朝小岛驶去。小艇驶近了那块大石头，清清楚楚地看见三位长老站在那儿：高个子的没穿衣服，腰上系着一块草席，矮一点的穿一件破袍子，最老的一个背有点驼，穿一件旧法衣。三个人手拉手地站在那里。

桨手把小艇靠上岸，用钩子钩牢在岸边。主教上了岸。

三位长老向他鞠躬，他为他们祝福，他们又向他更深地鞠躬。接着主教对他们说：

"敬神的长老，我听说你们在这儿求灵魂得救，为他人向上帝基督祈祷。我是基督的不称职的仆人，蒙主的恩典，在这儿牧养信徒，所以想见见你们这几位主的仆人，如果可以，也向你们布道。"

三位长老不作声，微笑着，互相看看。

"请你们告诉我，你们怎样求灵魂得救，怎样侍奉上帝。"主教说。

中等个子的那位长老叹了一口气，看看那位年纪最大的。高个子的那位长老也皱着眉头，看看年纪最大的。年纪最大的长老微笑了一下，说："上帝的仆人，我们不会侍奉上帝，我们只不过是侍奉自己、养活自己。"

年纪最大的长老说："我们这样祈祷：你们是三个，我们也是三个，宽恕我们吧。"

年纪最大的长老刚说完这句话，三位长老就一起举目望天，齐声说："你们是三个，我们也是三个，宽恕我们吧！"

主教笑了笑，说：

"你们这是听到过圣三一的说法了，但不是这样祈祷的。敬神的长老们，我爱上你们了，我看得出，你们想叫上帝喜欢，但不知道怎样侍奉他。不该这样祈祷，你们听我讲，我教你们。我不是照自己的意思教你们，而是照上帝写的书来教你们，上帝吩咐人们该怎样向他祈祷。"

于是主教开始向长老们讲解，上帝怎样向人们显示自己。他对他们讲解了圣父、圣子、圣灵，他说：

"圣子到地上来拯救人们，他教人们这样祈祷。你们听好，跟着我讲。"

主教说："我们"，一位长老跟着说："我们"，第二位长老也说："我们"，第三位长老也重复道："我们"。主教接着说："在天上的父。"三位长老一起跟着说："在天上的父。"中等个子的长老弄错了词，念得不对。高个子、没穿衣服的那位长老也没念好，他的胡子长得太密，把嘴都堵住了，话说不清楚。年纪最大、牙齿掉了的那位长老也念得含含糊糊。

主教重复了一遍，长老们也跟着重复了一遍。主教在石头上坐下，三位长老围着他，看着他的嘴一遍遍地跟他念。主教从白天一直教到晚上，一个字念了十遍、二十遍，甚至一百遍，长老们也一直反复地念。他们念错了，主教就纠正他们，叫他们从头开始再念。

主教一直到教会了他们念整个主祷文才罢休。他们跟着他会念，自己念也能念起来。中等个子的长老最先学会，他能完整地念出来了。主教吩咐他一遍遍地重复念。另外两个后来也能完整地念了。

天黑了，月亮从海上升起，主教这才起身回船去。他同长老们告别，长老们向他磕头。主教扶他们起来，同他们一一亲吻，嘱咐他们要照他教他们的方法祈祷，然后才坐上小艇回大船去。

主教乘的小艇向大船驶去，大家都听到三位长老用不同的声音响亮地念着主祷文。小艇驶近大船的时候，长老们的声音听不见了，只见在月光下，三位长老站在岸边原来的那个地方，个子最矮的站在中间，个子最高的站在右边，中等个子的站在左边。小艇到了大船跟前，主教登上甲板，接着起锚扬帆，风鼓起帆，船继续向前航行。主教走到船尾，坐在那儿一直望着小岛。起先还看得见长老们，后来他们从视线中消失了，只看得见小岛，再后来连小岛也看不见了，只剩下大海在月光下闪烁。

香客们都躺下睡了，甲板上静悄悄的。但主教却不想睡，他一个人坐在船尾望着大海，望着小岛隐没的地方，想着三位善良的长老。他想到三位长老学会了念主祷文的时候显得多么高兴，心里便感谢上帝领他来帮助这三位敬神的长老，教会他们神所说的话。

主教就这样坐着，想着，望着大海，望着小岛隐没的地方。

他的眼睛里冒金星了，水波上，时而在这里，时而在那里，有金星在闪烁。忽然他看见在月亮投下的光柱中，有什么东西在一闪一闪，发着白光：是海鸥呢，还是一只小船上的帆在闪着白光？主教仔细地看了一会儿，心想："是只小帆船在我们后面行驶。而且很快就要追上我们了。刚才还好像很远、很远，现在已经近得看得见了。小船不像是小船，帆也不像。不知是什么东西在我们后面很快地走，快追上我们了。"主教辨不出那是什么，船不像船、鸟不像鸟、鱼不像鱼。有点像人，但太大，而且人不可能在海上走。主教站起身，走到舵手跟前，说：

"你看，那是什么？"

"那是什么，兄弟？那是什么？"主教一面问，一面自己已经看出来了：那是长老们在海上奔跑，他们白色的大胡子在闪亮发光，他们好像在追赶一个静止不动的东西，离大船越来越近了。

舵手回头看了一眼，吓得扔下舵，大叫起来：

"天哪！长老在海上追我们，像在陆地上一样！"大家听见喊声，都起来了，奔到船尾。大家看见：三位长老手拉着手在奔跑，两边的两位长老挥着手，喊着停船。三个人在水上跑就像在陆地上跑一样，而且不动腿。

船还没停住，长老们已经与船并排而行了，他们靠近船舷，抬起头齐声说：

"上帝的仆人，我们把你教的祈祷文忘了！我们起先念的时候记得，后来有一会儿没念，一个字丢了、忘了，别的就都乱了。现在我们一点儿也不记得了，再教我们一遍吧。"

主教画了个十字，弯下腰把身子伸到船舷外对长老们说：

"敬神的长老，你们的祷告也能到达上帝那里。我不应该来教你们。请为我们这些罪人祈祷吧!"

主教向长老们跪拜。长老们停了一会儿,就转身从海上回去了,一直到早晨都看得见长老们去的那个方向在闪着光芒。

1886 年

上帝知道真情，但不立即说出
（纪实）

从前弗拉基米尔城里住着一个年轻的商人阿克谢诺夫，他有两家店铺和自己的房屋。

阿克谢诺夫有一头淡褐色的卷发，长得漂亮，整天乐呵呵的，歌也唱得很好。他年纪轻轻就爱喝酒，喝醉了常常惹事。但自从结婚以后，他就戒酒了，酒后胡闹的事只是偶尔发生。

有一年夏天，阿克谢诺夫要到尼日尼城去赶集。他和家人告别时，妻子对他说：

"伊凡·德米特里耶维奇，你今天别走，我在梦中见到你遭难了。"

伊凡·德米特里耶维奇笑着说：

"你总是怕我到集上去喝酒胡闹，对吗？"

妻子说：

"我自己也不知道我怕什么，不过我梦见的东西真可怕。我梦见你从尼日尼回来，摘下帽子，我一看，你的头发全白了。"阿克谢诺夫哈哈大笑起来。

"这就是说我要赚钱了。你等着吧，我赚了钱给你买贵重的礼物回来。"

于是他告别家人动身了。

他在半路上碰到一个熟悉的商人,就和这个商人一起在旅店过夜。他们一块儿喝茶,睡在两个紧挨着的房间里。阿克谢诺夫不爱睡懒觉,天不亮他就醒了,他想趁天凉好赶路,喊醒车夫去套马,然后他去后房找老板结了账,就走了。

马车行了大约四十俄里,他停下车来喂马。他在一家小旅店的穿堂里休息了一会儿,午饭时分他走到台阶上吩咐生茶炊,他自己拿出一把吉他开始弹。突然,一辆三套车响着铃铛驶进院里,从车上下来一个官员和两个士兵,那官员走到阿克谢诺夫面前,问他是谁、从哪里来。阿克谢诺夫一一如实说了,还问他们,是否愿意同他一起喝杯茶?但那官员却只是不停地问他:"昨晚在哪儿过夜的?是一个人还是同一个商人在一起?早晨看见那个商人了吗?为什么一大早就离开旅店?"阿克谢诺夫感到很惊奇,为什么他们要问他这些问题?他一一说了,然后问:"你们干吗这样盘问我?我又不是什么小偷、强盗。我出门办自己的事,有什么可问的。"

于是官员把两个士兵喊来,接着说:

"我是警察局局长,我盘问你是因为昨天夜里同你一起住旅店的那个商人被杀了。把你的东西拿出来,你们两个去搜。"

他们走进屋子,打开箱子和口袋搜查。忽然,警察局局长从口袋中抽出一把刀,他喊道:

"这是谁的刀?"

阿克谢诺夫回头一看,看见从他的口袋中拿出一把带血的刀子来,他吓坏了。

"刀上为什么有血?"

阿克谢诺夫想回答，但是一句话也说不出来。

"我……我不知道……我……刀子……我……不是我的……"

这时警察局局长说：

"早晨有人发现那个商人被杀死在床上。除了你以外，没人能干这件事。屋子的门反锁着，屋里除了你以外，没有其他人。现在你的口袋里又有一把带血的刀子，而且从你的脸色上也看得出。你说，你是怎么杀死他的，抢了多少钱？"

阿克谢诺夫对天发誓说，这不是他干的，他和那个商人一起喝了茶以后就没有再见到过他，这八千卢布是他自己的，刀子不是他的。但他的话断断续续，他的脸色发白，害怕得浑身发抖，像是犯了罪似的。

警察局局长叫士兵给他戴上脚镣，把他押上大车。当他戴着脚镣被推上大车的时候，他画了个十字，哭了起来。阿克谢诺夫的钱财被没收了，他被送进邻近一个城市的监狱里。警察局派人到弗拉基米尔城去了解阿克谢诺夫是个怎样的人，弗拉基米尔城的商人和居民都说，阿克谢诺夫从年轻时就爱吃喝玩乐，但人倒是个好人。后来开庭审判，法庭判定他杀了梁赞省的一个商人，盗窃了两万卢布。

妻子听到丈夫的事痛不欲生，但又无法可想。孩子们都还小，有一个还在吃奶。她带着所有的孩子到关押她丈夫的那个城里去。起先不允许她探监，后来她向长官求情，终于允许她去见她丈夫了。当她看见丈夫穿着囚衣，戴着铁镣，和强盗关在一起时，她晕倒在地上，好久没有醒来。醒来后她让孩子们围在她身边，她自己挨着丈夫坐下，告诉他家里的情况，也询问他出事的详细经过。丈夫把一切都告诉了她。她问：

"现在该怎么办呢?"

丈夫说:

"应该向皇上申诉。不能把一个无罪的人毁掉!"

妻子说,她已经递了一份呈文给皇上,但是没有被转上去。阿克谢诺夫什么也没说,只是低下了头。这时妻子说:

"你记得吗? 那天我做梦梦见你头发白了,不是平白无故的啊! 现在你真的愁白了头。要是你那天不出门就好了。"

接着她抚弄着丈夫的头发,问:

"万尼亚,亲爱的,你对妻子说实话,是不是你干的?"

阿克谢诺夫说:"连你也怀疑我!"他双手掩面,哭了起来。后来一个士兵走过来说,他的妻子和孩子该走了。于是阿克谢诺夫最后一次和家人告别。

妻子走后,阿克谢诺夫开始回忆他和妻子之间讲过的话。当他回想到连妻子也怀疑他、问商人是不是他杀的时候,他对自己说:"看来,除了上帝以外,没有人能知道真情,只应该恳求上帝,只有等待他的恩典。"从此阿克谢诺夫不再上诉,也不再抱有希望,他只向上帝祈祷。

阿克谢诺夫被判处鞭刑和流放西伯利亚服苦役。判决就这样执行了。

他受了鞭刑,伤口痊愈以后,他和其他的苦役犯一起被押往西伯利亚。

阿克谢诺夫在西伯利亚服了二十六年的苦役。他的头发变得像雪一样白,灰白的胡子长得又长又尖。他不再乐呵呵的了。他背驼了,走路时声音很轻,很少说话,从来不笑,常常祈祷上帝。

在监狱里,阿克谢诺夫学会了缝靴子,用挣来的钱买了《日课经》，监狱里上了灯，他就读它们。每逢节日他都去狱中教堂，读《使徒行传》，在唱诗席上唱诗。他的嗓子一直很好。狱中的长官们都喜欢阿克谢诺夫的温良谦恭，狱友们也都尊敬他，称他"老大爷"和"敬神的人"。同伴们对监狱里的事有什么要求，总是请他去向监狱当局提出。苦役犯们之间有了什么纠纷，也总是找他评理。

家里没有任何人给阿克谢诺夫写信，他也不知道他的妻儿是否还活着。

有一天，一批新的苦役犯来到流放地。晚上，老犯人都围着新犯人询问他们的情况：是哪个城市或是哪个乡村的人？犯了什么罪？阿克谢诺夫也坐到新犯人旁边的板床上，低着头听他们讲话。有个新来的犯人个子很高，身体健壮，六十来岁，留一部剪短了的大白胡子。他正在讲他为什么被捕。他说：

"弟兄们，我就是这样无缘无故地被抓到了这儿。我把马车夫的马从雪橇上卸下来，他们就抓住我，说我偷马。我说我只是想早点赶到，我就把马放了。再说那车夫还是我的朋友。我说得对不对？但他们说不对，说我偷了。其实他们不知道，我偷过些什么，在哪儿偷的。我以前干过的一些事倒是该把我弄到这儿来，但他们没发现，这回倒是不该把我弄到这儿来。唉，我在瞎扯，我来过西伯利亚，但时间不长……"

"你从哪儿来？"有个犯人问。

"我从弗拉基米尔城来，是那儿的市民。我叫马卡尔，父名是谢苗诺维奇。"

阿克谢诺夫抬起头，问：

"谢苗内奇，你在弗拉基米尔城有没有听说过商人阿克谢诺夫的家里人的情况？他们还活着吗？"

"怎么没听说过！虽然他们家老头子流放西伯利亚，但他们家还是挺有钱。那老头子大概同我们一样，也是犯罪了。那么，老大爷，你是为了什么事呢？"

阿克谢诺夫不喜欢讲自己的不幸遭遇，他叹了一口气，说：

"我因为自己的罪，服了二十六年的苦役了。"

马卡尔·谢苗诺维奇问：

"犯的什么罪呢？"

阿克谢诺夫说："因为犯了该罚的罪。"他不想多说，但别的犯人对新来的人讲了阿克谢诺夫流放西伯利亚的原因。他们讲了阿克谢诺夫怎样出门在路上，有人把一个商人杀了，把刀塞在阿克谢诺夫的行李中，结果他就被冤枉地判了刑。

马卡尔·谢苗诺维奇听到这儿，看了阿克谢诺夫一眼，然后双手拍了一下膝盖，说；

"啊，怪事！真是怪事！老大爷，你可是变老了啊！"

大家问他为什么感到奇怪，在哪儿见过阿克谢诺夫，马卡尔·谢苗诺维奇不回答，他只是说：

"哥儿们，真是怪事，在这儿碰上了！"

这些话使阿克谢诺夫想到，也许这个人知道是谁杀了那个商人。于是他说：

"谢苗诺维奇，以前你是不是听说过这件事，或者以前你看见过我？"

"怎么会没听说过呢？世上到处是流言。不过那是好久以前的事了，听说过也忘记了。"马卡尔·谢苗诺维奇说。

"也许你听说过，是谁杀了那个商人吧？"阿克谢诺夫问。

马卡尔·谢苗诺维奇笑着说：

"嘿嘿，从谁的口袋里找出刀子，就是谁杀的。要是有人把刀子塞进你的口袋，他没被抓住就不是贼。再说，怎么能把刀子塞进你的口袋呢？口袋就在你的头旁边啊！你该听到的。"

阿克谢诺夫听到这话，马上想到，就是这人杀了那个商人。他站起来走到一边去了。这一夜阿克谢诺夫整夜没有睡着。他感到苦闷，他想起妻子最后一次送他出门赶集时的样子。他仿佛看见她的脸和眼睛活生生地出现在眼前，仿佛听到她在对他说话，听到她的笑声。接着他想起了孩子们，也是那时候的样子，小小的，一个穿着皮袄，另一个还抱在怀里。他也想起了自己当年的样子，快乐，年轻。他想起了自己被抓的时候正在小旅店的台阶上弹吉他，当时的心情非常快乐。他还想起了他受鞭刑的那个行刑台，刽子手，围观的人群，镣铐，整个二十六年的囚徒生涯，想到自己已经年迈。他苦闷得真想自杀。

"全都是因为那个坏蛋！"阿克谢诺夫想。

一种强烈的仇恨袭上他的心头，他真想不顾死活地去报复马卡尔·谢苗诺维奇。他整夜地祈祷，但还是不能平静下来。白天他不走到马卡尔·谢苗诺维奇身边去，也不看他。

就这样两个星期过去了。阿克谢诺夫每夜都睡不着，苦闷得不知道怎么办才好。

一天夜里，他在牢房里走的时候，发现一张板床底下有一些撒落的泥土。他站住看了看。突然，马卡尔·谢苗诺维奇从那张板床底下钻出来，他带着惊慌的神色看了阿克谢诺夫一眼。阿克谢诺夫想走过去不看他，但马卡尔一把抓住阿克谢诺夫的手说，他正在墙脚下挖一个地道，每天把泥土灌在靴子里，趁上工的时候把泥土带到外面去。他又说：

"不过你别作声，老头子，我把你也带走。要是你说出去，叫我挨了鞭子，我可饶不了你，我要宰了你。"

阿克谢诺夫面对着自己的仇人，恨得浑身发抖，他抽回自己的手，说：

"我用不着逃走，你也用不着杀我，你早就把我杀了。至于我会不会把你的事说出去，那要由上帝来决定。"第二天，士兵领犯人去做工的时候发现马卡尔·谢苗诺维奇倒土，他们到牢房里来搜查，找到了那个地洞。典狱长来到牢房里，亲自审问所有的犯人：是谁挖的洞？大家都不承认。那些了解这件事的人没有供出马卡尔·谢苗诺维奇，因为他们知道，为这件事他会给打个半死。这时典狱长转过来问阿克谢诺夫。他知道阿克谢诺夫是个正直的人，他说：

"老头子，你是个正直的人，你当着上帝的面告诉我，这是谁干的？"

马卡尔·谢苗诺维奇若无其事地站在那儿看着典狱长，没有转过头去看阿克谢诺夫。阿克谢诺夫的手和嘴唇都在颤抖，他好半天说不出一句话来。他想："他毁了我，我干吗还要宽恕他、包庇他呢？让他为我受的苦付出代价吧。如果把他供出来，他肯定要挨鞭子。也许我怀疑错了呢？再说他被鞭打了我就会好受些吗？"

典狱长又说："怎么样，老头儿，你照实说，是谁挖的？"

阿克谢诺夫看了马卡尔·谢苗诺维奇一眼，说：

"我没看见，我不知道。"

是谁挖的洞终于没有查出来。

第二天夜里，阿克谢诺夫躺在自己的板床上正要入睡的时候，他听到有个人走过来坐到他的脚旁边。

他在黑暗中仔细看了看，认出是马卡尔·谢苗诺维奇。

阿克谢诺夫说：

"你还要我怎么样？你来干什么？"

马卡尔·谢苗诺维奇不作声。阿克谢诺夫坐起身子，说：

"你要干什么？走开！不然我就喊士兵了。"

马卡尔·谢苗诺维奇弯下腰靠近阿克谢诺夫，低声说：

"伊凡·德米特里耶维奇，饶恕我吧！"

阿克谢诺夫问：

"饶恕你什么？"

"是我杀了那个商人，把刀子塞到你的口袋里。我本想把你也杀了，但院子里有动静，我就把刀子塞进你的口袋，从窗子里爬出去了。"

阿克谢诺夫没作声，他不知道说什么好。马卡尔·谢苗诺维奇从板床上移下来，跪到地上说：

"伊凡·德米特里耶维奇，看在上帝的面上，饶恕我吧。我要去自首，说商人是我杀的，他们就会赦免你。你就可以回家了。"

阿克谢诺夫说：

"你说得倒轻松，可我却受了多少苦啊！现在我到哪去？……我妻子已经死了，孩子们都把我忘了。我无家可归啊……"

马卡尔·谢苗诺维奇没有站起来，他一边磕头一边说：

"伊凡·德米特里耶维奇，饶恕我！我挨鞭子的时候也比现在看着你好受些……而你还可怜我，没把我供出来。看在上帝的面上，饶恕我吧！饶恕我这个该死的坏蛋吧！"他号啕大哭起来。

阿克谢诺夫听见马卡尔·谢苗诺维奇哭了，自己也哭了起来，

105

他说：

"上帝宽恕你。也许我比你坏一百倍！"他的心忽然觉得轻松了。他不再想家，也不想离开监狱，而只想着最后的时刻。

马卡尔·谢苗诺维奇没有听从阿克谢诺夫的话，去自首了。当同意释放阿克谢诺夫的通知下达时，他已经死了。

1875 年

教子

你们听见有话说："以眼还眼，以牙还牙。"只是我告诉你们，不要与恶人作对。(《马太福音》第 5 章第 38、39 节)

伸冤在我，我必报应。(《罗马书》第 12 章第 19 节)

一

有个贫农生了个儿子。他非常高兴，去请邻居来当孩子的教父。邻居不肯，不愿意到穷人家去当教父。那个贫农又去找第二个人，第二个人也不肯。

他走遍了整个村子，却没有一个人肯当他孩子的教父。他就到另一个村子去。路上他碰到一个过路人。过路人停下来说：

"你好啊，老乡，到哪儿去？"

"上帝给我一个儿子，"那农民说，"我年轻时有了东西要我照料，老了有安慰，死后也有人祭我的亡灵。可是因为我穷，村里没人肯当我孩子的教父。现在我去找教父。"

过路人说：

"你就找我当教父吧。"

那农民很高兴，他谢了过路人，说：

"谁当教母呢？"

"请商人的女儿当教母。"过路人说，"你进城去，广场上有座带铺面的石头房子，你到房子门口去求商人让他女儿当教母。"

农民觉得不大可能，说：

"亲家，我怎么能到有钱的商人家去呢？他会嫌弃我，不让女儿来的。"

"你别担心，去请求吧。明天早晨你准备好，我来参加洗礼。"

那贫农转身回家，赶了辆车到城里去找商人。他刚把马拴在院子里，商人就走了出来。

"是这么回事，老板，上帝赐给我一个孩子，我年轻时有了东西要我照料，老了有安慰，死后也有人祭我的亡灵。请您让您女儿当孩子的教母吧。"

"你孩子什么时候受洗？"

"明天早晨。"

"行啊，上帝保佑你，明天早祷以前她一定去。"

第二天，教母来了，教父也来了，婴儿受了洗。婴儿刚受完洗，教父就走了，谁也没打听他是什么人。此后也没人再见到过他。

二

孩子渐渐长大了，带给父母许多快乐。他力气大，爱干活，聪明而又温顺。孩子十岁了，父母送他去读书。别的孩子五年才学会的东西，他一年就学会了。很快他就没什么好学的了。

复活节到了，孩子到教母家去祝贺基督复活，回家以后他就问：

"爹，妈，我的教父在哪儿？我想到他那儿去祝贺基督复活。"

父亲对他说：

"宝贝儿子，我们不知道你的教父住在哪儿。我们也想他呢。自从他来参加过你的洗礼以后，我们就再也没见到过他。听不到他的任何消息，我们不知道他住在哪里，也不知道他是不是还活着。"

孩子向父母鞠了一躬，说：

"爹，妈，让我去找教父吧。我想找到他，向他祝贺基督复活。"

父母同意他去，于是他就去找教父了。

三

孩子离开了家，沿着大路走去。走了半天以后，他遇到一个过路人。

过路人站住了。

"你好啊，孩子，"过路人说，"到哪儿去？"

孩子说：

"我到教母那儿去祝贺了基督复活，回家以后问父母亲：'我的教父住在哪儿？我要去向他祝贺基督复活。'父母亲对我说：'孩子，我们不知道你的教父住在哪里。他参加过你的洗礼以后就走了，我们从没听到过他的任何消息，也不知道他是不是还活着。'我想见见我的教父，所以我就出来找他。"

过路人说：

109

"我就是你的教父。"

孩子非常高兴，他向教父祝贺了基督复活。

"教父，"孩子说，"你现在到哪儿去呀？如果是往我们那边去，请到我们家去一下吧！如果你是回自己家去，那我就跟你去。"

教父说：

"我现在没工夫到你家去，我要到几个村子里去办事。我要明天才回自己家。你明天来找我吧。"

"教父，我怎么才能找到你呢？"

"你朝着日出的方向走，一直走，走进一座森林，你会看到林中有一片空地。你在这片空地上坐下来，休息休息，看看会发生什么事情。你从森林里走出来以后，你会看见一座花园，花园里有一座金顶的屋子。那就是我的家。你到大门口来。我会在那儿亲自迎接你。"

教父说完就从教子的眼前消失了。

四

孩子按照教父的吩咐向前走。他走啊，走啊，走进了一座森林。他走到林中空地上，看见空地中间有一棵松树，松树的粗枝上系着一根绳子，绳子上吊着一段圆橡木，大约有三普特①重。橡木下面有一个装着蜂蜜的木槽。孩子正在想，为什么这儿要摆蜂蜜，为什么要吊一根圆木，这时森林里传来簌簌的声响，他看见来了几只熊：领头的是一只母熊，跟在它后面的是只一岁多的小熊，再后

---

① 1 普特等于 16.38 公斤。——译者

面还有三只小熊。母熊用鼻子嗅了嗅，一直朝木槽走去，小熊也跟着它走。母熊把嘴伸到木槽里吃蜜，叫小熊也过来，小熊就都跳过来挤在木槽旁边。那段圆木在旁边晃动着，晃回来的时候碰到了小熊。母熊看见了，就用前掌推开圆木。圆木晃得更高了些，晃回来的时候撞到小熊中间，有的小熊背上被打了一下，有的小熊头上被打了一下。小熊号叫着往边上跳开。母熊吼叫了一声，用两只前掌抓住圆木，把它使劲儿推了开去。圆木高高地飞起，一只小熊又跳回到木槽边，把嘴伸进蜜里，吧嗒吧嗒地吃着，其他几只小熊也走了过来。那几只小熊还没来得及走到木槽边，圆木又飞了回来，打在那只吃蜜的小熊头上，把它打死了。母熊比刚才吼叫得更厉害了，它抓住圆木，使尽全身力气把它推开去。圆木这回飞得比树枝还高，连绳子都松软了。母熊走回木槽边，小熊们都跟着它。圆木飞啊，飞啊，飞到最高处，停住了，又开始往下荡。圆木往下荡的速度越来越快，最后咚的一声撞在母熊的脑袋上，母熊翻了个跟头，伸伸腿就断气了。小熊们四散而逃。

五

孩子对刚才的情景觉得很惊奇，他继续向前走。他走到一座大花园跟前，花园里有一座高大的金顶屋子。教父正微笑着站在大门口。教父向教子问了好，领他走进大门，在花园里转了一圈。孩子在梦中也从没见过这样美丽和快乐的地方。

教父领孩子走进屋里。屋里更美丽。教父领孩子看了所有的房间：一间比一间好，一间比一间使人快乐。最后教父带他来到一扇贴着封条的门前。

"你看见这扇门了吗?"教父说,"门上没有锁,只有封条。门是能打开的,但我不允许你开。你爱住哪儿就住哪儿,爱到哪儿玩就到哪儿玩,对你只有一条禁令:就是不许进这道门。如果你进去了,你就回想一下你在森林里看到的情景吧!"

教父说完这话就走了。教子一个人留在这里住了下来。

他是那么高兴快乐,以至于他在这里过了三十年,他还以为才过了三小时。三十年过去以后,教子走到贴着封条的门前,心里想:"教父为什么不允许我进这个房间呢?让我进去看看那里面到底有什么。"

他一推门,封条就掉下来了,门开了。他走进去一看,里面是一个大厅,比外面所有的房间都要大和好,大厅的正中摆着一个黄金的宝座。他在大厅里转了一圈,然后登上台阶,坐到宝座上。他坐下以后,看见宝座旁边有根权杖。他拿起这根权杖。他刚把权杖拿到手里,大厅的四壁突然就倒塌了。他向周围一看,看到了全世界,看到了世界上的人们在干什么。他朝正前看去,看到了大海,船在海上航行。他朝右面看,看到了不信基督教的异邦人在生活着。他朝左面看,看到了不是俄罗斯族的基督教徒们在生活着。他朝第四面看,看到俄罗斯人在生活着。"让我来看看我家里的人在干什么,"他说,"我家的庄稼长得好不好?"他朝自己家的地里看去,看见许多麦捆竖在地里。他开始数麦捆,想看看庄稼收得多不多。他又看见有辆马车在地里走,车上坐着一个农民。他以为是他爹夜里来运麦捆。但仔细一看,原来是小偷瓦西里·库德里亚肖夫。小偷正把大车赶到麦捆前,往车上装麦捆。教子急了,他大声喊道:"爹,有人偷地里的麦捆!"

他父亲夜里醒了。"我梦见有人偷麦捆,"他说,"让我去看看。"他就骑着马出去了。

他来到地里，看见了瓦西里，就把农民们喊来。大家把瓦西里揍了一顿，捆起来送进了监狱。

教子又看了看他的教母住的那个城市。他看见教母嫁了个商人。教母睡了，她的丈夫却爬起来去找情妇。教子向她喊道："起来吧，你的丈夫去干坏事了。"

教母跳起来，穿上衣服，找到了丈夫，她羞辱了那个情妇一顿，还打了她，把丈夫也赶走了。

教子再看看自己的母亲，看见她在屋里睡觉，有个强盗钻进屋里，正在撬箱子。

母亲醒了，她大声呼叫。强盗看见了，拿起一把斧头朝母亲砍去，要把母亲杀死。教子忍不住了，他把权杖扔下去，正好击中强盗的太阳穴，把他当场打死。

六

教子刚把强盗打死，大厅的四壁又变得完好如初。

门开了，教父走了进来。他走到教子面前，牵着他的手，引他走下宝座，对他说：

"你没有听从我的命令，你做的第一件坏事是打开了贴着封条的门。你做的第二件坏事是登上宝座，并且把我的权杖拿在手里。你做的第三件坏事是给世上增添了许多恶。如果你再在这里坐一个小时，世界上一半的人都会被你弄坏了。"

教父又把教子引到宝座上，把权杖交到他手里。四壁又倒了，一切又展现在眼前。

教父说：

"现在你看，你对你父亲做了什么：瓦西里坐了一年监狱，什么坏事都学会了，变得非常暴躁。你瞧，他又偷走了你父亲的两匹马，现在已经把你家的院子点着了。这就是你给你父亲造成的结果。"

教子刚看见父亲的院子着了火，教父就把这一面遮住了不让他看，叫他看另一面。

"瞧，"教父说，"你教母的丈夫抛弃妻子在外面跟别人鬼混已经一年了，你教母因为痛苦喝上了酒，她丈夫原来的那个情妇也完全堕落了。这就是你给你教母造成的结果。"

教父又遮住这一面，叫他看自己的家。于是他看见了自己的母亲，母亲正在为自己犯下的罪孽哭泣、悔恨，她说："倒不如让强盗当时把我杀了，我就不会犯这么多罪孽了。"

"这就是你给你母亲造成的结果。"

教父接着把这一面也遮住了，叫他往下看。于是教子看见了那个强盗，两个卫兵抓着他站在监狱门口。教父对教子说：

"这个人杀了九个人。他本该自己去赎自己的罪，但你把他打死了，你就把他所有的罪都接到自己身上来了。现在你得为他犯过的所有罪孽担当责任。这就是你给自己造成的结果。母熊第一次推开圆木惊吓了小熊，第二次推开圆木打死了小熊，第三次推开圆木把自己毁了。你造成的结果也是这样。现在我给你三十年时间。你到人间去赎那个强盗所犯的罪孽。如何你不能赎清，你就得去顶替他。"

教子说：

"我怎样才能赎清他犯的罪孽呢？"

114

教父说：

"当你在人间消除的恶同你增加的恶一样多时，你就赎清了你自己的罪孽和那个强盗的罪孽。"

"怎样消除人间的恶呢？"

教父说：

"你朝着日出的方向一直走，走到一片田野里，田野里有人。你注意看他们在干什么。你把你所知道的东西都教给他们。然后你再向前走，注意你所看见的东西。第四天你会走进一座森林，森林里有一间修士的小屋，里面住着一位长老，你把你所经历的一切都讲给他听。他会教你。等你完成了长老吩咐你去做的事，你的罪孽和那个强盗的罪孽就赎清了。"

教父说完，就让教子出了大门。

七

教子走了。他边走边想："我怎样消除人间的恶呢？世界上的人除恶的办法都是把坏人流放、关进监狱或是处死。我要怎样做才能既除了恶，又不把别人的恶接过来呢？"教子想了又想，还是得不出答案。

他走啊，走啊，走到一片田野里。田里的庄稼长得很好，密密麻麻的，已经到了收割的季节。他看见一头小牛钻进庄稼地里，有人看见了，就骑上马去追，追得小牛在庄稼地里窜来窜去。小牛刚要从地里冲出去，又有人来了，吓得小牛重新钻回地里。大家就跟着它在地里继续追。而大路上却有个女人站在那里哭。她说："他们在赶我的牛犊啊。"

115

教子就去问那几个农民。

"你们干吗要这样做？你们都从地里出去。让小牛的主人把自己的小牛唤出来吧。"

那几个人听了他的话。女人走到庄稼地边上，开始呼唤："特普留西，特普留西，小褐皮，特普留西，特普留西！……"小牛听着听着就跑到女人旁边来了，还把头伸到她的裙子下摆里，差点儿没把她撞倒。那几个农民很高兴，女人也高兴，小牛也高兴。

教子继续向前走，他想："现在我看到，恶会使恶变得更多。人们越是追剿恶，恶就越多。所以，不能以恶除恶。但怎样才能消除恶，我不知道。幸好小牛听主人的话，如果不听，怎样才能把它弄出来呢？"

教子想啊，想啊，想不出答案，他就继续向前走。

八

教子走啊，走啊，走到一个村子。他向村边一个人家要求借宿。女主人让他进去了。屋里没有别人，只有女主人在洗东西。

教子进了屋就趴到灶台上，看女主人在干什么。他看见女主人洗干净了屋子后，开始洗桌子，洗完了桌子又用一块脏毛巾去擦桌子。她先站在一边擦，桌子总是擦不干净，脏毛巾在桌面上留下一条条脏印。她又站到另一边去擦，一些脏印擦掉了，但却又留下另一些脏印。她再顺着脏印的方向擦，结果还是一样。脏毛巾总是留下脏的印迹。擦掉旧的脏印，又留下新的脏印。教子看了一会儿，说：

"大婶，你这是在干什么？"

"你没看见吗?"她说,"我擦洗擦洗准备过节。可这张桌子怎么也擦不干净,总有脏印,累死我了。"

"你应该把毛巾先洗干净再去擦桌子。"教子说。

女主人照他的话去做,很快就把桌子擦干净了。

"谢谢你这样教我。"她说。

第二天早晨,教子告别了女主人,继续向前走。他走啊,走啊,走进一座森林。他看见几个农民在弯轮圈。他走近看,看到农民们弯了好几次也没把轮圈弯起来。

教子看了一会儿,发现他们没有把轮毂固定住,轮圈一直在转。他说:

"兄弟,你们在干什么?"

"我们在弯轮圈。已经蒸了两次还没弯过来,真把我们累坏了。"

"兄弟,你们应该把轮毂固定住,不然它总是跟着转。"

农民们听了他的话,把轮毂固定住,他们的活儿干起来就顺利了。

教子在农民们那儿宿了一夜,然后继续向前。他走了一天一夜,黎明前碰到几个赶牲口的人,他就在他们旁边躺了下来。他看见他们让牲口停在那儿,正忙着生篝火。他们拿来一些干树枝,点上火,不等火烧旺就把湿树枝添上去。湿树枝发出吱吱的声响,火就灭了。他们又拿来干树枝,点上火,不等火烧旺又把湿树枝添上去,火又灭了。他们折腾了好久,篝火还是没有点着。

于是教子说:

"你们别忙着添树枝,让火先烧旺起来。等火烧旺了,再添树枝。"

117

赶牲口的人照他的话去做：等火烧旺了再添树枝。添上去的树枝烧着了，篝火燃得很旺。教子和他们在一起坐了一会儿，又继续向前走。他想啊，想啊，还是想不出他所看见的这三件事意味着什么。

九

教子走啊，走啊，走了一整天。他走进一座森林，森林里有一座修士的小屋。他走到小屋前敲门。屋里有人问：

"谁啊？"

"一个犯了大罪的人，来赎别人的罪。"

一个长老走出来问：

"你担着别人的什么罪？"

教子把一切都讲给他听了：讲到他的教父，母熊和小熊，贴着封条的大厅里的宝座，讲到教父吩咐他的话，讲到他怎样在田里看见几个农民为了把小牛赶出来踩坏了庄稼，后来小牛怎样自己跑出来，跑到女主人身旁。

"我明白了不能以恶除恶，"他说，"但我不明白，应该怎样消除恶。请你教我。"

长老说：

"请你告诉我，你在路上还看见了什么？"

教子又对长老讲了那个女人擦洗桌子的事，讲了几个农民弯轮圈的事和赶牲口的人生篝火的事。

长老听完，转身走进小屋，拿出一把有缺口的斧头来。

"我们走吧。"长老说。

长老走到一块离屋子不远的空地上，指着一棵树说：

"你砍吧。"

教子举起斧头砍，树倒下了。

"现在把它砍成三段。"

教子把树砍成了三段。长老又回到小屋里，拿了火出来。

"烧这三段木头。"长老说。

教子点了火，三段木头都烧了起来，最后烧成了三段焦木。

"把它们一半埋到土里。这样埋。"

教子把木头埋了。

"你瞧，山下有条河，你到那儿去用嘴含水来浇这三段木头。这一段木头你要用你教那个女人的办法来浇，那一段木头你要用你教弯轮圈的农民的办法来浇，第三段木头你要用你教赶牲口的人的办法来浇。等到三段木头都发芽生长，长出三棵苹果树来，那时候你就知道怎样消除人间的恶了，你的罪也就赎清了。"

长老说完这话就回自己的小屋去了。教子想啊，想啊，不明白长老的话的意思。但他开始按长老吩咐他的去做。

十

教子走到河边，用嘴吸满水，回来浇到焦木上，然后再去吸水：他这样来回走了一百次，一根焦木周围的泥土才湿润了。然后他再去浇另外两根焦木。他累得要命，肚子也饿了。他走进小屋去向长老要吃的，推开门一看，长老躺在板凳上已经死了。他四处看了看，发现一些面包干，就拿来吃了。他还找到一把铁锹，就开始给长老挖墓坑。他夜里取水浇木头，白天挖墓坑。他刚把墓坑挖

119

好，准备安葬长老，村里有人来了，给长老带来了食物。

人们得知长老死了，就给教子祝福，让他继承长老的位置。大家一起安葬了长老，把食物留给教子，答应以后再送来，就回去了。

教子在长老的小屋里住下来了。他靠人们给他带来的食物为生，做长老吩咐他做的事，用嘴从河里取水浇烧焦的木头。

教子就这样生活了一年，渐渐地，有许多人来拜访他。他的名声传出去了，人们都说森林里住着一位圣人，他在寻求灵魂不死，他每天从山下用嘴取水浇几根烧焦的木桩。许多人到他这里来。富有的商人到他这儿来，送给他许多礼物。除了日用品以外，别人送给他的东西他一样也不留，全分给了其他的穷人。

教子就这样生活着，半天取水浇木头，半天休息或接待来访的人。

教子认为他正按照长老吩咐他的方法在生活，认为用这种方法可以除恶和赎罪。

教子就这样又生活了一年，他没有一天不浇水，但却没有一根木头发芽。

有一天，他坐在小屋里，有人骑着马唱着歌从他门前经过。教子走出去看看是什么人。他看见一个强壮的年轻人。那人穿得挺好，马和鞍也都挺贵重。

教子喊住他，问他是什么人，到哪儿去。

那人站住了。

"我是个强盗，"他说，"专门拦路杀人。我杀的人越多，歌就唱得越欢。"

教子大吃一惊，心想："怎样才能消除这个人身上的恶呢？对那些主动到我这儿来忏悔的人说话容易。可这个人却炫耀他的恶。"教子什么话也没讲就走了。他想："现在怎么办？这个强盗如果经常到这儿来，吓坏了大家，人们就会不到我这儿来了。这对他们不利，而且那时我靠什么过日子？"

于是，教子站住了。他对强盗说：

"人们到我这儿来，不是为了炫耀恶，而是为了忏悔，为了祈求赦免罪孽。如果你敬畏上帝，你就忏悔吧！如果你不想悔过，那就请你离开这儿，永远不要再来，不要再惊扰我，不要吓跑来找我的人。如果你不听我的话，上帝会惩罚你。"

强盗大笑起来。

"我不怕，"他说，"我不怕上帝，也不怕你。你不是我的主人。你靠向上帝祈祷吃饭，而我靠抢东西吃饭。大家都得吃饭。你去教训那些来找你的娘儿们吧，用不着来教训我。而既然你对我提到上帝，那么明天我倒要多杀两个人。今天我本该把你杀了，但我不想弄脏我的手。以后你当心别再撞见我。"

强盗这样威胁了一番以后就走了。后来他再也没有来过。教子仍像过去一样平静地过日子。他这样生活了八年，开始觉得苦闷了。

十一

有一天晚上，教子浇完他的木头，回到小屋去休息，他坐在那儿望着小路，看是不是有人来。这一天一个人也没来。教子独自坐到晚上，心里觉得苦闷，开始思考自己的一生。他回想起强盗责备他靠向上帝祈祷吃饭。他回顾自己的一生，心想："我没有像长老吩咐我的那样生活。长老给我的是惩罚，而我却靠它吃饭、扬名。

121

而且现在我对它竟迷醉到这个程度，没人来找我就觉得心中苦闷。当人们来找我的时候，我高兴的只是他们赞扬我的圣洁。我不能这样生活。世俗的名声使我迷失了方向。过去的罪还没赎清，又增添了新的罪。我要到森林里去，到别的地方去，使人们找不到我。我要独自一个人生活，把旧的罪孽赎清，并且不增添新的罪孽。"

教子这样认定了，就拿起一袋面包干和一把铁锹，离开小屋向山谷走去，他要在僻静的地方给自己造一座小土坯屋，离开人们隐居起来。

教子背着面包干和铁锹走着，强盗骑一匹马迎面遇见了他。教子吓得想逃走，但强盗追上了他。

"你到哪儿去?"强盗问。

教子告诉强盗，他想离开世人到一个谁也找不到他的地方去。强盗感到惊奇。

"当大家都不来找你的时候，你靠什么吃饭呢?"强盗说。

在此以前教子没有考虑过这一点，强盗这么一问，他才想起吃饭的问题。

"上帝给什么就吃什么。"教子说。

强盗什么也没说，就骑马走了。

"唉，我怎么没问问他在怎样过日子!"教子想，"也许他现在正在悔过呢。今天他好像温和了些，没再威胁说要杀人。"于是他在后面对强盗大声喊道:

"你还是应该忏悔。上帝的惩罚是逃不过去的。"

强盗掉转马头，从腰间拔出一把刀对教子挥了挥。教子吓得跑进森林里。

强盗没有追他，只是说:

"老头子，我饶你两次，你别第三次再撞见我，那时我就杀了你!"

强盗说完就走了。教子晚上去给木头浇水，发现有一根木头发了芽，长出了一棵苹果树苗。

十二

教子躲开人们，独自隐居。面包干吃完了。他想："现在我去找点草根来吃吧。"他刚要出去找，忽然看见树枝上挂着一袋面包干。他就把它拿下来吃。

当这袋面包干刚吃完，又有另一袋挂在树枝上了。教子就这样过日子。他心里只有一件使他不安的事，他怕那个强盗。他一听见强盗的声音，就躲起来，心想："他要是把我杀了，我就不能赎罪了。"

教子就这样又生活了十年。一棵苹果树长大了，但另外两根焦木还是原来的样子。

有一天，教子很早就起来去干自己的活，他浇湿了焦木周围的泥土，累极了，坐下来休息。他坐着，一边休息一边想："我又犯罪孽了，我怕死。如果上帝是要我以死赎罪，我就得去做。"他刚这样想，忽然听见强盗骑着马来了，嘴里还在骂着什么。教子听到以后心里想："我的凶吉不是来自任何别的人，只来自上帝。"他迎着强盗走去。他发现强盗不是一个人来的，他身后的马背上还有一个人。那人的手被捆着，嘴被塞着，一声不响，而强盗却在不停地骂他。教子走近强盗，站到他的马前。

"你要把这个人弄到哪儿去?"教子问。

123

"弄到森林里去。这是个商人的儿子。他不肯说出他父亲的钱藏在哪儿。我要把他打到说出来才罢休。"

强盗想走,但教子抓住马的笼头不放。

"把这个人放了吧。"教子说。

强盗火了,挥起鞭子要打教子。

"你是不是也要尝尝这种滋味?我说过我要打死你的。让开!"

教子没有被吓倒。

"我不放,"他说,"我不怕你,我只怕上帝。上帝不让我放。把这个人放了吧!"

强盗皱起眉头,拔出刀,割断绳子,把商人的儿子放了。

"你们俩都滚开,下次别再让我碰到。"强盗说。

商人的儿子跳下马跑了。强盗想走,教子再次拉住他,劝他抛弃他那种邪恶的生活。强盗站在那儿听完了教子说的所有的话,一言不发地走了。

第二天早晨,教子去浇木头。他一看,又有一根木头发芽了,也长出了一棵苹果树苗。

十三

又过了十年。有一天,教子坐着,他什么也不要,什么也不怕,他的心里充满快乐。他独自想着:"上帝给人的恩典是多么大啊!人们都是白白地自寻烦恼。他们本可以生活得很快乐。"他想起人世间各种各样的罪恶,想起人们怎样自寻烦恼。他开始可怜人们。他想:"我这样生活是虚度光阴。我应该把我明白了的道理去告诉人们。"

他刚想到这儿就听见强盗来了。他让强盗走过去，心里想："跟这样的人说了没用，他不会明白。"

起先他是这样想的，但马上他就不这样想了，他走到大路上。强盗骑着马，显得愁眉苦脸，两眼看着地面。教子看着他，开始怜悯他。教子走到他跟前，抱住他的膝盖。

"亲爱的兄弟，"教子说，"可怜可怜自己的灵魂吧！要知道，你身上有上帝的精气啊。你自己痛苦，还叫别人痛苦，将来你还要受更大的痛苦。但上帝是那么爱你，给你准备了那么大的恩典！别毁了自己，兄弟。改变你的生活吧！"

强盗皱着眉头，转过脸去。

"别管我。"他说。

教子更紧地抱住强盗的膝盖，开始流泪哭泣。

强盗抬起眼睛来看教子。看着看着，他从马上爬下来，跪到教子面前。

"老头子，"他说，"你战胜了我。我跟你斗了二十年。还是你比我强。现在我不能掌握自己了。你要拿我怎么样都行。你第一次劝我，只使我变得更凶狠。直到你避开人们、明白了你不需要人们的任何东西时，我才开始思考你的话。"

于是教子回想起，那个女人把毛巾洗干净了以后才把桌子擦干净了；他也是一样，等到他不再考虑自己、洗净了自己的心以后，他才能洗净别人的心。

强盗又说：

"当你不再怕死的时候，你才使我的心转变了。"

于是教子回想起，当那些农民把轮毂固定住时，轮圈才弯成功了；他不再怕死以后，他才使自己牢固地生活在上帝的身上，他才能驯服那颗桀骜不驯的心。

强盗继续说：

"等到你怜悯我，在我面前痛哭的时候，我的心才完全软化了。"

教子非常高兴，他领强盗到种那三根焦木的地方去。当他们走到那儿，最后一根焦木也已经长出了苹果树苗。于是教子回想起，牧人把火烧旺以后，添上去的湿树枝才能烧着。只有自己的心炽热了，才能使别人的心也热起来。

教子感到高兴，因为现在他已经赎清了罪孽。

他把所有这些都讲给强盗听，讲完以后就死了。强盗把他埋葬了，开始按照他所说的话去生活，并且也这样教导人们。

1886 年

一个人是否需要很多土地

一

姐姐从城里到乡下妹妹家去。姐姐嫁给一个商人，住在城里。妹妹嫁给一个农民，住在乡下。姐妹俩一边喝茶一边聊天。姐姐自高自大，吹嘘她在城里过的日子怎么好：她在城里住得多么宽敞，家里和街上都干干净净，她怎么把孩子打扮得漂漂亮亮，怎么吃得好、喝得好，怎么乘车玩乐、上剧院看戏。

妹妹听了心里不高兴，就贬低城里商人的生活，说他们农民的生活怎么好。

"我才不拿我过的日子同你换呢！"妹妹说，"我们的日子过得虽然平淡，可是不用担惊受怕。你们日子过得好些，可是要么一下子赚好多钱，要么一下子赔个精光。俗话说：赚钱是弟弟，赔钱是哥哥。你们常常是今天有钱、明天讨饭。我们乡下人的日子过得要稳当些：农民的肚子瘦，但长命。我们不阔，但也吃得饱。"

姐姐说："跟猪啊牛啊的在一起，吃得饱又怎么样！既没有摆设，又没有礼貌！不管你们当家的怎么拼命干，还是在跟猪粪牛粪打交道，将来孩子们也是这样。"

"那有什么关系,"妹妹说,"我们就是干这行的。但是我们活得踏实,不用求人,也不怕任何人。你们住在城里总有各种东西勾引你们,今天还好好的,明天就遇见鬼了。要么勾引你们当家的去打牌,要么勾引他去喝酒,再不就勾引他去找什么漂亮女人。家当一下子就被搞得一干二净。这种事情不是常有吗?"

妹妹的丈夫巴霍姆躺在炕上听两个婆娘聊天。

"这话千真万确,"他说,"我们从小和土地打交道,脑子里装不进那些乱七八糟的东西。只有一件事使我们痛苦,地太少!要是我有足够多的地,我就谁也不怕,即使魔鬼也不怕!"

两个婆娘喝完茶,又聊了一会儿穿衣服的事,然后收拾起茶具,躺下睡了。

魔鬼坐在灶台后面全听到了。他感到高兴的是,那农民的老婆引得她的丈夫夸下海口,居然说只要有地,连魔鬼也不怕。

"好吧,"魔鬼想,"咱们来打个赌。我给你很多地。我要用地来治服你。"

二

有个地不算太多的女地主与农民们住得靠近。她有一百二十俄亩地。以前她和农民们和睦相处,从不欺负人。后来她雇了一个退伍的士兵来当管家,就使农民们吃足了罚款的苦头。无论巴霍姆怎么当心,不是马跑到她家的燕麦地里,就是母牛溜进了她家的菜园,再不就是牛犊闯进了她家的草场,总之都要罚款。

巴霍姆被罚了款,就打骂家里人。一个夏天巴霍姆被这个管家罚过许多次款。等到牲口该圈在院子里过冬了,巴霍姆才高兴了,虽然饲料吃得多有点心疼，但不用担惊受怕了。

到冬天传来消息，说那位女地主要把地卖掉，大路边上一家旅店的老板要买。农民们听到这消息都惊慌起来。他们想："旅店老板把地买去的话，罚起款来要比那位太太更厉害。我们都住在这片地周围，没这片地没法活。"农民们就以村社的名义集体去找那位太太，请求她别把地卖给旅店老板，而把地卖给他们，他们愿意出好价钱。太太答应了。农民们又开始商量怎样以村社的名义把地都买下来。他们在一起商量了一次、两次，都没有商量成。魔鬼使他们各持己见，他们怎么也商量不成。最后他们决定各买各的，谁能买多少就买多少。太太也同意了这种办法。巴霍姆听说邻居从太太那儿买了二十俄亩地，太太同意他先交一半钱，另一半一年以后再交。巴霍姆很羡慕，他想："等大家把地都买光了，我就没地可买了。"于是他同妻子商量。

"别人都在买地，"他说，"咱们也该买十俄亩。要不没法过日子。管家又要用罚款来折磨咱们。"

他们考虑怎么设法买地。他们有一百卢布的积蓄，再卖掉一匹马驹和一半的蜜蜂，把儿子抵押给人家当雇工，再向连襟借一点，这样就能凑齐一半的钱。

巴霍姆凑齐了钱，也看中了一块地，一共十五俄亩，还带一片小树林，他就去和那位太太谈买卖。他谈妥了买十五俄亩地，击掌为定，并付了定金。他们到城里去，签了地契，他先付了一半的钱，其余的他必须在两年内付清。

于是巴霍姆有了地。他借了一些种子，播在买来的地里。庄稼长得很好。一年工夫他就还清了欠那位太太和连襟的钱。巴霍姆成了地主：他种的是自己的地，在自己的地上割草，在自己的林子里

129

砍树做木桩，在自己的草地上放牲口。每当巴霍姆在永远属于他自己的土地上翻耕，或是去看禾苗和草场的时候，他的心里总是充满了快乐。他觉得他自己的地里长的野草和野花也与别处的完全不一样。以前他从这块地旁边走过的时候，他觉得地就是块地罢了，但现在却觉得这块地是块非常不一般的地。

三

巴霍姆就这样过着日子，心情很愉快。本来样样都好，只是农民们常来糟蹋他的庄稼和草场。他请求他们别这样，但没有用：一会儿放牛的把母牛放进了草场，一会儿吃夜草的马又闯进了庄稼地。巴霍姆一次次地把牲口赶走，一次次地原谅他们，一直没有去告状。但后来他忍受不住了，开始到乡里去告状。他知道农民们都是因为地太少，不是故意要这样做。不过他又想："也不能总放纵他们，这样他们会把我的东西都糟蹋光。得教训教训他们。"

他通过法庭教训了农民们一次、两次，罚了一两个人的款。邻近的农民们开始恨他。有时候他们就故意破坏。有一天夜里，有人钻进他的林子砍下十棵小椴树，把皮剥走了。巴霍姆经过林子的时候，看到有什么东西白晃晃的。他走近一看，剥过皮的椴树干被扔在地下，小小的树桩一个个立着。要是在长得密的地方间隔着在边上砍一点倒也罢了，可这坏蛋却连着砍了一片。巴霍姆被激怒了。他想："等我弄清楚了是谁干的，我一定要同他算账。"他反复地想，究竟是谁呢？"不会是别人，肯定是谢苗。"他到谢苗家的院子里去查，什么也没有查出来，只是同谢苗吵了一架。巴霍姆更坚信这是谢苗干的。他递上状子。法庭叫他们去。法庭审判了好半天，结果因为没有罪证，谢苗被宣告无罪。巴霍姆更恼火了，他同乡长和法官都吵了架。

"你们同小偷勾勾搭搭。"他说，"要是你们光明正大，就不会替小偷辩护。"

巴霍姆同法官和邻居们都吵遍了。有人威胁说要放火烧他的房子。巴霍姆的土地变多了，但他的天地却变小了。

这时有消息传来说，许多人正搬迁到新的地区去。巴霍姆想："我犯不着扔下自己的土地到别处去，要是咱们这儿有谁搬走，我倒可以更宽松一点。我就把他的地弄过来，和我的地并到一起。那时候日子会好过些。现在地方还太小。"

有一天，巴霍姆坐在家里，有个过路的农民走进来。巴霍姆留他过夜，请他吃饭，同他聊天，问他从哪儿来。那农民说，他从伏尔加河下游来，他在那儿当雇工。讲着讲着，他就讲到有许多人正在往那儿迁移。他说他们家乡的许多人迁到那儿去以后加入了村社，每个人都分到了十俄亩土地。

"那儿的地好极了，"他说，"你种下黑麦，禾苗长起来齐马背高，而且长得密，抓五把就是一捆。有个农民穷得不能再穷了，空着两只手去的，现在已经有六匹马、两头牛了。"

巴霍姆的心热了起来。他想："既然那边日子能过得那么好，我干吗在这儿挨挤受穷？我把地和房子都卖掉，拿这些钱到那边去重起炉灶。挤在这个地方总是受罪。不过我得去把路子搞清楚。"

夏天，他准备好行装就动身了。他先乘轮船到伏尔加河下游的萨马拉，然后步行大约四百俄里，到了目的地。情况真的是那样。农民们的地很多，每人分十俄亩，村社乐意接受新来的人。谁要是有钱，除了份地以外，还可以买永远属于自己的土地，上等的地三卢布一俄亩，你想买多少就买多少！

巴霍姆把情况都打听清楚以后，入秋时回到家里，开始变卖家产。他卖地时还赚了一点，房子、牲口，全都卖了，也退出了村社，一开春就全家一起迁往新的地方。

四

巴霍姆带着一家人来到新的地方，申请加入一个大村庄的村社。他请村里的长辈喝酒，领到了各种证件。村社接受了他，分给他家五个人一共五十俄亩土地，不包括草场，但地不连在一块儿。巴霍姆盖起房子，养了牲口。现在他的地比过去多两倍，而且都是好地。日子过得也比以前好十倍。耕地和饲料都很充足，他想养多少牲口都行。

起初，巴霍姆忙着盖房子和添置东西，觉得一切都很好，但住习惯了以后，便觉得地还是太少。第一年他在份地上种了小麦，收成很好。他很想多种些小麦，但份地太少。而且现有的地也不适合再种小麦。当地人都在茅草地或熟荒地上种小麦，种上一两年就不种了，让它长茅草。这种地想要的人很多，不可能人人得到，因此常常为它们发生争吵。有钱些的人家要自己种，穷一点的人家却要拿去租给商人，换点钱来交税。巴霍姆想多种点小麦。第二年他去找一个商人租了块地，租期一年。他多种了些小麦，收成很好。但那块地离村子太远，有十五俄里，来去得用大车。他看到附近有不少农民有自己的庄园，他们还兼做买卖，日子过得很富裕。他就想："要是我也能买块永远属于自己的地，建个庄园，那就好了。四周的东西全是自己的。"于是他开始筹划怎样买块永远属于自己的地。

巴霍姆就这样过了三年。他租地种小麦，年成好，小麦年年丰收，存钱越来越多。他本来可以就这么过下去，但他腻烦了，每年都要为租地去与人争夺，为租地而奔波：只要哪儿有好地，农民们就飞快地跑去，一抢而光。如果去晚了没租上，那就没地可种。第三年他和一个商人合伙向几个农民租了一片牧场，地已经耕了，但农民们打起官司来，结果活儿白干了。"如果这地是我自己的，"他想，"我就不用求任何人，也不会受这种罪了。"

于是巴霍姆开始打听，哪儿能买到永远属于自己的土地。他碰到一个农民。这个农民有五百俄亩地，现在破了产，要把地贱价卖掉。巴霍姆同他谈这笔买卖。讨价还价了半天，最后谈妥了卖一千五百卢布，先付一半现钱。买卖差不多已经谈成了，这时一个过路的商人到巴霍姆家的院子里来喂马。主人请他喝茶，同他聊天。那商人说，他从遥远的巴什基尔人那边来。他在那儿向巴什基尔人买了五千俄亩地，一共只花了一千卢布。巴霍姆详细地打听了情况。商人说：

"你只要使头目们满意了就行。我花了一百卢布买了些袍子、地毯和一箱茶叶送给他们，再请会喝酒的喝酒。每俄亩地才花了二十戈比。"商人把地契拿给巴霍姆看，"地在河边上，整个草原长满了茅草。"

巴霍姆又问了一些具体的问题。

"那儿的地你一年也走不遍，全是巴什基尔人的。他们像羊一样没有脑子。地差不多可以白拿。"

"我干吗要在这儿花一千卢布买五百俄亩地呢？还得背一身债。一千卢布到那儿去我能买多少地啊！"

133

五

巴霍姆打听清楚了怎么走，刚送走商人他就准备动身。他把家交给妻子，自己带上一个雇工就出发了。他们先到城里买了一箱茶叶、一些礼品，还有酒，照商人所说的那样。然后他们走了大约五百俄里，第七天来到了巴什基尔人的游牧区。

一切都跟商人说的一样。巴什基尔人住在毡子做的帐篷里，靠近河边。他们不耕地，也不吃面包。草原上是成群的马和牛羊。帐篷后面拴着马驹，他们一天两次把母马赶来给马驹喂奶。他们挤马奶，做马奶酒。女人搅马奶酒，做干酪，而男人只知道喝马奶酒、喝茶、吃羊肉和吹笛子。他们一切都太太平平、快快乐乐，整个夏天什么事也不做。老百姓完全不开化，也不懂俄语，但却很温和。

巴什基尔人一看见巴霍姆，就从帐篷里走出来，把他围住。他们找来一个翻译，巴霍姆对翻译说，他是来看地的。巴什基尔人很高兴，把他带进一座漂亮的帐篷，让他坐在地毯上，下面还垫一个绒毛垫子，大家围着他坐下，请他喝茶和马奶酒。他们还杀了羊，请他吃羊肉。巴霍姆从马车上取下礼品，还有茶叶，分送给巴什基尔人。巴什基尔人很高兴。他们相互叽里呱啦地讲了一阵，然后叫翻译转达。

"他们叫我告诉你，"翻译说，"他们喜欢你，我们的风俗是要尽量使客人满意，收了礼要回礼。你送了礼给我们，现在请你讲，你喜欢我们的什么，要我们送给你？"

"我最喜欢你们的地，"巴霍姆说，"我们那儿地少，而且都开垦完了，你们的地却又多又好。我从没见过这样好的地。"

翻译转达了他的话。巴什基尔人又相互讲了一阵子话。巴霍姆

134

听不懂他们在讲什么，但看得出他们很高兴，他们又叫又笑。后来他们安静下来，看着巴霍姆，翻译说：

"他们叫我告诉你，为了报答你的好意，你要多少地，他们就给你多少地。你只要用手一指，那些地就是你的了。"

接着他们又讲了一阵子话，好像在争论什么。巴霍姆问翻译，他们在讲什么，翻译说：

"他们有人说，地的事要问一问头领，他不在不行。另一些人说，头领不在也行。"

六

巴什基尔人正在争论的时候，忽然一个戴狐皮帽子的人来了。大家都不作声了，并且站了起来。翻译说：

"这就是头领。"

巴霍姆连忙拿出一件最好的袍子献给头领，再加五俄磅茶叶。头领收了礼品，在首席坐下。巴什基尔人立刻对他说了一番话。头领听了一会儿，然后点点头，示意大家安静，接着他用俄语对巴霍姆说：

"行啊。你喜欢哪儿就把哪儿拿去。地多得很。"

"我怎样才能把我想要的地拿到手呢?"巴霍姆想，"得有一个办法确定下来。不然今天他们说这是你的，以后又把它收回去。"

"谢谢你们的好意，"他说，"你们的地多得很，而我只要一点点。但我想知道，哪块地是我的。总得丈量一下，给我确定下来吧。不然生死由天定，你们这些好心人把地给了我，你们的后辈也许会再把地收回去。"

"你说得有道理，"头领说，"可以确定下来。"

巴霍姆说：

"我听说有个商人到你们这儿来过。你们也给了他一些地，还立了份地契。你们也那样给我立一份就行了。"

头领全明白了。

"这都能办到，"他说，"我们有个文书，我们一起到城里去一趟，盖上所有的印。"

"多少价钱呢？"巴霍姆问。

"我们只有一个价钱：一天一千卢布。"

巴霍姆听不懂。

"怎么用这种量法？一天？一天等于多少俄亩？"

"这我们不会算，"头领说，"我们是按天数卖的。你一天走一圈能绕多大一块地，那块地就是你的。一天的价钱是一千卢布。"

巴霍姆吃了一惊。

"绕一天，那块地可大啦。"

头领笑了起来。

"都是你的！"他说，"只不过有个条件：如果你一天之内不能绕回到出发的地点，你的钱就白送了。"

"那么，"巴霍姆说，"我走过的地方怎么做记号呢？"

"我们站在你看中的地方，我们站着不动，你去绕圈子，你带把铲子，在需要的地方做个记号，在拐弯的地方挖个坑，把草皮堆起来，然后我们将用犁沿着一个个的坑犁一圈。你想绕多大一圈就绕多大一圈，只不过在太阳落山以前一定要回到出发的地点。你圈起来的地都是你的。"

巴霍姆高兴极了。他们约定一大早就出去。然后他们又继续聊天、喝马奶、吃羊肉，还喝茶，一直闹到夜里。他们让巴霍姆睡在绒毛垫子上，答应明天黎明的时候集合，太阳出来以前到达指定的地方，然后他们就散了。

七

巴霍姆躺在绒毛垫子上睡不着，一直在想土地的事。"我要圈下一大片地，"他想，"我一天能走五十俄里。现在正是白天最长的时候。五十俄里一圈是多大一块地啊！差一点的地我把它卖掉，或者租给农民种，好一点的地我自己来种。买两头公牛来拉犁，雇两个人来当长工。我种五十俄亩地，其余的给牲口当草场。"

巴霍姆整夜没睡着，直到天快亮时才打了一会儿盹。他刚一打盹儿就做了个梦。他梦见他躺在这个帐篷里，听到外面有人在大声狂笑。他想看看是什么人在笑，便起身走出帐篷。他看到原来是那个巴什基尔人的头领正捧着肚子坐在帐篷前狂笑。他走近问："你笑什么？"却发现这个人不是那个头领，而是不久前路过他家、对他讲买地的事的那个商人。当他刚对商人说了一句："你早就在这儿了吗？"这个人又变成了那个从伏尔加河下游来的农民。巴霍姆再一看，原来也不是那个农民，而是个长角长蹄的魔鬼坐在那儿哈哈大笑。魔鬼面前躺着一个人，光着脚，穿着衬衣和裤子。巴霍姆仔细看了一下，想看看这人是谁？他发现这个人已经死了，而且这个人就是他自己。巴霍姆吓了一跳，醒了。他想："什么都会梦见的。"他四面看看，发现开着的门外已经发白，天开始亮了。"得把他们喊醒，"他想，"该走了。"他起身喊醒睡在大车上的雇工，吩咐套车。然后自己去喊醒巴什基尔人。

137

"到时候了，"他说，"去草原上量地吧。"

巴什基尔人都起来了，集合到一块儿，头领也来了。他们又开始喝马奶酒，还要请巴霍姆喝茶，但巴霍姆却等得不耐烦了。

"说走就走吧，"他说，"到时候了。"

八

巴什基尔人集合起来出发了，有人骑马，有人乘大车。巴霍姆同他的雇工坐自己的大车去，随身带了一把铁铲。他们来到草原上时，朝霞已经升起来了。他们登上一个小土岗（巴什基尔语把小土岗叫"什罕"），大家从马上和车上跳下来，聚到一起。头领走到巴霍姆面前，用手一指，说：

"瞧，眼睛看得到的地方，全是我们的土地。随你挑吧！"

巴霍姆的眼睛发热了：这片土地上长满茅草，像手掌一样平坦，泥土黑得像罂粟籽，低洼的地方也长满各种齐胸高的杂草。

头领把狐皮帽摘下来放在地上。

"这就是记号，"他说，"你从这儿出发，还回到这儿来。你圈的地就都是你的了。"

巴霍姆把钱拿出来放到帽子上，脱下长袍，只穿一件短上衣。他紧了紧腰带，把一小袋面包放进怀里，再把一个装满水的水壶挂在腰带上，拉直靴筒，从雇工手里接过铲子，准备出发。他考虑了一会儿该往哪儿走——四周都是好地。最后他想："都一样。我朝日出的方向走。"他把脸朝着太阳升起的方向，活动活动身子，等着太阳从地平线上出现。他想："我不能浪费时间。趁凉快好走路。"太阳刚从地平线上露出来，他就把铲子往肩上一扛，向草原上走去。巴霍姆走得不快也不慢。走了大约一俄里，他停住了，挖了个坑，把草皮堆起来，作为记号。他继续向前走。他的筋骨已经活动了，他开始加快脚步。走了一程，他又挖了一个坑。

巴霍姆回头望了一下。小土岗在阳光下看得清清楚楚。人们站在那里，马车的轮箍闪闪发亮。巴霍姆估计他已经走了大约五俄里。他觉得有点热了，就脱下上衣搭在肩上，继续向前走。他又走了大约五俄里，觉得更热了。他看看太阳，已经到了吃早饭的时候。

"已经走了一程路了，"巴霍姆想，"一天能走四程路，转回去还嫌早。不过我得把靴子脱掉。"他坐下来，脱下靴子，挂在腰上，继续向前走。现在走起来轻松些了。他想："我再走五俄里就向左拐。这地方太好了，丢掉可惜。越走地越好。"他又一直向前走。等到他再回头望的时候，小土岗已经只能勉强看见，人也像蚂蚁一样成了黑乎乎的一团，还有什么东西在隐约闪亮。

"我朝这个方向已经走得够远的了，"巴霍姆想，"该拐弯了。再说我有些累，想喝点水。"他停下来，又挖了个坑，把草皮堆起来，解下水壶，喝够了水，向左拐了个直角弯。他走啊，走啊，草越来越高，天也越来越热。

巴霍姆很累了。他看看太阳，看得出已经到了中午。他想："我得休息休息。"他停下来坐到地上，吃了点面包和水，但是没有躺下。他想，我一躺下就会睡着。他坐了一小会儿，又继续向前走。一开始走得轻松了些，因为吃了东西添了力气。但天已经非常热，他又觉得很困，很想睡。然而他还是不停地向前走。他想：忍耐一时，享受一世。

他朝这个方向又走了好多路，正想向左拐，忽然看到面前是

139

一片潮湿的低洼地，不要它太可惜。他想："在这儿种亚麻一定长得好。"就又向前走。走过这片低洼地，他在洼地边上挖了个坑，然后第二次拐弯。巴霍姆再看看小土岗，因为有热气，那儿显得模模糊糊，有什么东西在空气中晃动，透过雾气小土岗上的人几乎看不见，这儿离小土岗大约有十五俄里。巴霍姆想："嘿，那两边我走得长，这一边我得走短些。"他走第三边时加快了步子。他看看太阳，已经到了吃午饭的时候，而第三边他才走了两俄里。如果走完第三边再拐弯，拐弯的地方离出发的地点还有十五俄里。"不行了，"他想，"哪怕我只能得一块斜地，也必须走直路赶回去。不能再拿更多的地了。地已经够多的了。"巴霍姆急忙挖了个坑，转身一直朝小土岗走去。

九

巴霍姆一直朝着小土岗走去，他觉得非常累。身上流了许多汗，没穿靴子脚被划破了，受了伤，而且双腿发软。他很想休息一会儿，但是不能，否则太阳落山前就不能回到出发的地点。太阳不等人，越来越低。"唉，"他想，"我是不是错了，不该要这么多？赶不回去怎么办？"他看了看前方的小土岗，又看了看太阳：离小土岗还远得很，但太阳已经离地平线不远了。

巴霍姆就这样向前走，他非常吃力，但还在不断加快步伐。他走啊，走啊，离小土岗还是很远。他小跑起来。他扔掉了上衣、靴子、水壶、帽子，只留下铲子当拐杖用。"唉，"他想，"我太贪心了，把事情全毁了，太阳落山前我赶不到了。"因为害怕赶不到，他更加喘不过气来。他跑着，衬衣和裤子都被汗水浸湿了，贴紧在身上，嘴里完全干了。胸膛里好像有只风箱在拉，心像把小锤子在敲，两条腿仿佛不是自己的，完全软了。巴霍姆恐惧起来，他想："可别累死在这儿啊！"

他害怕死，但又不愿停步。"我已经跑了那么多路，"他想，"现在却停下来，会被人看成大傻瓜的。"他跑啊，跑啊，已经离小土岗很近，能够听得到巴什基尔人的叫喊声了。巴什基尔人对他叫喊着，他们的叫喊声使他的心燃烧得更猛烈了。他拼出最后一点力气向前跑，而太阳已经接近地平线了，落入到雾气中，变得大大的，血红血红。太阳马上就要落到地平线下面去了，终点也不远了。巴霍姆已经看见小土岗上的人在对他挥手，催他快跑。他还看见放在地上的狐皮帽和帽子上的钱，看见头领坐在地上，双手捧着肚子。他想起了他做的梦。"地倒是很多，"他心里想，"但不知上帝让不让我在这儿住。唉，我毁了自己，跑不到了。"

巴霍姆看看太阳，太阳碰到了地平线，一部分已经落到了地平线底下，好像被地平线切去了弯弓状的一块。巴霍姆使出最后的力气向前冲，两条腿勉强支撑着不使身体跌倒。他跑到小土岗跟前的时候，天忽然暗了下来。他一看，太阳已经落下去了。他惊叫了一声，心想："我的辛苦都白费了。"他想停下来，但听到巴什基尔人还在喊叫，他猛然想到，他在低处看到太阳已经落下去了，而站在小土岗上看，太阳还没落下去。他鼓足力气，奔上小土岗。土岗上还很亮。他奔上去以后就看见那顶帽子。头领正坐在帽子前面双手捧着肚子哈哈大笑。巴霍姆想起了梦中的情景，惊叫了一声，两腿一软，就朝前扑倒在地上，伸出手去刚好够着了帽子。

"啊，好样的！"头领说，"你得了很多地！"

巴霍姆的雇工跑过来，想扶他起来，但他口吐鲜血，已经

141

死了。

巴什基尔人都咂着舌头，叹息不已。

雇工捡起铲子，替巴霍姆挖了一个墓坑，三俄尺长，巴霍姆的身子放下去正好，不长也不短。雇工就把他埋葬了。

1885 年

高加索的俘虏

（纪实）

一

有个贵族军官在高加索服役。他名叫日林。

一天，他收到一封家信。老母亲在信上写道："母已年迈，临终前欲见爱儿一面。望即归来与母诀别，将母安葬后，上帝保佑吾儿再去服役。另母已为吾儿物色一女，聪明贤惠，且有家产。吾儿若中意，与之成婚，就此留在家中亦未尝不可。"

日林心里想："的确，老母身体很糟。也许，我是该回去一趟。回去吧。如果那个姑娘好，也可以同她结婚。"

他向团长请了假，与伙伴们道了别，还请自己下属的士兵们喝了四小桶伏特加酒作为告别，就准备动身了。当时高加索正在打仗，无论白天晚上路上都不安全。俄罗斯人只要一离开要塞，鞑靼人不是把他们打死，就是把他们劫到山里去。因此俄罗斯人采取了一个办法：要塞与要塞之间每星期两次派士兵护送来往的人，士兵走在前面和后面，被护送的人走在中间。

事情发生在夏天。一清早，车队已经在要塞外面集合好，护送

143

的士兵出来以后，大家就出发了。日林骑马，他的行李车在车队中间。

他们要走二十五俄里。车队走得很慢。一会儿士兵要休息，一会儿车轮坏了，或是马不肯走了，于是大家就得停下来等。

太阳已经开始偏西，而车队才走了一半路。尘土，酷热，太阳火辣辣的，一点阴凉之处也没有。沿途都是光秃秃的草原，没有一棵树，连灌木丛也没有。

日林骑马跑到前面，再停下来，等车队过来。这时他听到后面响起了号角声，车队又休息了。日林想："没有士兵护送，一个人走行不行？我的马好，即使遇上鞑靼人也能逃走。要不还是别一个人走？……"

日林正站在那儿犹豫，另一个名叫科斯特林的军官骑着马带着枪过来了，他说：

"日林，我们先走吧。我受不了啦，又饿又热。我身上的衬衫都能拧出水来了。"科斯特林是个肥胖笨重的男人，他满脸通红，汗水直流。日林想了想，问：

"枪上子弹了吗?"

"上了。"

"好，我们走。不过得讲好，不能分开。"

他们沿着草原上的大路向前走，边走边聊天，并不时朝四面张望。四周能看得很远。

草原到了尽头，道路就伸向两山之间的峡谷。日林说：

"应该到山背后去看看，万一从山背后冲出什么人来，你就来不及了。"

但科斯特林却说：

"看什么？朝前走吧。"

日林没有听他的话。

"不，"日林说，"你在下面等，我去看一下就来。"

日林纵马向左，登上山去。他骑的马是供打猎用的（这是他花了一百卢布从马群中挑选出并亲自驯出来的一匹马驹），它像长了翅膀似的，带着他跃上崖顶。日林刚登上崖顶就发现前面有一群骑马的鞑靼人，大约有三十个，站在一片约有一俄亩大的地方。他一看见他们就立刻掉头往回跑，但鞑靼人也看见他了，他们冲下来追他，一边疾驰一边从枪套里拔枪。日林飞快地冲下峭崖，对科斯特林喊：

"拔枪！"而他心里却在对自己的马说："亲爱的，挺住。不能绊脚。你要一绊，我就完了。我只要拿到我的枪，我就不会被他们抓住。"

但科斯特林没在下面等日林，他一发现鞑靼人就拼命地朝要塞那边逃去。他狠狠地轮流抽打马的两肋，烟尘中只看见马的尾巴在飘动。

日林一看情况不妙，枪被科斯特林带走了，只靠一把军刀不顶用。他便朝护送队的方向跑去，他以为能够逃掉。但是他看到有六个鞑靼人正奔向前面去拦他的路。他的马虽好，然而鞑靼人的马更好，而且他们是斜插过去的。他开始勒紧缰绳，想掉转马头，但马已经撒开了腿，收不住了，笔直地朝鞑靼人冲过去。他看见一个留红胡子、骑一匹灰马的鞑靼人正朝他逼近过来。那人尖叫着，龇牙咧嘴，手里拿着枪。

"哼，"日林想，"我可了解你们这些魔鬼，如果我被你们活捉了，就会被你们放在一个坑里，用鞭子抽。我不会让你们活捉的。"

日林虽然个子不高，但很勇敢。他拔出军刀，纵马向那个红胡子的鞑靼人直冲过去，他想："我用马撞他，或者用刀砍他。"

当日林冲到离红胡子只剩一匹马的距离时，有人在背后朝他开枪，击中了他的马。马猛地摔倒在地上，压住了日林的一条腿。

日林想站起来，但是两个浑身散发出难闻气味的鞑靼人已经骑到他身上，把他的双臂扭到背后。他拼命挣扎，想把骑在他身上的鞑靼人掀掉，但又有三个鞑靼人从马上跳下，冲过来用枪托打他的头。他的眼前发黑，晕了过去。鞑靼人抓住他，从马鞍上解下备用的马肚带，把他的双手反捆到背后，打一个鞑靼结，将他拖到一匹马跟前。他的帽子给打掉了，靴子给扒走了，身上所有的东西，钱、手表，都给搜光了，衣服也全撕破了。日林回头看看自己的马。可怜它还像刚才倒地时那样侧身躺着，只有腿在抽搐，因为够不着地面。它的头被打了个洞，发黑的血从洞口直往外喷，把周围一俄尺内的泥土都浸湿了。

一个鞑靼人走到马身边，想把马鞍取下来。马不停地挣扎，他便抽出一把匕首，割断了马的喉管。从马的喉管里发出一声尖啸，马又抽搐了一下，就断了气。

鞑靼人解下马的鞍具。长红胡子的鞑靼人上了马，其他的人把日林弄到红胡子的马上，还用皮带把日林和红胡子的腰捆在一起，以免他摔下来。他们就这样把他带往山里去。

日林坐在红胡子的背后，摇摇晃晃，脸经常撞到他那散发着难闻气味的背上。日林眼前只看见红胡子健壮的背、布满青筋的脖子和帽檐下面露出的剃得光光的后脑勺。日林的头被打破了，血凝结在眼睛上面。他既不能调整自己在马上的姿势，也不能擦去脸上的血。他的手被反捆得太紧了，锁骨痛得很。

他们翻山越岭走了好长时间，还涉水过了一条河，才走上一条大路，他们沿着这条大路在山谷里行进。

日林想看清这条路，弄清楚他们正把他带到哪儿去，但他的眼睛被血糊住了，身子也没法动。

天渐渐暗下来了。他们又过了一条小河，再爬上一座石山，这才看见了炊烟，听到了狗叫。

他们进了一个鞑靼人的村庄。那些鞑靼人都跳下马，一群鞑靼孩子过来围住日林，叫喊着，显得非常高兴，还扔石子打他。

红胡子驱散了孩子们，把日林从马上弄下来，然后大声喊他的雇工。一个颧骨高高的诺盖人来了，他只穿一件破衬衣，整个胸口都露了出来。红胡子对雇工吩咐了几句什么，雇工就拿来一副足枷：它是两段橡木，由几根铁链连着，其中有一根铁链上有锁环和锁。

他们把日林的手解开，给他戴上足枷，将他带到一间板棚前，把他往里一推，就锁上了门。日林倒在马粪上。他躺了一会儿，然后在黑暗中摸索到一处软一点儿的地方，就躺在那儿了。

二

这一夜日林几乎通宵未眠。夜很短。他从板缝里看见天渐渐亮了。于是他就起身把板缝挖大一点，观察外面。

他从板缝里看见有一条路通往山下，路的右边有一座鞑靼式的平顶石屋，屋旁长着两棵树。一条黑狗躺在门槛上，一只母山羊带着几只小山羊走来走去，尾巴在不停地甩动。他还看见，一个鞑靼姑娘从山下走上来，她穿一件宽腰花布衬衣、一条长裤、一双靴

147

子。她用一件男人的外衣罩在头上，顶着一个装水的大白铁皮罐。她弯着腰走，背在微微摆动，一只手还牵着个剃光头、只穿一件衬衣的鞑靼小男孩。姑娘顶着水进屋去了，昨天那个红胡子鞑靼人从屋里走出来，他穿一件绸面的紧身外衣，腰带上挂一把镶银的匕首，赤着脚穿一双鞋，把一顶高高的黑羊皮帽戴在后脑勺上。他走到屋外，伸了个懒腰，抹了抹红胡子。他站了一会儿，对雇工吩咐了几句，就走到不知什么地方去了。

后来他又看见两个孩子骑着马去饮水。马打着响鼻，喷出水汽。又有几个剃光头的小男孩，只穿一件衬衣、不穿裤子，结成一伙，来到板棚前，捡了几根枯树枝从板缝里塞进来。日林对他们大喊一声，他们尖叫着跑开了，只见他们赤裸的膝盖在闪动。

日林的喉咙里干极了，很想喝水。他希望哪怕有人来查看他一下也好。忽然他听到有人在开板棚的门。红胡子和另一个身材矮一些的鞑靼人走了进来，那人皮色微黑，眼睛又黑又亮，脸色红润，胡子剪得短短的，神情快活，脸上总挂着笑。这个黑皮肤的鞑靼人穿得更考究。他的蓝绸面紧身外衣镶着金线边饰，宽宽的腰带上挂着嵌银的匕首。红色的山羊皮鞋上也镶着银线边饰。在这双精致的皮鞋外面还套着一双宽大的套鞋。他头上戴一顶高高的、白色的羔羊皮帽。

红胡子进来以后说了几句话，似乎是在骂什么，然后就站在那儿，把胳膊肘撑在门框上，盘弄着匕首，皱着眉头像狼一样斜盯着日林。而那个黑皮肤的鞑靼人却很活跃，他动作迅速，身上好像装了弹簧似的。他走到日林面前，蹲下来，咧开嘴，拍拍日林的肩膀，用鞑靼话连珠炮似的说了一大串，还挤着眼睛，弹着舌头，不停地说："好乌罗斯人！好乌罗斯人！"

148

日林一句也听不懂，只对他说："水，给我喝水！"

黑皮肤的鞑靼人笑了，一边还在不停地说着："好乌罗斯人！"

日林用嘴唇和手示意要喝水。

黑皮肤的鞑靼人明白了，他大笑起来，朝门口看了看，喊了声："金娜！"

一个纤瘦的小姑娘跑了过来，她十三岁左右，脸很像那个黑皮肤的鞑靼人，大概是他的女儿。小姑娘也有一双又黑又亮的眼睛，脸蛋儿长得挺漂亮。她穿一件长长的蓝衬衣，袖子肥大，没系腰带。她的衬衣的下摆、胸前和袖口上都镶了花边。她下身穿一条长裤，脚上穿一双小皮鞋，小皮鞋外面再套一双高跟的套鞋。她脖子上挂一串用半卢布的俄国银币做的项链，头上没戴任何东西。她扎一条黑辫子，辫子里缠着丝带，丝带上挂着一些金属的小牌子和一个银卢布。

父亲对她吩咐了句什么，她就跑出去了。不一会儿，她又回来了，带回一小铁皮罐水。她把水递给日林，自己蹲下来，她的整个身子都弯着，两个肩头的位置比膝盖还低。她蹲在那儿，睁大眼睛看着日林，看他怎样喝水，就像在看一头什么野兽。

日林把罐子还给她时，她像一只野山羊似的朝旁边跳开，连她的父亲也哈哈大笑起来。她父亲又吩咐她到什么地方去。她拿起铁皮罐跑了，过了一会儿用一块圆木板端来一些不甜又不咸的面包。她又蹲下来，弯着腰，目不转睛地看着日林。

后来鞑靼人走了，门又被锁上了。

过了一不会儿，那个诺盖人走进来说：

"哎达，主人，哎达！"

他不会说俄语。日林只猜到诺盖人要叫他到什么地方去。

日林拖着足枷一瘸一瘸地走着，没法迈开步子，只能一摇一摆地挪动脚。他跟着诺盖人走出板棚，展现在眼前的是一个鞑靼人的村庄，大约有十户人家，还有一座鞑靼式的带塔楼的清真寺。一户人家门口站着三匹带鞍具的马。几个小男孩牵着缰绳。那个黑皮肤的鞑靼人从这座屋子里跑出来，挥挥手示意叫日林到他那儿去。他面带笑容，不停地在说着什么，然后走回屋去。日林也跟着进了屋。屋里很漂亮，墙壁用泥抹得平平的。正面的墙前堆放着许多五颜六色的绒毛垫子，两侧墙上挂着贵重的壁毯，壁毯上挂着步枪、手枪和军刀，全都是镶银的。在一边的墙上有一只与地面齐平的壁炉。泥土的地面像打谷场一样光滑。上座的地上全铺着毡子，毡子上再铺地毯，地毯上还有绒毛垫子。黑皮肤的鞑靼人、红胡子和三个客人只穿着皮鞋坐在地毯上。他们的背后都垫着绒毛垫子，面前的圆木板上摆着黍面饼、一碗融化了的牛油和一小罐鞑靼式的酸饮料。他们用手抓着吃，手上沾满了油。

日林一走进去，黑皮肤的鞑靼人就跳起来，命令雇工把日林带到旁边，坐到没铺地毯的泥地上，然后他又坐回到地毯上，请客人吃饼喝酸饮料。雇工安排日林坐到地上后，他自己脱掉套鞋，把它们放在门旁，与其他人的套鞋放在一起，然后在主人旁边的毡子上坐下，看他们吃喝，一边直擦口水。

鞑靼人吃完饼，一个女人走进来，她穿一件同那小姑娘一样的衬衣和一条裤子，头上包着头巾。她把牛油和饼拿走，端来一只漂亮的木盆和一只细嘴水壶。鞑靼人开始洗手，洗完手就把双手交叉着放在胸前跪下，向四面吹一口气，念了祈祷文。然后他们又用鞑靼话讲了一阵子。接着一个客人转过身来对日林用俄语说：

"卡泽－穆罕默德捉到了你，"他指指红胡子，"把你交给阿布杜勒－穆拉特。"他又指指黑皮肤的鞑靼人。"现在阿布杜勒－穆拉特是你的主人。"日林不作声。

阿布杜勒开始说话了，他指着日林，满脸笑容，连声说："乌罗斯兵，好乌罗斯人。"

翻译说："他叫你写信回家要赎金。钱一送到，他就放你。"

日林想了想，说："他要很多赎金吗？"

鞑靼人互相说了几句什么，翻译又说：

"三千卢布。"

"不行，"日林说，"我不能付这么多钱。"

阿布杜勒跳起来，挥舞着双手，对日林说了些什么，他大概认为日林能听懂。翻译把他的话翻了过来："你想给多少钱？"

日林想了一会儿，说："五百卢布。"

鞑靼人立刻叫嚷起来。阿布杜勒对着红胡子大声叫喊，话讲得快极了，唾沫直飞。而红胡子却只是眯着眼睛不停地弹舌头。

等他们安静下来以后，翻译说：

"主人嫌五百卢布的赎金太少。他买你就花了两百卢布。卡泽－穆罕默德欠他的钱，抓了你来还债。他要三千卢布，少了他就不放你走。如果你不写信，就把你扔到坑里，用鞭子抽你。"

"嘿，"日林想，"你越怕他们，事情就越糟。"于是他跳起来，说：

"你告诉他这狗东西，如果他威胁我，我就一戈比也不给他，我就不写信。我从来不怕谁，也不怕你们这些狗东西！"

翻译把话翻过去后，鞑靼人又叫嚷起来。

他们争吵了好久，后来黑皮肤的鞑靼人跳起来，走到日林面前。

"乌罗斯人，"他说，"知希特，知希特乌罗斯人！"

151

"知希特"在鞑靼语中是"好样的"意思。他又笑着对翻译说了句什么，接着翻译就说：

"给一千卢布吧。"

日林仍然坚持自己的话："五百卢布，多了不给。如果你们打死我，你们就什么也得不到。"

鞑靼人又互相说了几句，然后把雇工派到什么地方去了，他们自己则一会儿看看日林，一会儿看看门口。雇工回来了，他后面跟着个胖子，赤着脚，戴着足枷，衣服破破烂烂。

当日林认出这个胖子是科斯特林时，他惊讶地叫出声来。鞑靼人把科斯特林也抓来了！鞑靼人让他们并排坐在一起。他们交谈起来，鞑靼人一声不响地看着他们。日林讲了自己的遭遇。科斯特林说，当时他的马不肯走了，枪又卡了壳，就是这个阿布杜勒追上来抓住了他。

阿布杜勒跳起来，指着科斯特林说了几句话。

翻译说，他们两个现在属于一个主人，谁先交赎金，就先放谁。

"瞧，"他对日林说，"你总是发火，而你的这个同伴却很听话。他已经写信回去叫家里送五千卢布来。我们会给他好吃好喝，不会让他受罪。"

日林说：

"我的同伴愿怎么办是他的事。也许他有钱，而我却没钱。我刚才怎么说的，现在还怎么说。你们想杀就杀，不过杀了对你们没好处，超过五百卢布我就不写信。"

大家沉默了片刻。忽然，阿布杜勒跳起来，拿出一只小箱子，从中取出笔、纸和墨水，塞给日林，拍拍日林的肩膀，说："写吧。"他已经同意只交五百卢布了。

"等一等，"他对翻译说，"你告诉他，要让我们吃好，穿衣穿鞋，把我们关在一起，这样我们才会快乐些，还要把足枷去掉。"他看着主人笑，主人也在笑。主人听完他的话，说：

"我给他们穿最好的衣服，穿'切尔科斯卡'①，穿长筒靴，结婚也不过如此。我让他们吃得跟王爷一样好。如果他们想住在一起，就让他们住在板棚里。但足枷不能去掉，他们会逃走的。不过夜里我会把足枷去掉。"他又跑到日林跟前，拍拍他的肩膀说："你的好，我的好！"

日林写了信，但信封是乱写的，目的就是让它寄不到。他想："我一定要逃走。"

鞑靼人把日林和科斯特林又带回板棚里，给他们送来些玉米秸、一罐水、一些面包，还有两件切尔科斯卡和两双破旧的士兵靴，大概是从被打死的士兵腿上扒下来的。到夜里，鞑靼人给他们去掉足枷，把板棚锁上了。

三

日林和他的同伴就这样过了一个月。主人总是满脸带笑。"你的，伊凡，好。我的，阿布杜勒，好。"但他们吃得却不好。总是黍子面做的无酵窝窝头和烤饼，有时甚至是生面团。

科斯特林又写了一封信回家，他一直在等家里送钱来，心里很烦恼。他整天坐在板棚里算日子，算他的信什么时候能寄到家里，要不就躺着睡大觉。日林知道他的信根本就不可能寄到，他也没写

---

① 高加索山民穿的一种束腰无领长袍。——译者

第二封信。

"母亲到哪儿去弄那么多钱来赎我啊!"他想,"她主要还是靠我寄给她的钱过日子呢! 叫她凑五百卢布肯定会使她倾家荡产。上帝保佑,我还是自己想办法吧!"

他一直在观察、试探如何逃走。他常常吹着口哨在村里走来走去。有时候他坐下来干点手艺活儿,或者捏泥人,或者编箩筐。他做任何手艺都挺在行。

有一次,他捏了一个有鼻子、有手、有脚的泥人,还穿一件鞑靼衬衣,他把泥人放在屋顶上。

女人们出门去取水。主人的女儿金娜看见了泥人,就叫大家看。她们都把水罐放下,看着泥人笑。日林把泥人拿下来递给她们,她们只是笑,却不敢接。他就把泥人放在地上,回板棚去了,他要看看下面将会出现什么情况?

金娜跑过去,回头看了一眼,抓起泥人就飞快地跑了。

第二天一清早,日林看见金娜抱着泥人站在门口。她已经用一块红布片把泥人打扮起来了,像哄婴儿似的抱着它摇来摇去,嘴里还哼着歌儿。一个老太婆从屋里走出来,骂了她一顿,夺过泥人,把它摔得粉碎,然后派她到什么地方干活去了。

日林后来做了一个更好看的泥人送给金娜。有一天,金娜送来一个小水罐,她把水罐一放就坐下来看着日林,笑盈盈地指指水罐。

"她高兴什么?"日林想。他捧起水罐来喝,他以为是水,结果却是牛奶。他喝完牛奶,说了声"好!"金娜高兴极了!

"好,伊凡,好!"她跳起来,拍拍手,抢过水罐跑出去了。

从此金娜每天都偷偷地给他送牛奶来。有时鞑靼人用羊奶做奶饼，放在屋顶上晾干，她也偷偷地拿一些奶饼来给他。有一次，主人宰羊，她把一块羊肉藏在袖子里送来，扔下就跑。

还有一次，雷电交加，倾盆大雨下了整整一个小时。所有的溪流都浑浊了，原来可以涉水过去的地方，现在有三俄尺深，水冲得石头直滚。到处是溪水在流，山上传来低沉的轰鸣声。雷雨过后，村里到处是水在流。日林向主人要了一把小刀，做了一根圆轴，削了两块木板，装上一只轮子，又在轮轴的两端安上两个偶人。

小姑娘们给他送来些布片，他给偶人穿上衣服，把一个装扮成男人，另一个装扮成女人。做好以后，他把轮子放在小溪中。轮子一转，两个偶人就又蹦又跳。

全村的人：小孩、姑娘、婆娘和男人都来了，他们弹着舌头说：

"嘿，乌罗斯人！嘿，伊凡！"

阿布杜勒有一只俄国表坏了。他把日林叫去，指着表，弹着舌头。日林说：

"给我吧，我修。"

日林把表拿来，用小刀拆开，修好后还给主人。表又走了。

主人很高兴，把他的一件破旧不堪的紧身外衣拿出来送给日林。日林毫无办法，只好收下，至少夜里可以用来盖盖身子。

从此日林出了名，大家都把他看作能工巧匠。连远处村子里都有人来找他：修枪栓啦，修手枪啦，修表啦等等。主人给他弄来一套工具，有钳子、钻子、锉子。

有一天，一个鞑靼人病了，他们来找日林，说："你去给看看病吧。"日林根本不会看病。他去了，看了看，心里想："也许他自己能恢复健康。"日林回到板棚里，弄了点水和沙子，搅匀了，当着鞑靼人的面低声地念了几句话，叫病人喝下去。日林真运气，那个鞑靼人居然真的恢复了健康。日林渐渐听得懂一些鞑靼话了。跟他熟悉的鞑靼人一有事就喊他："伊凡！伊凡！"而其他的人总是像看野兽一样带着怀疑的眼光看他。

红胡子不喜欢日林。他看见日林总是皱起眉头，转过身去，或是骂几句。鞑靼人中间还有一个老头儿。他不住在村里，而是从山下来的。只有当他到清真寺来做礼拜的时候，日林才看得到他。他个子矮小，帽子上缠一条白毛巾，胡须剪得很短，白得像羽绒。他的脸布满皱纹，红得像砖头。他有一只鹰钩鼻子，眼睛是灰色的，眼神凶恶。他的牙齿几乎没了，只剩两颗犬牙。他到村里来的时候总是缠着头巾，撑着拐杖，像狼一样左顾右盼。他一看见日林鼻子里就发出一种怪声，并且转过头去。

有一天，日林到山下去看看那个老头儿究竟住在什么地方。他沿着一条小路走下去，看见一片有石头围墙的果园。围墙里有樱桃树、杏树和一间平顶小屋。他再走近一些，看见不少用麦秸编成的蜂房，许多蜜蜂在那儿嗡嗡飞舞。老头儿半跪着在蜂房边忙着什么。日林想再爬高一点看，弄得足枷发出了响声。老头儿回头一看，发出一声怪叫，从腰里拔出一把手枪，对准日林就是一枪。日林迅速地躲到石头背后才没被打中。

老头儿跑来向主人抱怨。主人把日林喊去，笑着问他：

"你干吗到老头儿那儿去啊？"

"我没对他做坏事啊。"日林说，"我只是想看看他怎么过日子的。"

主人转达了日林的话。但老头儿还是很生气，用嘶哑的嗓子连珠炮似的说着什么，露出两颗犬牙，对日林挥舞着他的双手。

日林没完全听懂他的话，但他知道，老头儿是叫主人把俄罗斯

156

人都杀掉，别留在村里。后来老头儿终于走了。

日林问主人：这老头儿是什么人？主人说：

"这可是个大人物！以前他是个头等的骑手，杀过许多俄罗斯人，也很有钱。他有过三个老婆、八个孩子，都住在一个村子里。俄罗斯人来了，毁了村子，杀了他的七个儿子。剩下一个儿子投降了俄罗斯人。后来老头儿自己也去投降俄罗斯人。他在俄罗斯人那儿待了三个月，找到了自己的儿子，亲手把他杀了，然后又逃了回来。从此他不再打仗。他到麦加去朝过圣，所以他缠头。谁去过麦加，谁就被称为哈泽，并且要缠头。他不喜欢你们俄罗斯人。他叫我把你杀了。但我不能杀你，你是我花钱买来的啊！再说，伊凡，我喜欢上你了。我不但不会杀你，而且，要不是我已经答应了你，我还不放你走呢。"他笑着，又用俄语说："你的，伊凡，好。我的，阿布杜勒，好！"

四

日林就这样生活了一个月。白天他在村里走来走去，或是做手艺活儿，天黑以后，当村里安静下来了，他就开始在板棚里挖洞。石头硬，他就用锉子锉，最后他终于在墙脚下挖了一个能钻出去的洞。"我只要好好熟悉这块地方，知道该往哪儿走就行。"他想，"可惜没有一个鞑靼人肯讲。"

有一次他趁主人外出的机会，准备午后到村外的山上去。他想在那儿观察地形。但主人临走前吩咐儿子看好日林，要跟紧他。小伙子就跟在日林后面喊道：

"别走！我父亲不许。我要喊人了！"

日林开始说服他：

"我不走远，只到那座山上去。我需要找一点药草来给你们的人治病。我们一起去吧，我戴着足枷跑不了的。明天我给你做弓箭。"

他说服了小伙子，他们就一起去了。那座山看起来不远，但戴着足枷走很吃力。日林走啊，走啊，费了好大力气才爬了上去。他坐下来开始观察地形。下午，山那边的峡谷里有马群在走动，可以看见山下有另一个村庄。村庄那边又是一座更陡峭的山。山那边还有山。两山之间的森林郁郁葱葱，群峰连绵不断，一座比一座更高。最高的几座山峰顶上有雪，像白糖一样白。其中有一座雪峰像一顶帽子，比别的山峰都高。无论向东看，还是向西看，都是这样的高山。群山间峡谷中的什么地方，有村庄里冒出的炊烟在袅袅升腾。"哦，"日林想，"这一带全是他们的地方。"他又朝俄罗斯人住的方向看去：山脚下是一条小溪和他所住的村庄，周围都是园子。有一些小得像玩偶一样的人蹲在河边，看得出，那是女人们在洗衣服。村庄那边是一座稍矮一点的山，山那边还有两座山，山上长满了树。两山之间有一片平地。平地上远远的地方隐约能见到炊烟。日林开始回忆，当他住在要塞的时候，太阳从哪边升起，向哪边落下。他得出结论：他们的要塞肯定在这片平地上。逃跑时就应该朝两山之间的这块平地上逃。

太阳开始西沉。白色的雪峰被染成了火红色，黑黝黝的群山暗下来了。山谷里升起了炊烟，日林认为应是要塞所在的那块平地被落日映照得如同在火焰中燃烧。日林仔细地看了一会儿，发现那块平地上竖着一个东西，就像烟囱里冒出的黑烟。他想，这肯定就是俄罗斯人的要塞了。

天晚了，传来了阿訇的呼唤声。人们驱赶着牛羊回村，母牛在哞哞地叫。小伙子不停地催日林："走吧，"而日林真不想回去。

他们回到了村里。"现在我已经知道地形，"日林想，"我该逃走了。"他想当夜就逃，那天夜里刚好没月亮。不幸的是，鞑靼人黄昏时回来了。平常，他们回来时往往赶着畜群，十分高兴。但这一回却没赶畜群，而用马驮回一个被打死的鞑靼人，这人是红胡子的兄弟。他们气呼呼的，聚在一起准备埋葬死者。日林也走出去看。他们不用棺材，只用麻布裹住死者，把死者抬到村外树下，放在草地上。阿訇来了，老人们聚在一起，把麻布缠在帽子上，脱了鞋，在死者面前并排盘腿坐下。

阿訇坐在最前面，他后面并排坐着三个缠头巾的老人，再后面还有不少鞑靼人。他们坐着，低头不语，静穆了好久。后来阿訇抬起头来，说：

"安拉！"他只说了这一个词，就又低下头去，静穆了好久。大家都一动也不动地坐着。阿訇再一次抬起头来，说：

"安拉！"大家也都跟着说："安拉！"然后又静穆不语了。死者躺在草地上一动也不动，他们也像死人一样一动不动地坐着。没有一个人动一下，只听见悬铃木的叶子被风吹得沙沙响。后来阿訇念了一段祈祷文，大家站起来，把死者举起，抬到一个大坑边。这个坑挖得不同一般，像个地窖。他们抓住死者的腋下和小腿，把他的身子弯起来，轻轻地放入坑中，使他取坐姿，再把他的双手放在腹前。

诺盖人拖来些青芦苇，他们把芦苇铺在坑里，迅速地往坑里填土，把坑填平，在死者头部的位置上竖起一块石碑。大家把土踩实，又在墓前并排坐下，静穆了好久。

"安拉！安拉！安拉！"大家齐声呼唤，然后站起身。

红胡子给了老人们一些钱，然后用鞭子在自己的额头上打了三下，就回家了。

第二天早晨，日林看见红胡子牵着一匹母马往村外走去，后面跟着三个鞑靼人。到了村外，红胡子脱下紧身外衣，卷起袖子，露出两只粗壮的胳膊，拔出匕首在磨刀石上磨了一会儿。三个鞑靼人把母马的头拉得仰起来，红胡子走过去，割断母马的喉咙，把它推倒在地上，剥皮开膛，只见他握紧拳头把皮撕开。婆娘和姑娘们来洗肠子和内脏。他们将母马砍成几大块，拖回家去。全村的人都到红胡子家来吃丧饭。

他们吃了三天马肉，喝了三天酸饮料，奠祭死者。所有的鞑靼人都不出门。第四天，日林看见他们聚集在一起，准备到哪儿去吃午饭。大约有十来个鞑靼人牵来马，他们都穿得整整齐齐，上马走了，红胡子也走了。只有阿布杜勒留在家里。当夜新月刚刚露脸，夜色很暗。

"好，"日林想，"今天必须逃走。"他把自己的决定告诉科斯特林。但是科斯特林不敢。

"怎么逃啊？我们连路也不认识。"

"我认识路。"

"一夜工夫走不到。"

"如果走不到，就躲在森林里。我存了一些饼。难道你就坐在那儿干等？如果钱能送来当然最好，但万一凑不齐呢？鞑靼人现在变凶了，因为俄罗斯人杀了他们的人。他们正在商量要杀死我们呢！"

科斯特林想了又想，终于说：

"好吧，我们走。"

五

日林钻进洞里，把洞再挖大些，好让科斯特林也能钻出去。然后他们就坐在那儿等，等村里安静下来。

村里的人声刚刚沉寂下来，日林就从墙下面的洞里爬了出去。他低声地对科斯特林说："爬呀。"科斯特林也爬了出来，但是他的脚绊着了一块石头，弄出了响声。主人家的看门狗是一只非常凶恶的花斑狗，叫乌利亚申。日林事先已经喂过它。它听到响声就叫着冲过来，后面还跟着另外几条狗。日林轻轻地吹了声口哨，扔出一块面饼，乌利亚申认出是日林，摇摇尾巴就不叫了。

主人听到狗叫，在屋里喊道："嘿！嘿！乌利亚申！"

日林轻轻地搔搔乌利亚申的耳朵。狗不叫了，摇着尾巴用身子蹭他的腿。

他们在墙角边坐了一会儿。四周又静下来了，只听见一只绵羊在圈里咩咩地叫，山下溪水穿过石块时发出哗哗的声响。周围一片漆黑，星星高挂在天上，一弯发红的新月悬在山顶上面，弯钩朝上，正在西沉。谷地里弥漫着雾气，像牛奶一样白。

日林站起身，对科斯特林说："喂，老兄，走吧！"

他们出发了。刚走没几步，又听到阿訇站在屋顶上用一种唱歌的声调喊着："安拉！别斯米拉！伊尔拉赫曼！"意思是大家该到清真寺去了。他俩又坐到墙角躲起来。他们坐了好久，等人们走过去。后来四周又安静下来。

"啊，上帝保佑！"他俩画了个十字，继续向前走。他们经过一个院子，来到山崖下的小溪边，涉过小溪，就进入了谷地。雾气很浓，但只在低处有雾，头顶上还是星光闪耀。日林根据星星辨认出他们该往哪个方向走。雾气中人感到神清气爽，走得轻松，只是靴子穿着不舒服，总是绊来绊去。日林把靴子脱下来扔掉，赤着脚走。他从一块石头上跳到另一块石头上，不时抬起头来看看天上的星星。科斯特林开始跟不上了。

"走慢点，"他说，"该死的靴子总是磨脚。"

"你脱了会好走些。"

科斯特林也赤着脚走，但情况变得更糟：两只脚都被石头划破了，他仍旧跟不上。日林对他说：

"脚磨破了能长好，被追上了可是要送命的，那就更糟。"

科斯特林一句话也没说，他一边走一边喘气。他们俩在谷地里走了好久，终于听到右边有狗叫声。日林停下来，观察了一下，用手摸索着爬到山上。

"唉，"他说，"我们走错了，偏右了。这是另外一个村子，我在山顶上看见过。应该向后转，偏左一点走到山里去。那儿应该有一片森林。"

而科斯特林却说：

"稍微再等一会儿吧，让我喘口气。我的两只脚一直在流血。"

"唉，老兄，脚会长好的。你跳的时候要轻一点。就像这样！"

日林转身向后走，偏左一点往山上爬，朝森林的方向跑去。科斯特林总是跟不上，不停地呻吟。日林不时对他嘘一声，自己一直不停地向前走。

他们爬到了山顶。这儿确有一片森林。他们走进森林，身上所有的衣服都被荆棘扯破了。他们在森林里发现了一条小路，就沿着这条小路向前走去。

"停下！"前面路上传来得得的蹄声。他们停住脚步，仔细倾听。像是一匹马，走了几步又停下来了。他们再向前走时，那蹄声又响了起来。他们停住，那蹄声也停住。日林便爬过去，看到路上亮处站着一个东西。马不像马，背上好像有个古怪的东西，但又不像人。能听到喷鼻的声音。"什么怪物！"日林轻轻吹了一声口哨，那东西立刻离开小路，钻进森林，树枝发出噼里啪啦的响声，好像风暴来临时一样。

科斯特林吓得趴下来。而日林却笑着说：

"那是一只鹿。你听见它的角碰到树枝发出的声音吗？我们怕它，它也怕我们。"

他们继续向前。大熊星座已经偏西，很快就要天亮了。他们拿不准走的方向是不是对。日林觉得他是沿着这条路被带进山的，到自己人那儿大约还有十俄里路。但并没有可靠的标志，再说夜里也很难辨清。他们走到一片林中空地上。科斯特林坐下说：

"你想走就走吧，我走不动了，两只脚不能走啦。"

日林劝他走。

"不行，"他说，"我走不动啦！"

日林生气了，啐了一口唾沫，骂了他一顿。

"那么我一个人走啦，再见！"

这时科斯特林跳了起来，于是他们继续向前。他们又走了大约四俄里。森林中的雾气更浓了，眼前什么也看不见，连星星也只隐约可辨。

忽然，前面传来马蹄声，能清楚地听到马掌碰在石头上发出的声音。日林卧倒在地，用耳朵贴着地面听。

163

"不错，有人骑着马朝我们这边来了。"

他们立刻离开小路，钻进灌木丛中坐下来等。后来日林爬到路边去观察，原来是个骑马的鞑靼人，赶着一头母牛，他一边走一边嘴里还在叽里咕噜地说着什么。等鞑靼人走过去了以后，日林又回到科斯特林身边。

"行了，上帝叫他过去了。起来吧，我们走。"

科斯特林刚站起来，又倒了下去。

"我不行了，真的，不行了，我没力气了。"

科斯特林是个肥胖笨重的男人，他满身是汗，又一下子碰上森林里冰冷的雾气，再加上双脚都磨破了，整个儿都瘫软了。日林用力拉他起来，他忽然叫起来：

"哎呀，好疼！"

日林吓得心都几乎不跳了。

"你喊什么？那个鞑靼人还没走远。他会听到的。"日林心里想，"他确实没力气了。我拿他怎么办？丢下同伴是不行的。"

"喂，"他说，"你站起来，你走不动的话，我背你。"

日林把科斯特林背在背上，两手抓住他的大腿，朝路上走去。

"不过，"日林说，"看在基督面上，你别勒我的脖子。抓住我的肩膀吧。"

日林走得很吃力，他的脚也在流血，而且他累极了。他不时弯下腰来，把科斯特林往上抬一抬，艰难地背着他在路上走。

那个鞑靼人显然听见了科斯特林的喊声。日林听到有人在后面跟着走，用鞑靼话在喊着什么。日林连忙钻进树丛。那个鞑靼人举起枪开了一枪，但没打中。他用鞑靼话尖叫着，沿着小路飞快地跑了。

"唉，老兄，我们完了！"日林说，"这狗东西马上会去喊一伙

164

鞑靼人来追赶我们。如果我们不能再走三俄里，我们就完了。"但他心里却在想："真见鬼，我不该带上这么个累赘。要是只有我一个人，我早就走远了。"

科斯特林说："你一个人走吧，何必为了我你也跟着倒霉呢。"

"不，我不能一个人走，我不能丢下同伴。"

他又背起科斯特林慢慢朝前走。他这样走了大约一俄里，仍然在森林里，看不到尽头。雾已经开始消散，天上似乎出现了乌云，星星看不见。日林累得筋疲力尽。

他走着，发现路边有一眼泉水，四周用石块砌着。他停住了，把科斯特林放下来。

"让我歇一会儿，喝口水。"他说，"我们吃点饼。大概已经不远了。"

他刚刚趴下身子去喝水，就听到背后传来马蹄声。他们又向右跑，钻进山崖底下的灌木丛中，躺了下来。

他们听到鞑靼人的讲话声，鞑靼人在他俩刚才拐出小路的地方站住了。他们讲了一会儿话，然后就唆使狗去搜索。只听到灌木丛中一阵簌簌声，不知谁家的一条狗就冲到了日林和科斯特林的面前。狗站住了，狂吠起来。

一群鞑靼人过来了，都是外村的。鞑靼人把他俩抓住，捆起来，放到马上带走。

他们走了大约三俄里，遇到了主人阿布杜勒和另外两个鞑靼人。阿布杜勒同这些鞑靼人说了一阵子话，就把他俩移到自己的马背上，拉回村去。

阿布杜勒不对他们笑了，一句话也不同他们讲。

天亮的时候，他们被带回到村里，扔在屋前的路上。孩子们跑来，一边用石子和鞭子打他们，一边尖叫。

鞑靼人聚拢来围成一圈，山下那个老头儿也来了。他们开始议论。日林听见他们在讨论如何处置他俩。有些人说，该把他俩送到深山里去。而那个老头儿却说："应该杀了。"阿布杜勒同他们争辩，他说："我花钱买了他们，我要从他们身上得到赎金。"老头儿说："他们不会交钱来的，只会带来灾祸。养着俄罗斯人是罪过，杀了完事。"

后来大家散了。主人走到日林面前，对他说：

"要是过了两个星期还没人送钱来赎你们，我就用鞭子打死你们。要是你打算再逃跑，我就像打死一条狗一样地打死你。你再写封信，好好写！"

鞑靼人给他们拿来了纸，他们又写了一封信。鞑靼人给他们戴上足枷，把他们带到清真寺后面。那儿有一个大约五俄尺深的大坑，鞑靼人把他们推入这个坑里。

六

他们的处境变得坏透了。足枷从不解开，也不让他们到坑上面来活动活动。只给他们吃生面团，再加一罐水，就像喂狗一样。坑里臭味难闻，又闷又湿。科斯特林完全病倒了，他皮肉浮肿，全身酸痛，不停地呻吟，要不就昏睡。日林也很沮丧，他知道事情很糟，但又不知道如何才能摆脱困境。

他开始挖地道，但挖出的泥土无处可放。主人发现了，威胁说要杀死他。

有一天，他蹲在坑里，想着自由的生活，心里很烦闷。突然，一块面饼落在他膝盖上，接着又是一块，还有樱桃撒落下来。他抬头一看，金娜站在那儿。金娜看了他一会儿，笑着跑了。日林想："金娜能不能帮忙呢?"

他在坑底清理出一小块地方，挖了一点黏土，开始捏泥人。他捏了一些小人、小马和小狗，心里想："等金娜来了，我就扔给她。"

但是金娜第二天没来。日林听到一阵阵马蹄声，来了不少鞑靼人，他们聚集在清真寺旁争论着、叫喊着，不时提到俄罗斯人。他也听到那个老头儿的声音。日林听不很懂，但猜得出，俄罗斯人来到了附近一带，鞑靼人怕他们进村，不知道该怎么处理这两个俘虏。

他们议论了一阵就走了。忽然，日林听到上面有什么东西在叮当作响。他一看，原来是金娜蹲在那儿，头埋在两膝中间，挂在脖子上的那串钱币垂了下来，在坑的上空荡来荡去。她的两只眼睛像星星似的闪亮着，她从袖子里掏出两只奶饼扔给日林。日林接了，说：

"怎么不来玩儿? 我给你做了小玩意儿呢。拿去吧!"他一个一个地扔给她。但她摇摇头，不看那些小玩意儿。

"别做了，"金娜说。她又默默地蹲了一会儿，然后说："伊凡! 他们要杀你。"她用手指指自己的脖子。

"谁要杀我?"

"我爹，老头子们要他杀。我真可怜你。"

日林说：

"你既然可怜我，那就给我拿根长竿子来。"

她摇摇头，意思是"不行"。他把双手交叉着放到胸前，求她：

"金娜，求求你! 小金娜，给我拿来吧!"

"不行，"她说，"他们会发现的，他们都在家里。"说完就走了。

晚上，日林坐在那儿想："怎么办？"他不断地抬头向上看。可以看见星星，月亮还没升起来。阿訇已经呼喊过了，四周静了下来。日林开始打瞌睡，他心里想："小姑娘不敢。"

忽然，有泥屑撒落到他头上。他朝上一看，一根长竿伸到了坑边。长竿动了几下，慢慢伸下来，伸向坑底。日林高兴极了，伸手抓住，把长竿接到了坑底。这是根结实的长竿，他以前在主人家的屋顶上看见过。

他抬头看了看，星星高挂在天上闪烁发光。金娜的两只眼睛也在坑口闪亮，像猫眼一样。她把头伸到坑边，低声地喊着："伊凡！伊凡！"同时用手在示意："轻点！"

"什么情况？"

"全都出去了，只有两个人在家。"

日林对科斯特林说：

"喂，科斯特林，我们走吧，再试最后一次。我托你上去。"

科斯特林不想听他的话。

"不，"他说，"看来我是跑不出去啦。我连翻身的力气都没有，还能上哪儿去啊？"

"那就再见了，别记我的不是。"日林与科斯特林吻了一下以示告别。

他抓住长竿，叫金娜扶稳，然后往上爬。因为足枷碍事，他两次滑了下来。科斯特林在下面托，他使尽力气终于爬了上去，金娜也用两只小手在上面使劲儿拉他的衬衣，一边还在笑。

日林提起长竿，说：

"放到原来的地方去吧，金娜，要是被他们发现了，他们会打你的。"

金娜拖走了长竿，日林也下了山。走到山崖底下，他拣了一块棱角尖尖的石头砸足枷上的锁。锁很坚固，怎么也砸不开，而且也使不上劲儿。他听到有人轻轻地跳跃着跑下山来。他想："肯定又是金娜。"金娜跑来了，拿起一块石头，说：

"让我来。"

她跪到地上开始砸。她的两只胳膊细得像树枝，一点力气也没有。她扔下石头哭了。日林继续砸锁，金娜蹲在他旁边，扶住他的肩膀。日林环顾了一下四周，看见左边山后的天空泛出红光，月亮要升起来了。他想："在月亮升起来以前必须穿过谷地，走到森林那儿。"他站起身，把石头扔了。即使戴着足枷也得走。

"再见吧，小金娜。"他说，"我永远不会忘记你。"

金娜拉住他，两只手在他身上摸来摸去，想找个地方塞几个面饼给他。日林接过面饼。

"谢谢你，聪明的孩子。"他说，"我走了以后谁给你捏泥人呢?"他又摸了摸她的头。

金娜哭了，她用双手掩住脸，像只小山羊似的跳着向山上跑去。黑暗中只听到她辫子里的钱币碰到背上发出的叮当声。

日林画了个十字，用手抓住足枷上的锁，不让它发出声响，就出发了。他吃力地拖着腿走着，不停地朝月亮即将升起的那座山顶上的红云张望。路他已经知道了。要一直朝前走八俄里。一定要在月亮完全升起来以前到达那片森林。他涉过小溪的时候，山顶上的红光已经变白了。他在谷地里走着，边走边看，月亮虽然还看不见，但红光已经完全变白，谷地的一边越来越亮，越来越亮。阴影在向山脚移动，离日林渐渐近了。

日林一直在阴影里走。他走得很快，但月亮爬得更快。右边的树梢已经亮起来了。他走到森林边上的时候，月亮也从山后面升起了。四周一下子变得像白天一样亮，树上的叶子都看得清清楚楚。山里静悄悄的，一片明亮，仿佛所有的东西都死了似的。只听到山下一条小溪的水在汩汩地流。

日林走进森林，没有遇到任何人。他在森林中选了一处暗点儿的地方，坐下来歇一会儿。

他喘喘气，吃了一个饼。然后找到一块石头，又开始砸锁。两只手都弄破了，锁还是没有砸开。他只好站起身，继续向前走。他又走了一俄里，筋疲力尽，脚疼极了。走十来步，就要停一下。他想："没别的办法，只要我还有一点儿力气，我就要走。一坐下去就起不来了。如果天亮了我还没走到要塞，我就在森林里躺一天，到夜里再走。"

他走了一整夜，只遇到两个骑马的鞑靼人。他远远地听见他们的声音，就躲到树背后。

月亮越来越苍白，下露水了，天即将破晓，而日林还没走出森林。他想："我再走三十步就躲起来坐一会儿。"他走了三十步，发现到了森林的尽头。他走出森林，天已经大亮，草原和要塞清清楚楚地展现在眼前。左边靠近山脚下有一堆篝火，快熄灭了，冒着黑烟，旁边有人。

日林再仔细一看，发现有枪在闪闪发亮，是一群哥萨克士兵。

日林高兴极了，他鼓起最后的力气朝山下走去。他心里想："上帝保佑，在开阔地上别让骑马的鞑靼人看见，不然即使离要塞很近也逃不了。"

他刚想到这儿，就看见左边山冈上站着三个鞑靼人，大约离他有一百俄丈远。他们发现他了，朝他冲过来。他的心仿佛猝然停止

170

了跳动。他挥舞着双手使尽力气大喊：

"弟兄们！救命啊！弟兄们！"

哥萨克兵们听见了，骑上马冲过来，想截断鞑靼人的后路。

哥萨克兵们离得远，而鞑靼人离得近。日林拼出最后的力气，用手抓着足枷，不顾一切地朝哥萨克兵那边奔去。他一边画着十字一边喊：

"弟兄们！弟兄们！弟兄们！"

哥萨克兵有十五个。

鞑靼人害怕了，没追到日林面前就停住了。于是日林逃到了哥萨克兵那儿。

哥萨克们围住他，问他是谁，干什么的，从哪儿来？日林控制不住自己的激动，只是哭着不停地说：

"弟兄们！弟兄们！"

要塞里的士兵们也都跑出来，围住日林，有人给他面包，有人送上一碗粥，有人拿来伏特加酒，有人给他披上军大衣，有人替他砸开足枷。

军官们认出了日林，把他带进要塞里。士兵们都很高兴，同伴们也都来看望他。

日林讲了他的所有遭遇，最后他说：

"这就是我回家结婚的经过！唉，看来命运注定我不该回家结婚。"

于是他继续留在高加索服役。一个月以后科斯特林才被赎了回来，花了五千卢布。他被送回来时已经奄奄一息了。

1872 年

趁有光，在光中走
（古代基督徒的故事）

"你们再听一个比喻。有个家主，栽了一个葡萄园，周围圈上篱笆，里面挖了一个压酒池，盖了一座楼，租给园户，就往外国去了。收果子的时候近了，就打发仆人，到园户那里去收果子。园户拿住仆人，打了一个，杀了一个，用石头打死一个。主人又打发别的仆人去，比先前更多。园户还是照样待他们。后来打发他的儿子到他们那里去，意思说，他们必尊敬我的儿子。不料园户看见他儿子，就彼此说：'这是承受产业的。来吧，我们杀他，占他的产业！'他们就拿住他，推出葡萄园外杀了。园主来的时候，要怎样处置这些园户呢？"他们说："要下毒手除灭那些恶人，将葡萄园另租给那按着时候交果子的园户。"

（《马太福音》第 21 章第 33—41 节）

—

故事发生在公元一百年，罗马皇帝图拉真统治的时代。那时，耶稣的门徒还活着，基督徒们都恪守耶稣的训诫，正像《使徒行传》中所说的："那许多信的人，都是一心一意的，没有一人说，他的东西有一样是自己的，都是大家公用。使徒大有能力，见证主耶稣复活。众人也都蒙大恩。内中也没有一个缺乏的，因为人人将田产房屋都卖了，把所卖的价银拿来，放在使徒脚前。照各人所需用的，分给各人。"（《使徒行传》第4章第32—35节）

那时，在西里西亚①的塔尔斯城，住着一个富有的叙利亚珠宝商尤文纳里。他出身贫苦，凭自己的勤劳和聪明发了财，赢得了同胞的尊敬。他到过许多地方，虽然不算有学问，但却见多识广，城里的人都敬重他的智慧和公正。他信奉罗马的多神教，当时罗马帝国所有有身份的人都信奉多神教，从奥古斯都大帝时代就要求严格执行的宗教礼仪，到图拉真皇帝时仍严格地执行着。

西里西亚远离罗马，但仍受罗马官吏的管辖，罗马发生的一切，在西里西亚都有反响，官吏们都模仿自己的皇帝。

尤文纳里童年时就记得罗马暴君尼禄胡作非为的故事，后来又看到皇帝一个接一个地垮台，他是个聪明人，他明白帝国当局和罗马的宗教中没有任何神圣的东西了，而这都是人为的结果。但同时，作为一个聪明人，他也明白，与当局对抗是不合适的，为了自己的安宁，应该服从现存的秩序。然而，尽管如此，周围疯狂的生活，尤其是为了生意他常去的罗马城里所发生的一切仍然使他感到不安。他疑惑，他不能理解这一切，并把自己的这种状况归咎于缺少学问。他有妻室，有过四个孩子，但其中三个早夭，只剩下一个孩子，名叫尤里。

尤文纳里把自己全部的爱和关怀都倾注给了这个尤里。他培养

---

① 西里西亚是当时罗马帝国的一个行省，位于小亚细亚半岛的南部。——译者

尤里，力图使尤里将来不致因对生活产生疑惑、就是一直使他本人感到不安的那种疑惑而感到痛苦。

尤里十五岁时，父亲把他送到一位迁居到他们城里并接受学生的哲学家那儿去读书。父亲把他交给哲学家，同时把他的同伴、尤文纳里的一个已去世了的解放奴隶的儿子潘菲里也交给了哲学家。两个少年是同龄人，两人都很英俊，他们成了好朋友。

两个少年学习很勤奋，他们的脾气都很好。尤里的诗歌和数学成绩比较优秀，潘菲里则是哲学成绩比较好。

第一学年结束的时候，潘菲里到学校对老师说，他的母亲，一个寡妇，要和朋友们一起搬到另一个小城达尔涅去，他必须和母亲一起去，以便帮助她，因此，他只能停止学习。

老师为将要失去一个给他带来荣誉的学生而惋惜，尤文纳里也感到惋惜，但最惋惜的是尤里。大家劝潘菲里留下来继续学习，但他坚决不肯，他感谢朋友们对他的爱和关怀，然而还是与他们分手了。

又过了两年。尤里已经结束了学业，在这段时间里，他一次也没遇到过自己的朋友。有一天，他在街上遇到潘菲里，把他带回家里，问他住在哪儿，在怎样生活。潘菲里对尤里说，他仍旧和母亲住在那个小城里。

"我们不是单独生活，"潘菲里说，"许多朋友和我们一起生活，我们的一切东西全都共有。"

"怎么共有？"尤里问。

"就是，我们谁也不把任何东西看成是自己的。"

"你们为什么要这样？"

"我们是基督徒。"潘菲里说。

"真的吗?"尤里叫了起来。

基督徒在当时被看成是阴谋家一类的人。只要有谁被揭发是基督徒,他立刻就会被投进监狱、被审讯,如果他不肯改变信仰,就会被处死。这使尤里有点害怕。他听说过各种各样关于基督徒的可怕故事。

"我怎么听说基督徒专杀小孩,还吃小孩?难道你也干这种事?"

"你来看看吧,"潘菲里回答道,"我们不做什么奇特的事情,我们只是生活着,努力不干坏事。"

"但是,不把任何东西看成是自己的,怎么能生活呢?"

"我们能生活。如果我们把自己的劳动果实给其他的弟兄,他们也就把自己的劳动果实给我们。"

"那么,如果那些弟兄拿了你们的劳动果实,但却不把自己的劳动果实给你们,那怎么办呢?"尤里问。

"没有那样的人。"潘菲里说,"那样的人喜欢奢侈的生活,不到我们这儿来,我们的生活是简朴的,不奢侈。"

"那么,有没有那种懒汉,只想让别人白白地养活他们呢?"

"有这样的人,我们也情愿接受他们。不久前有一个这样的人来到我们那儿,是个逃亡的奴隶。说实话,起初他很懒,日子过得挺糟,但很快他就改变了自己的生活,现在成了一个好兄弟。"

"但如果他不改正呢?"

"也有这样的人。基里尔长老说,对这样的人要像对最亲爱的弟兄一样,而且要更加爱他们。"

"难道也可以爱坏人吗?"

"不可以不爱人。"

"但你们怎么可以别人要什么,就给他们什么呢?"尤里问,

"如果我的父亲别人向他要什么，他就给别人什么，那他很快就会变得一无所有了。"

"我不知道，"潘菲里回答道，"我们都只有必需的物品。如果没有东西吃了或者没衣服穿了，我们就向别人要，别人就会给我们。但很少发生这样的事。我只有一次没吃晚饭就睡了。不过那是因为我很累了，不想去找我的弟兄们。"

"我不明白你们是怎样做的，"尤里说，"我只知道我父亲说，如果不拿自己的一份，并且别人要什么就给什么，那么你就会饿死。"

"我们没有饿死。你来吧，来瞧瞧。我们生活着，不仅不受饥挨饿，甚至还有不少积余。"

"怎么能做到这样的呢？"

"那是因为我们都奉行同一个原则，只不过奉行的程度有所不同：有人奉行得严些，有人奉行得松些。有的人的善行已经完满，有的人才刚刚开始。耶稣和他的言行都摆在我们面前，我们全都尽力模仿他，我们都看到了我们的幸福。我们中间有些人，像基里尔长老和彼拉盖娅老奶奶，在最前头。还有些人在后边。还有些在更后边。但大家都在一条路上向前走。

"走在最前头的已经接近耶稣的训诫，放弃自己的一切，为了使灵魂获得新生而首先毁灭旧的灵魂。这些人已经无欲无求。他们毫不怜惜自己，按照基督的训诫把自己最后的一点东西都给了那些前来求助的人。另一些人则差些，他们还不肯献出自己的一切。他们没有自己所习惯的衣着食物就变得衰弱，他们还怜惜自己，不肯献出一切。

"还有些人更差些，他们都是不久前刚刚上路的。这些人还照老样子生活着，为自己获取很多，只把多余的给别人。这些走在后面的人是依靠走在前面的人的帮助在前进。

"此外，我们大家还和那些信多神教的亲友盘根错节。有一个人的父亲是信多神教的，有很多财产，他给儿子钱财，儿子把它们分给前来求助的人，但父亲又给他钱财。还有个人的母亲是信多神教的，她怜惜儿子，常来帮助他。第三个人是位母亲，是个基督徒，但她的孩子们信多神教，孩子们想让母亲生活得舒服些，给她许多东西，求她别分给其他人，她出于对孩子们的爱接受了这些东西，但仍然把它们分给了别人。第四个人自己是个基督徒，但妻子是个信多神教的。第五个人本人是基督徒，但丈夫却是信多神教的。

"大家就是这样盘根错节，那些走在前面的很愿意献出自己所有的东西，但却不能够。

"那些信仰还不够坚定的人就靠这种方法维持着，我们也因此而积聚了不少多余的东西。"

对这一点，尤里说了自己的看法：

"如果是这样，那么你们也不符合基督的教导，而只是做了些皮毛。如果你们不是献出自己的一切，那么你们和我们之间也就没有多少区别了。照我的看法，如果当一个基督徒，就要彻底。献出一切，做个赤贫的人。"

"那是最好啦，"潘菲里说，"让我们去那样做吧！"

"会的，当我看到你们做到这一点的时候，我也会去做的。"

"我们不想显示任何东西。我也不会为了显示自己而劝你放弃自己的生活到我们这儿来。我们做那些我们应该做的事，不是为了显示，而是由于信仰。"

"信仰意味着什么呢？"

"信仰就意味着，我们相信只有按照基督的教导生活，才能避免世界的罪恶，避免死亡。别人讲我们什么，我们不在乎。我们不是为别人做的，因为只有在这一点上我们才看到了生命和幸福。"

"活着不为自己是不可能的，"尤里说，"神造我们的时候就让我们爱自己胜过爱别人，让我们为自己寻找快乐。你们也是这样做的。你自己说过，你们中间有些人也怜惜自己。这些人将日益更多地为自己寻找快乐，日益抛弃你们的信仰，像我们一样地生活。"

"不，"潘菲里说，"我们走另外一条路，我们从不软弱，而是越来越强，就像我们不断地往火上添柴，火就永不熄灭。信仰就在于此。"

"我还是不明白这信仰是什么？"

"我们的信仰就在于：我们按照基督对我们所解释的那样去理解生活。"

"怎样理解呢？"

"基督讲过这样一个寓言：

"种葡萄的人住在别人的园子里，应该付租金给主人。我们这些人，活在世界上，也应该付租金给上帝，按他的意志行事。但人们根据世俗的信念，认为园子是他们的，他们不付任何租金，却还要享用园里的果实。主人派人去收租金，而他们却把他赶走。主人又派自己的儿子去收租金，他们竟把他杀了，认为此后再也不会有人来妨碍他们。这就是世俗的信念。世上所有那些还没有认识到生命赋予他是为了为上帝服务的人都是按照这样的信念生活的。基督还教导我们说，世俗的信念认为，如果他们把主人派来的人以及主人的儿子赶出园子，并且不付租金，他们会过得更好些。这个信念是错误的，因为要么付租金，要么被赶出园子，这是逃避不了的。

基督还教导我们说，那些我们称之为快乐的东西，吃、喝、娱乐等等，如果我们把生活寄托在这些东西上，那么它们就不可能是快乐的。只有当我们找到另一条路，即执行上帝的意志，只有到那时，这些快乐才会像真正的奖赏，伴随着我们执行上帝的意志而降临。想不执行上帝的意志而获得快乐，或是想不劳动而获得快乐，这些都好比把花摘下来，没有根就栽到泥土里。我们相信这一点，我们不会去寻找欺骗，而去寻找真理。我们的信念是：生活的幸福不在于享乐，而在于执行上帝的意志，并且不想到享乐，也不希望享乐。我们现在这样生活，将来我们生活得越久，我们就越能看到快乐和幸福，就像车轮跟着车辕，我们都跟着上帝的意志走。我们的导师说：'凡劳苦担重担的人，可以到我这里来，我就使你们得安息。我心里柔和谦卑，你们当负我的轭，学我的样式，这样，你们心里就必得享安息。因为我的轭是容易的，我的担子是轻省的。'"

潘菲里说了一大番话，尤里听了潘菲里的话，他的心被感动了，但他并不理解潘菲里所说的话。他觉得潘菲里在骗他，但当他看到自己的朋友那双善良的眼睛，想起潘菲里的善良，他又觉得，潘菲里也在欺骗自己。

潘菲里邀请尤里到他们那儿去看看他们的生活，如果他喜欢这种生活，也可以留下来与他们一起生活。尤里答应了。

尤里虽然答应了，但并没有到潘菲里那儿去。他沉湎于自己的生活，忘掉了潘菲里。

尤里仿佛害怕自己所过的生活不能吸引住自己，于是他想象，过基督徒的生活必须弃绝尘世的一切享乐，但他不能弃绝，因为他认为生活就是享乐。他指责基督徒，并且认为自己的指责很有道理，他唯恐自己停止指责他们，因此总在寻找机会发现他们的

179

缺陷。

每当他在城里遇到基督徒，他总能立刻找到指责他们的借口。当他看到他们在市场上卖水果和蔬菜的时候，他有时只对自己、有时也对他们说：你们常说你们没有任何私有的东西，但你们却在把东西卖钱，而不是无偿地把它们送给那些需要它们的人。你们是在欺骗自己和我们。他这样说，但却不想和他们辩论，因为他们认为把东西拿去卖、而不是无偿地送给别人是必要和公道的。

当他遇到一个穿着好衣服的基督徒时，他就指责那个基督徒没有把好衣服送给别人。他希望基督徒都有过错，因为他们从不否认自己有过错，所以在他看来基督徒就都成了有过错的人。在他的眼睛里基督徒还是伪君子和骗子，他们言行不一。他说，我至少还是言行一致的，而你们却说的是一回事，做的又是另一回事。当他使自己确信了这一点以后，他心安理得了，仍旧像过去一样生活。

二

尤里的天性是善良的，他和许多富家子弟一样有不少奴隶，当他们不服从他的命令或是他脾气不好时，他也常常严酷地惩罚他们。他有许多昂贵的、他并不需要的玩物和衣服，他还不断地获得更多的这样的东西。他喜欢看戏和游艺表演。从很年轻的时候起他就有了情妇，常常同朋友们在自己的小圈子里沉湎于纵情吃喝玩乐的生活。

他觉得他活得很快乐，他从来没有审视过自己的生活，他整个儿沉溺在享乐中，根本没去思考过生活。

就这样两年过去了。尤里认为他将这样地度过自己的一生。但这却是不可能的。过尤里所过的那种生活，为了不断地获得快乐，就必须不断地加强享乐。如果他第一次与朋友喝一盅酒是快乐的，那么重复了几次这样的快乐以后，为了要获得同样的快乐，就必须喝两盅质量更好的酒。如果第一次与一位男友闲谈是快乐的，但常常如此就使人厌倦了，为了要继续获得快乐，就必须与一位女友闲谈。后来连这也不够了，就必须再换一位女友。再后来一批女友使人厌倦了，就必须另换一批。所有各种肉体的享乐也是如此。为了使快乐不终止，就必须不断地加强它。而为了加强和扩大享乐，就必须向别人要求更多的东西。而要使别人把你所想要的东西给你，对不是当权者的普通人来说，就只有一个办法——给钱。尤里就是这样。他沉溺在肉体的享乐之中，但他不是当权者，他要经常地增加享乐，就需要很多钱。

尤里的父亲很富有，他爱自己的独生子，以他为骄傲，在钱方面对他一点也不吝啬。尤里和其他的富家子弟一样过着游手好闲的、奢侈放荡的生活，喝酒、游乐、玩女人，这就是他们永远不变的享乐。尤里的享乐需要越来越多的钱，他开始感到钱不够用。有一次他向父亲要钱，所要的数目比平常父亲给他的要多。父亲给了他，但责备了他几句。尤里感到自己有错，他恼怒了，像那些明知自己有错但又不肯承认的人一样，他顶撞了父亲。从父亲那儿拿来的钱很快就花光了。此外，就在这时，尤里和一群喝醉了酒的朋友与人斗殴，打死了一个人。城里的长官得知这件事，要抓他入狱。他的父亲多方奔走，才使他获得赦免。这段时候，尤里的放荡生活也使他需要更多的钱。他向一个同伴借了钱并答应还他。此外，他的情妇也向他索要许多礼物：她看中了一条珍珠项链，他知道如果不能满足她的要求，她就会抛弃他，跟另一个早就想把她从尤里身边夺走的富人走。尤里去找他的母亲，对她说，他需要钱，如果她不设法弄到他所需要的那么多钱，他就自杀。

陷于这样的境地，他不责怪自己，却责怪父亲。他说，父亲教会了我过奢侈的生活，后来却开始吝啬起钱来。如果他一开始就给我像他后来给我的那么多钱，并且不责备我，我就会安排好自己的生活，不会缺钱了。但他给我的钱总是不够用，我就只好去找放高利贷的人。他们榨光了我所有的钱，我是个富家子弟，我过惯了我的生活，但现在我却一文不名，我羞于去见我的同伴。然而我父亲却不想理解这一切。他忘了他也年轻过。是他使我落到这种境地的。现在，如果他不肯按我所要求的数目把钱给我，我就自杀。

溺爱儿子的母亲去找父亲。父亲把儿子唤来，开始骂他和他的母亲。儿子粗鲁地顶撞父亲。父亲打了他。儿子就抓住父亲的手。父亲喊来奴隶把儿子捆上关了起来。

独自被关起来以后，尤里诅咒父亲和自己的生活。在他看来，摆脱他现在处境的唯一出路是，要么他死，要么父亲死。

母亲心疼儿子。她分不清究竟是谁错。她只知道心疼自己的儿子。她去找丈夫替儿子求情。丈夫不听她的，并且责备她宠坏了儿子。她也指摘丈夫，结果丈夫打了她。但她并不把挨打放在心上，她又去找儿子，劝儿子向父亲请求宽恕，终于说服了他。她答应瞒着父亲把儿子所需要的钱都给他。儿子同意了以后，她就去找丈夫，求他宽恕儿子。丈夫把她和儿子骂了好久，最后终于决定，只要儿子放弃那种放荡的生活，和一个富商的女儿结婚（他曾答应过那个富商的女儿，让儿子与她成婚），他就原谅儿子。

"我将给他钱和结婚的用品，"父亲说，"那时他应该开始过一种正派的生活。如果他答应按我的意志去办，我就原谅他。现在我什么也不给他，只要他一犯过错我就把他交给长官。"

尤里接受了一切条件，被放了出来。他答应结婚并放弃那种不好的生活。但他并不真心想这样做。家对他来说已经成了地狱。父亲不同他讲话，为了他与母亲互相争吵。母亲则不停地哭。

第二天，母亲把他喊到自己的卧室里，偷偷地给他一颗贵重的钻石，这是她从丈夫那儿偷来的。

"去吧，卖掉它，不是在这儿，而是到别的城里，然后去办你要办的事。我有办法使这件事暂时不被发现。如果有一天被发现了，我可以把罪责推到奴隶头上。"

母亲的话震动了尤里的心。母亲所做的事使他震惊。他没有拿那颗贵重的钻石，从家里走了出来。他自己也不知道要到哪儿去、去干什么。他朝前走啊，走啊，朝城外走去。他觉得必须单独待一会儿，好好想一想在他生活中所发生的一切，以及未来有什么在等待着他。他走着走着，走出城外，走进祭祀月神狄安娜的圣树林里。他走到一个僻静的地方，开始思索。他首先想到的是向女神求助。但他已经不相信所有的神，因为他知道，从他们那儿不可能得到帮助。但如果不向他们求助，又向谁求助呢？想到自己的处境，他觉得太可怕了。他的心中一片混乱和黑暗，但他却无可奈何。应该向自己的良心求助，他开始在心中评判自己的生活和自己的行为。他觉得两者都很糟，而且更重要的是都很蠢。他干吗要这样折磨自己？干吗要这样毁了自己的青春年华？快乐很少，而痛苦和不幸却很多。更主要的是他觉得自己很孤独。以前有钟爱他的母亲，还有父亲，甚至还有朋友，现在一个也没有了。谁都不爱他了。他成了大家的累赘。他妨碍了大家的生活：他成了母亲与父亲吵架的根源，他消耗着父亲毕生辛劳积聚的财产，他成了朋友们的一个危险的、不友好的对手。大家都必定希望他死。

回顾自己的生活，他想起了潘菲里以及他们的最后一次见面，想起了潘菲里怎样请他到他们那儿去，到基督徒那儿去。他想不回家了，从这里直接到基督徒那儿去，留在他们那儿。"但是，难道我真的处于这样绝望的境地了吗？"他想道。他重新开始回忆他生活中发生的一切，他觉得谁都不爱他，他也不爱任何人，这使他非常害怕。母亲、父亲、朋友全都不爱他，都希望他死。然而，他自己又爱谁呢？朋友，他觉得他一个也不爱。他们全都是他的敌手。现在，当他陷于不幸中时，他们谁都不来同情他。父亲呢？他问自己。当他就这个问题审视自己的内心时，恐惧紧紧地攫住了他。他不仅不爱父亲，而且为了他所受的窘迫和侮辱，他还仇恨父亲。除了仇恨以外，尤里清楚地看出，如果父亲死了，他会感到称心如意。

"如果我能肯定，任何人在任何时候都不会看到和打听到我所做的事，"他自问道，"那么，我敢不敢猛地一下结果他的性命，使我自己获得解放呢？"接着他又自己回答自己："敢，我敢杀了他。"他回答完了，连自己也感到害怕。

"母亲呢？是的，我可怜她，但我并不爱她。她会怎么样我反正无所谓，我需要的只是她的帮助……不错，我是只野兽！一只被打伤、被追捕的野兽，只有一点我和野兽不同，就是我能根据自己的意志脱离这种虚幻的、罪恶的生活，我能做野兽不可能做的事——自杀。我恨父亲，我谁都不爱，无论是母亲，还是朋友……对了，还有一个潘菲里……"

他又想起了潘菲里。他回忆起他们的最后一次见面、他们的谈话，以及潘菲里所说的耶稣所说的话："凡劳苦担重担的人，可以到我这里来，我就使你们得安息。"难道这是真的吗？他想着，回忆起潘菲里温柔快乐而又勇敢无畏的脸，他希望看到潘菲里，听到他的声音，相信他所说的话。"实际上，我是个什么人呢？"尤里对自己说，"一个正在寻找幸福的人。我在淫乐中寻找幸福，但没有找到。所有的人都像我一样，都没有找到。大家都恼火，都痛苦。但有一个人，他永远是快乐的，因为他什么也不寻找。他还说，像他那样的人有不少，将来所有的人都会像他们那样，我只要遵从他们的导师的教导，我也能成为那样的人。难道这是真的吗？"

"不管这是真的还是假的，它使我向往，我要到他们那儿去。"

尤里对自己这样说，他从树林里走出来，决定不再回家，而到基督徒们住的村子里去。

三

尤里满心快乐精神抖擞地走着，他越往前走，基督徒的生活在他的头脑里就显得越生动，他想起潘菲里所说一切，他的心变得更快乐了。

太阳已经西下，尤里想休息一会儿，这时他遇到一个正在路边休息和吃东西的人。

那是个中年人，有一张智慧的脸。他坐着在吃油橄榄和煎饼。看见尤里，他微笑着说：

"你好，小伙子。路还远得很，坐下来休息一会儿吧！"

尤里谢了谢他，坐了下来。

"你到哪儿去？"陌生人问。

"到基督徒那儿去。"尤里说，接着他一句一句地对陌生人讲

185

自己整个的生活和自己的决心。

陌生人认真地听着，不时插问几个细节，没有说自己的意见。当尤里讲完以后，陌生人把没吃完的食物放进包里，整了整自己的衣服，说：

"小伙子，你弄错了，别按你下的决心去做。我了解人生，而你还不了解。我了解基督徒，而你却不了解他们。听着，我来给你分析你的生活和你的思想，当你听完我的话，你将会作出另一个对你来说更正确的决定。你年轻、富有、漂亮、健壮，情欲在你的身上沸腾。你想找一个僻静的栖身之地，在那儿，情欲不再使你激动，你也不再因它们而痛苦，你认为，你将在基督徒那儿找到这样的避难所。小伙子，这样的地方是没有的。因为那使你不得安宁的东西不在西里西亚，也不在罗马，而在你自己身上。在偏僻寂静的乡村，情欲将继续折磨你，而且会百倍地强烈。基督徒们的欺骗，或者说他们的错误（我不想评判他们），就在于他们不想承认人的天性。只有那些情欲已经完全耗尽了的老人才能真正奉行他们的学说。强健有力的人，尤其是像你这样还没有体味过生活真谛的年轻人，是不可能遵守他们的法则的，因为这个法则不是以人的天性为基础，而是以他们的导师耶稣的无聊的卖弄聪明为基础的。如果你到他们那儿去，会比现在更痛苦。而且痛苦的程度要强烈得多。现在你的情欲引诱你走上了一条错误的路，但你在选择方向时又错了，不过你可以纠正。现在你在释放你的情欲，也就是生命力时，还能得到一种满足，但在基督徒中间，你要竭力克制你的情欲，你仍然会像现在一样迷惘，更糟糕的是，除了这种痛苦以外，你还要不停地忍受人的欲望不能得到满足的痛苦。让水从坝中流出来，它将灌溉田地和牧场，使牲畜有得喝；但如果把水拦住，它就会侵蚀土地，使之变成烂泥。对情欲也应该如此。基督徒的学说，除了他们的信仰以外（这儿我不谈论使他们获得安慰的那种信仰），是这样的：他们不承认暴力，不承认战争和法庭，不承认个性，不承认科学、艺术，以及一切使生活变得轻松快乐的东西。

"如果所有的人都像他们所描绘的他们的导师那个样子，那当然很好。但事实不是这样，也不可能是这样。人是恶的，受着情欲支配。这种情欲的表演以及由此而产生的冲突，把人羁留在他们现有的生活环境中。野蛮人不知道什么叫约束，如果所有的人都像基督徒那样顺从，那么，一个野蛮人为了满足自己的情欲就能把全世界毁掉。假如说是神使得人有愤怒、仇恨，甚至以恶去对抗恶，那他们这样做是因为这些情感对人类的生活是必需的。基督徒们说，这些情感是不好的，如果没有这些情感人们会更幸福，也就不会有凶杀、死刑和战争。这是不错的。但这些似乎只是一种假说，并不能使人们的生活变得美满。当然，最好是没有贪婪、饥饿和所有因贫穷而产生的东西。然而这种假说并不能改变人的本性。即使有二三十个人相信这种假说，真的不吃东西，因而饿死，这也不能改变人的本性。对人的其他的欲望也是一样：愤怒、凶狠、仇恨，甚至对女性的爱、追求豪华、显赫和威严（神也有这些欲望）等等，都不能否认，因为人的本性是不能改变的。不准人吃饭，人就会死。同样，扼杀人的情欲，人也会灭亡。至于私有财产，也是同样的。基督徒们否认私有财产，可你瞧瞧周围：每一个葡萄园、每一段篱笆、每一幢房子、每一头驴，人们之所以建造养育它们就因为它们是私有财产。如果否认了财产的私有权，人们就再也不会去翻耕葡萄园，牲畜就没人喂养，就会被弄死。基督徒们断言，他们没有私有财产，但他们却利用着私有财产的果实。他们说，他们的一切都是共有的，他们把东西都存放在一起。但他们存放在一起的那些东西是他们从拥有私有财产的人那儿得来的。他们只是在欺骗别人，往最好处想，至少他们是在欺骗自己。你说，为了养活自己，他们都劳动，但如果他们不利用那些承认私有财产的人所生产出来的东西，他们的劳动是不能养活自己的。即使他们能养活自己，也只是勉强维持生活而已，在他们那儿既没有科学的位置，也没有艺术的位置。他们也不承认我们的科学和艺术的用处。不过他们也不可能按别的方式生活。他们的学说就是要叫人们退回到原始状态去，退回到野蛮时代、动物的时代去。他们不能用科学和艺术为人类服务，不懂科学和艺术，也否认它们。人类的有些能力形成了人所独有的特性，并使人接近神，而基督徒却不能用这些能力来为人服务。他们那儿没有神庙，没有雕塑，没有剧场，也没有博物馆。他们说，他们不需要这些。要想不使自己在自己的低能面前感到羞愧，最容易的办法就是蔑视别人的高超。他们就是这样做的。他们的导师是一个没有知识的人，一个骗子。他们都仿效他。此外，他们都是些不信神的人。他们不相信神，也不相信神能干预人间的事务。对他们来说只有一个神，就是他们的导师的父亲，他们也称他为父。照他们的理解，他们的导师为他们揭示了人生的全部奥秘。实际上，他们的学说是一种可怜的欺骗。我举一个例子吧：照我们的学说，世界上有神，神庇护着人类。人类为了生活得好，就必须尊敬神，同时人类自己也在思考和探索。因此，一方面是神的意志，另一方面是全体人类的共同智慧在领导着我们的生活。我们生活着、思考着、探索着，因此我们在向真理靠近。但他们既没有神和神的意志，又没有人类的智慧，他们只有一个东西：对那位被钉死在十字架上的导师以及对他所说的话的盲目的信仰。你比比看

188

吧，哪一种领导更可靠？是神的意志和人类的智慧的共同的自由的活动，还是对一个人的话的强制性的、盲目的信仰？"

陌生人的话使尤里感到震惊，尤其是他的最后一段话。现在，不仅到基督徒那儿去的决心动摇了，而且他觉得奇怪：他怎么能因为受到自己痛苦的影响就做出如此疯狂的决定？但他还有一个问题：现在他该怎么办？怎样才能摆脱他所陷入的困境？他讲了自己的状况，对陌生人提出了这个问题。

"现在我正要讲这个问题。"陌生人继续说，"你该怎么办？因为我已经达到了人的智慧的相当高度，所以在我看来，你的路是很清楚的。你的所有痛苦都来自人所固有的情欲。情欲引诱你，把你引得那么远，所以你痛苦了。这是人生的正常的教训。这些教训应该使你得到好处。你体验过许多东西，知道什么是苦、什么是甜，你就不会再重复那些错误。利用你的经验吧！使你最痛苦的是你对父亲的恨。这种恨的产生是由于你的地位。换一种地位，它就会消失，或者，至少不会那么强烈。

"你所有的痛苦都是因为你的地位不合适而产生的，你沉湎于年轻人的享乐之中，这是自然的，因而也是好的。当一个人青春年少的时候，这当然是好的。但这段时期已经过去了，以一个成年人的精力沉湎于年轻人的胡闹就不好了。你正处在这样一个时期，你应该成为一个公民、一个男子汉，为共和国服务，为它的利益而工作。你父亲建议你结婚。他的建议是明智的。你已经经历了人生的前一半——青春时代，现在将进入另一半了。你所有的骚动不安仅仅是过渡状态的一种标志。你承认吧，你的青春年代已经过去，勇敢地抛弃只属于年轻人但不属于成年男人的一切，走上新的道路吧。去结婚，抛弃年轻人的胡闹，去做生意，参加社会活动，从事

189

科学和艺术，你除了将会与你父亲以及朋友们和好以外，还将找到安宁和快乐。使你痛苦不安的主要原因是你的地位不合乎自然。你已经成年了，应该结婚，当一个丈夫，因此我的主要的建议是：遵照你父亲的意愿，去结婚。如果你对你想在基督徒那儿找到的僻居独处感兴趣，如果你爱好哲学而不喜欢喧闹的生活，那么你也必须在认识了生活的真谛以后，去做那些事才会更有成效。而只有在成为一名独立门户的公民和家长以后，你才能认识生活的真谛。如果那个时候你还向往僻居独处的生活，你就去吧，那就是一种真正的向往，而不是像你现在这样是因为不满意自己的生活而一时心血来潮。那个时候你就去吧！"

陌生人最后的那段话特别使尤里信服。他谢了陌生人就转身回家了。母亲高兴地迎接他。父亲得知儿子将顺从他的意志与他所推荐的姑娘结婚，也就与儿子和解了。

四

三个月以后，尤里与漂亮的叶芙拉丽娅结了婚。他改变了自己的生活方式，与妻子一起另立门户，并且开始经营父亲转给他的一部分买卖。

有一次，他到邻近的一个城里去谈生意，在那儿，坐在商人的店铺里，他看见潘菲里和一个他不认识的姑娘从店铺门前走过。两个人都挑着重重的两筐葡萄来卖。尤里认出了自己的朋友，走到他跟前，请他到店铺里聊聊。

那个姑娘看到潘菲里想跟尤里去，但又有点犹豫，恐怕丢下她一个人不大好，连忙说，她不需要他，她一个人坐在这儿卖葡萄就行了。

潘菲里谢了谢她，就随尤里进了店铺。走进店铺后，尤里请求与他熟悉的那位商人允许他和他的朋友到商人的卧室里去谈话，商人同意了，他就和潘菲里来到后面的卧室里。

两个朋友互相询问了对方的生活情况。

自从上次他们见面以后，潘菲里的生活一直没有改变。他仍旧生活在基督徒的社团中，还没有结婚。他要尤里相信，他的生活一年年、一天天、一刻刻变得越来越快乐。

尤里也对自己的朋友讲了他所经历的一切，他怎样已经上路打算到基督徒那儿去，遇到一个陌生人阻止了他，陌生人怎样向他讲说基督徒的谬误和他的主要的职责就在于结婚，他怎样听从了劝告结了婚。

"那么，你现在幸福吗?"潘菲里问，"你在婚姻中找到陌生人预言你将得到的东西了吗?"

"幸福?"尤里说，"什么是幸福? 如果这个词的意思是自己的愿望得到充分的满足，那么，我是不幸福的。我的买卖现在做得很成功，人们开始尊敬我，我在这件或是那件事情上也能找到某种满足。尽管我看到有些人现在比我富有，比我更受人尊敬，但我预见到我将能与他们并驾齐驱，甚至超过他们。在这方面我的生活是满足的。至于夫妻生活，坦率地说，我是不满意的。再说得具体些：这种应该给我以快乐的夫妻关系并没有给我快乐，起初我是体验到快乐的，但快乐不断地减少，最后就完全没有了。原本是夫妻生活的快乐的地方，现在出现了痛苦。我的妻子漂亮、聪明、有教养而且善良。起初我是十分幸福的。但现在你不知道这些，因为你没有妻子。我们之间发生争吵是由于：有时候，当我对她冷淡的时候，她却向我要求温存；有时候情况则完全相反。此外，新鲜对于爱来说是必需的。一个不如我妻子迷人的女人，交往之初还比较能吸引我，但后来就变得越来越没有吸引力，还比不上我的妻子。我已经体验过这种滋味。不，我在夫妻生活中找不到满足。是的，我的朋友，"尤里开始结束自己的话了。"哲学家是对的：心灵所需求的，生活不会全给予。我已经在夫妻生活中体会到这一点。但是心灵所渴求的幸福，生活不能给予，这也并不表明你们的欺骗能够给予。"他又微笑着加上一句。

"你为什么说我们在欺骗?"潘菲里问。

"说你们在欺骗是因为：你们为了逃避与日常生活相联系的不幸，就完全否定日常生活，也就是否定生活本身。为了避免失望，你们就否认诱惑，否定婚姻。"

"我们不否定婚姻。"潘菲里说。

"如果不否定婚姻，那么你们否定爱。"

"恰恰相反，我们否定一切，但不否定爱。爱对我们来说是一切的基础。"

"我不理解你的话。"尤里说，"我听别人说了很多，也听你说了很多。因为你和我同年，但到现在还没结婚，所以我认为你们没有婚姻。原先已经结了婚的，你们继续维持婚姻关系，但未结婚的就不再结婚。你们不关心人类种族的延续。如果所有的人都像你们那样，人类早就灭绝了。"尤里说，他重复着他听到过许多遍的话。

"这话不对，"潘菲里说，"不错，我们不把人类种族的延续作为我们的目的，也不关心这个问题，我不止一次地听你们的智者这样说过。我们的父已经关心过这个问题了，我们的目的只是按照他的意志生活。如果他的意志认为人类种族必须延续，那么它就会延续；如果他认为不该延续，那么它就会终结。这不是我们关心的问题。我们要关心的是：照他的意志生活。他的意志体现在我们的天性中，在我们的《启示录》里。那上面说，丈夫和妻子结合，就不再是两个人，而要合为一体。在我们那儿，婚姻不仅不被禁止，而且还受到我们年长的导师们的鼓励。我们的婚姻与你们的婚姻的不同之处仅仅在于：我们的教规告诉我们，任何对女人的淫念都是罪恶，因此，我们的男人和女人不是想尽各种办法打扮自己去挑动别人的情欲，而是尽量使自己远离情欲，使我们之间的爱像兄弟姐妹的爱，而且这爱要比你们称之为爱情的那种对女人的肉欲更强烈。"

"但是，你们总不可能压灭爱美的情感吧？"尤里说，"譬如，我相信那个和你一同挑葡萄的漂亮姑娘，尽管她的衣服遮盖了她的迷人之处，但她一定在你心中唤起了对女性的爱情。"

"我还不知道，"潘菲里说着，脸红了，"我没想过她的美丽。你是第一个对我讲到她美丽的人。对我来说她只是我的姐妹。但我还要继续对你讲我们的婚姻与你们的婚姻的区别。

"这区别来源于，在你们那儿，情欲在美和爱的名义下，在为维纳斯女神服务的名义下维持着，被提倡着；而我们恰恰相反，情欲被看成不是恶（上帝不造恶）而是善，只有当它不在自己应有的位置上时，它才成为恶，我们把种情况称为诱惑。我们总是尽量避免它。正是由于这一点我才至今还没结婚，尽管我很可能明天就结婚。"

"谁来决定这件事呢？"

"上帝的意志。"

"你通过什么途径了解上帝的意志呢？"

"如果你从来不去寻找上帝的指示，那就永远也不会看到。

如果你不断地去寻找上帝的指示，它们就显得很清楚，清楚得就像你们用牺牲和飞鸟占卜时所看到的一样。你们有你们的智者，他们凭自己的智慧和牺牲的内脏以及鸟的飞行对你们解释神的意志，同样，我们也有我们年长的智者，他们凭耶稣的启示，凭自己心智的钻研和其他人的思想，更主要的是，凭他们对人的爱对我们解释主的意志。"

"但这一切都是极不明确的。"尤里反驳道，"譬如，什么东西能指示你该什么时候以及与什么人结婚呢？当我准备结婚的时候，有三个姑娘供我选择。这三个姑娘是从许多姑娘中挑选出来的，因为她们漂亮、富有，我的父亲同意我与她们中间任何一个结婚。在三个姑娘中我选择了我的叶芙拉丽娅，因为她最漂亮，比其他两个更吸引我。这一切都是很明确的。然而，是什么东西引导你的选择呢？"

"为了回答你的问题，"潘菲里说，"我必须首先告诉你，按照我们的学说，所有的人在天父的面前都是平等的，因此，所有的人，无论是就各人的地位，还是就各人智力和体力的特性而言，都是平等的。因此我们的选择（如果使用这个令我们不能理解的词的话）就不受任何东西的局限。

"男基督徒的妻子和女基督徒的丈夫可以是世界上任何一个活着的男人和女人。"

"凭这个还是不能确定的。"尤里说。

"我来告诉你，我们的长老是怎样对我讲解基督徒的婚姻与信奉多神教者的婚姻的区别的。

"照我们长老的说法，像你这样的信奉多神教的人选择妻子，妻子给予他个人的首先是一种享受。在这种情况下眼睛就看花了，很难做出决定，何况，享受是没有止境的。但基督徒就没有这种为个人的选择，即使有为个人的选择，那么为个人的享受也不是摆在第一位，而是摆在第二位的。对基督徒来说，问题在于要使自己的婚姻不违背上帝的意志。"

"什么样的婚姻就可能违背上帝的意志呢？"

"我可能已经把《伊里亚特》忘了，我和你曾一起学过和读过它，但你生活在智者和诗人中间，不会把它忘了。整个《伊里亚特》写了些什么？这部史诗写的全是在婚姻问题上如何违背上帝的意志。墨涅拉俄斯、帕里斯、海伦、阿喀琉斯、阿伽门农，还有克律塞伊斯，所有这些人所发生的极度的不幸都是因为违背了上帝的意志。"

"什么地方违背了呢？"

"违背的地方就在于：这些人爱女人是因为与她接近使自己获得享乐，他们结婚是为自己享乐。而基督徒呢，只有当他爱别人，并且肉体的爱的对象已经变成人与人之间兄弟般的爱的对象时，他才会结婚。只有把基础打好，造一座房子才是可行的，才会牢固；只有事先考虑好要画什么，才能把图画画好；同样，只有以人与人之间的爱和尊敬为基础，肉体的爱才合法、合理和可靠。只有在这样的基础上才会出现合理的基督徒的家庭生活。"

"但我还是不理解为什么基督徒的婚姻，像你所说的，排除了帕里斯体验过的那种对女人的爱。"尤里说。

"我没有说基督徒的婚姻不允许对女人有特殊的爱，恰恰相反，只有有了这样的爱时婚姻才是合理和神圣的。但对女人的特殊的爱必须不违背对人的普遍的爱。诗人们歌颂这种对女人的特殊的爱，女人们自己也认为这种爱是美好的，但如果它不是建筑在对人

195

类的爱的基础之上，它就没有资格称为爱。它就只是一种动物性的肉欲，并且常常转变为恨。最好的例子是你们把爱又称为'厄洛斯'，意思是情欲，如果它不是建筑在对所有的人兄弟般的爱的基础上，它就会变成兽欲。有些人似乎爱某个女人，就对她施以强暴，这会使她痛苦，甚至毁了她。一个人如果折磨他所爱的人，很明显，这种暴力行为中是没有对人的爱的。在非基督徒的婚姻中常常有隐蔽的暴力存在。当一个男人与一个不爱他或是爱着别人的姑娘结婚时，就是在使她受苦，他不怜悯她，只想着满足自己的情欲。"

"假定是这样吧，"尤里说，"但如果姑娘爱他，那就没有什么不公平了。我看不出基督徒的婚姻和信奉多神教者的婚姻之间有什么区别。"

"我不了解你的婚姻的详细情况。"潘菲里回答道，"但我知道，任何仅仅建筑在个人幸福基础上的婚姻都不可避免地要导致争吵，就像在动物以及与动物很少区别的人中间，不争吵不打斗就顺顺当当地获取食物是不可能的一样。每个人都想得到一块甜的，而甜的又不够大家分，于是就争吵。即使没有公开的争吵，也有隐蔽的争斗。弱者想要一块甜的，但他知道强者不会给他；尽管他明知不可能直接从强者那儿夺到一块甜的，然而他仍然怀着隐藏的、妒忌的恶意盯着强者，准备利用第一个机会去夺到它。在婚姻上信奉多神教的人也是这样，只不过更糟，因为妒忌的对象是人，恶意产生在夫妻之间。"

"但是怎样才能使结了婚的人不爱任何其他的人，而只爱自己的丈夫或妻子呢？总是会有某个男人或是姑娘，会爱上这个或那个人。照你的说法，那时婚姻就要破裂了。因此依我看，那些关于你们的传闻是真的。你们根本不结婚。一个男人如果从来没对女人产生过情欲，他怎么会去结婚呢？同样，一个姑娘如果从来没对男人产生过情欲，她怎么可能成熟呢？海伦究竟该怎么办呢？"

"关于这一点，长老基里尔是这样说的：在信奉多神教的社会里，人们不考虑对兄弟的爱，也不培养这种感情，他们只想着一件事：激发自己对女人的情欲，在自己身上培养这种情欲。因此在他们的世界里，所有的海伦或是类似海伦那样的女人就激发了许多男人的爱。情敌们互相争斗，竭力要战胜对方，就像公畜争夺母畜一样。他们的婚姻中或多或少有争斗和暴力。在我们的社会里我们不仅不考虑个人对美色的享受，而且躲避那些可能引导你去享受美色的诱惑，而在信奉多神教的社会里，那些诱惑则被当成优点和崇拜的对象。而我们，则完全相反，我们只考虑对亲近的人的尊敬和爱的责任，我们对所有的人，对最美的和最丑的都同样具有这种责任，我们竭力培养这种感情，因此在我们中间，对人的爱的情感战胜了美色的诱惑，消灭了因两性关系而发生的争斗。

"基督徒们认为两性之间应该是相互吸引的，一个基督徒只有在他与女人的结合不产生任何痛苦的时候他才会结婚。长老基里尔甚至这样说过，基督徒只有当他知道他与女人的结合不会产生任何痛苦的时候，他才会感到那个女人的吸引力。"

"难道能这样吗？"尤里反问道，"难道人能控制自己的迷恋吗？"

"当意志被迷恋操纵了的时候，这是不可能的。但我们能保持振作和清醒，不让意志被迷恋操纵。譬如父亲和女儿、母亲和儿子、兄弟和姐妹的关系吧，母亲对儿子、女儿对父亲、姐妹对兄弟，无论她多么美，也不会成为自己享乐的对象，爱和感情都沉睡着。只有当父亲认识到那个他认为是他女儿的女人不是他的女儿时，那些感情才会醒来；儿子对母亲、兄弟对姐妹也是如此。但那时，那些感情已经变得非常微弱和顺从，他已经完全能够控制它们。情欲能够变得非常微弱，因为它的基础是对女儿、对母亲、对姐妹的爱的感情。为什么你不愿意相信在男人身上可以培养和巩固这样一种对女人的感情，它就像对母亲、女儿和姐妹的感情一样，而夫妻间的爱情可以在这种感情的基础上成长起来？就像一个男人，只有当他得知那个他认为是他姐妹的女人不是他的姐妹时，他才允许自己对她产生爱情；基督徒也是这样，只有当他感到自己的爱情不会伤害任何人时，他才会允许这种感情在心里产生。"

"那么，如果两个人爱上了同一个姑娘呢？"

"那时，一个人应该为了另一个人的幸福而牺牲自己的幸福。"

"如果姑娘只爱其中的一个人呢？"

"姑娘不爱的那个人就应该为了她的幸福而牺牲自己的感情。"

"哦，如果两个姑娘都爱，而两个人又都要牺牲自己，那么姑娘岂不是一个也嫁不成了吗？"

"不，那时长老们会决断这件事，会出主意使大家都得到最大的幸福、最多的爱。"

"然而，这是做不到的。之所以做不到是因为这违反人的天性。"

"人的天性？人的天性是怎样的？人除了动物性以外还有理性，不错，我所说的这种对女人的态度是不符合人的动物性的，但它符合人的理性。当人用他的智力为他的动物性服务时，他就比动物更坏，甚至会强奸和乱伦，而这是任何一种动物都不会做的事。但当用自己的理性去驾驭动物性，当动物性为理性服务的时候，也只有在那时，人才能获得使自己感到满意的幸福。"

五

"现在对我讲讲你自己吧,"尤里说,"我看到你和那个漂亮的姑娘,看得出来,你们生活在一起,难道你不想成为她的丈夫吗?"

"我没想过这一点,"潘菲里说,"她的母亲是个寡妇,也是个基督徒。我为她们服务与其他人为她们服务是一样的。我为女儿服务,也同样为母亲服务,我爱她们不分彼此。你问我,我如此爱那位姑娘,难道不打算和她结婚吗?

"这个问题使我痛苦,但我仍坦率地回答你。我有这个念头,但有一个小伙子也爱她,因此我就不敢再想这个问题。那个小伙子是个基督徒,他爱我们俩;我不能做使他伤心的事。我生活着,不去想这个问题。我在寻求一个东西,遵守爱人这条法则,这是我唯一的需求。当我看清了我该怎样做的时候,我就结婚。"

"但对她的母亲来说不会是毫无区别的,她当然希望有一个勤劳善良的女婿。她一定希望是你,而不是另一个人。"

"不,对她来说是没有区别的,因为她知道,除了我以外,其他的人也都会为她服务的,就像为任何别的人服务一样。我当她的女婿或不当她的女婿,我为她服务都不会多一点儿或少一点儿。如果我基于这一点与那位姑娘结婚,那么她与我结婚或与别人结婚,我都同样高兴。"

"这是不可能的!"尤里喊道,"你们这样真是太可怕了。你们是在欺骗自己!你们也同样欺骗别人。那个陌生人对我讲的关于你们的话是正确的。我听你对我描绘你们的生活,我不由自主地倾倒于它的美,但我仔细想想,我就看出,所有这一切都是欺骗,都是欺骗,它将导致野蛮,导致像动物一样的野蛮的生活。"

"你从哪儿看出野蛮？"

"你们靠劳动来支撑你们的生活，你们没有从事科学和艺术的闲暇和可能性。你穿着破旧的衣服，手脚粗糙，你的那位女伴，本来也许像女神一样美丽，但现在却像个奴隶。你们没有阿波罗的歌曲，没有神庙，没有诗，没有游戏，没有神为了美化人的生活给予人的一切。你们只是为了简陋的温饱。难道这不是在有意地违背神，违背人的意愿和天性吗？"

"又是人的天性！"潘菲里说，"这种天性是什么？是用极端繁重的劳动去摧残奴隶？是打死自己的兄弟或把他们变成奴隶？是把妇女当作玩物？……所有这一切对于美化生活——你认为这是人固有的属性——都是不必要的。人的天性到底是什么？是刚才所讲的这些，还是生活在爱与和谐之中，感到自己是全人类亲如兄弟般的大集体中的一员？

"如果你认为我们不承认科学和艺术，你也是大大地错了。我们高度评价人所具有的一切天赋。但是我们把人的所有天赋看成是为了达到同一个目标的手段，我们把整个的一生都献给这个目标，即执行上帝的意志。我们不把科学和艺术看成是仅仅供游手好闲的人们取乐的东西，我们对科学和艺术的要求与对人的所有活动的要求一样，即要实现对上帝和他人的爱，这种爱充满在基督徒的事业中。我们承认实用科学只是把它看成一种能使我们生活得更好的学问，我们敬重艺术也只是因为它能净化我们的思想、提高我们的心灵、增强我们的力量，而这种力量对充满爱的劳动生活是必要的。我们尽可能地不放过机会在我们自己和我们的孩子身上发展这些知识；在空闲的时候我们也愿意从事这样的艺术。我们阅读和研究我们先辈中的智者留给我们的著作。我们唱诗、画画，我们的诗歌和图画鼓舞了我们的精神，在忧伤的时刻安慰了我们。所以，我们不同意你们说我们不承认科学和艺术的意见。你们的智者运用自己的智力发明了对人作恶的新方法：他们改进了战争，也就是杀人的手段；发明了赚钱，也就是使一些人变富另一些人变穷的新方法。你们的艺术被用于建筑和装饰神庙，但你们之中最成熟的人早已不相信神，然而你们却要别人相信神，认为这是蒙骗他们使之服从自己统治的最好办法。你们竖立了许多雕像纪念那些最暴虐残忍的独裁者，他们不尊重任何人，但所有的人都害怕他们。你们的剧场里演出的戏剧赞扬有罪的恋情。音乐专供那些在豪华宴会上大吃大喝的富翁取乐。图画也描绘淫荡，一个头脑清醒的人，一个没被兽欲迷晕了的人只要看一眼这种图画就不可能不脸红。

"不，使人区别于动物的那些高级的技能不是用来干这些的。我们不能像他们那样去享乐。我们整个的一生要用来执行上帝的意志，我们更要用我们所具有的高级的技能为这个目的服务。"

"不错，"尤里说，"如果生活能够是这样的话，当然是很美好的。但生活不可能是这样的。你们是在欺骗自己。你们不承认我们的保护。但如果没有罗马的军队，难道你们能安宁地生活吗？你们享用了我们的保护但却不承认。你自己说过，你们中间有些人甚至还为自己辩护。你们不承认私有财产，但却在享用着私有财产，你们的家人有私有财产，并且把这些财产送给你们。你并不是把葡萄白送给别人的，而是卖的，你也买东西……这一切都是欺骗。如果你们完全按你们所说的去做，那也许很好。但你们是在欺骗别人，欺骗自己！"

尤里急躁起来，把心里的话全说了出来。潘菲里一声不响地听着。当尤里说完了，潘菲里说：

"你说的关于我们不承认你们的保护，但却享用着这些保护的话是没有根据的。我们不需要罗马军队的保护，因为我们没有什么值钱的东西需要用暴力来保护，我们的财富是不需要保护的，这是任何人也不能从我们那儿夺走的。即使有一些在你们看来是属于私有财产的东西经过我们的手，我们也并不认为它们是自己的，我们总是把它们交给为了活命需要它们的人。我们把葡萄卖给需要它们的人不是为了个人赚钱，而只是为了换回生活必需品。如果有谁要从我们这儿抢走这些葡萄，我们会毫不抵抗地给他。正因为如此，我们不害怕蛮族的入侵，如果他们抢我们劳动的果实，我们就让给他们。如果他们要我们为他们劳动，我们将很乐意去做。因此他们不会打死我们或折磨我们，而且那样做也是不合算的。蛮族的人很快就会理解并爱上我们，他们迫使我们忍受的东西比现在包围和迫害我们的文明人使我们忍受的东西要少。

"据说，只是因为有了私有财产人们才获得了那些赖以生存的产品，但你自己评判一下，实际上是谁生产了所有的生活必需品？是由于谁的劳动，你们如此引以为豪的财富才得以积累起来？是那些从不干活、只对自己的奴隶和雇工发号施令，而且还享用全部财富的人，还是那些为了一块面包去执行主人的命令，但自己却不能享用任何财富、只能获得勉强够糊口的一份东西的贫穷的奴隶？难道你认为那些奴隶为了执行常常是他们完全不理解的命令会不吝惜自己的力气吗？难道你认为一旦他们有可能为自己以及为他们所爱和所同情的人去从事合理的、他们理解的工作时，他们会不工作吗？

"你指责我们没有完全做到我们力求做到的事，甚至说我们欺骗别人，认定我们既不承认暴力和私有财产，却又在利用它们。如果我们确实在骗人，那和我们就没什么好说的。不值得对我们愤怒,也不值得揭露,我们只配被蔑视。我们会心甘情愿地承受这种蔑视,因为承认自己的卑微是我们的法规之一。但如果我们真诚地努力趋向我们所信奉的原则,那么你对我们的指责就是不公正的。如果我们,我和我的弟兄们,都努力去执行我们导师的训诫,不要暴力,也不要由暴力产生的私有财产,那么,我们这样做不是为了外在的东西:财富、权力和荣誉,我们不需要这些东西,而是为了另外的东西。我们也和你们一样在寻找幸福,区别只在于我们对幸福的看法不一样。你们相信,幸福就在于财富和荣誉,而我们则认为幸福不在于这些。我们相信,我们的幸福不在于暴力,而在于顺从;不在于财富,而在于献出一切。就像植物向着阳光,我们不能不向着我们认为幸福所在的地方。我们没能做到我们想做到的一切,即没有完全地消除暴力和取消私有财产。这是事实。但是,难道能不是这样吗?你也想获得世上最美的女人和最多的财富,但是,难道你或其他什么人实现了这个愿望吗?如果射手多次没有射中目标,难道他就因此而不再瞄准了吗?我们也是这样。按照耶稣的教导,我们的幸福就在于爱,爱是要排除暴力以及由此而产生的私有财产的。我们追求我们的幸福,但还远没有完全达到,我们每个人将按照各自不同的方式去达到它。”

“不错,但是你们为什么不相信全人类的智慧并且与之隔绝,而只相信你们那位被钉死在十字架上的导师呢?你们对他的绝对服从使我对你们敬而远之。”

“你又错了。谁要是认为我们之所以有自己的信仰,信奉我们的学说,是因为我们崇信的导师这样训导了我们,那他就错了。恰恰相反,凡是以自己整个的心灵去追求真理、努力与上帝神交的人,凡是追求真正的幸福的人,就会不由自主地走上耶稣走过的道路，不由自主地追随他，看到他在自己的前面。所有爱上帝的人都会在这条路上相遇，你也一样。他是上帝的儿子，是上帝和人之间的媒介，不是因为有人对我们这样说因而我们盲目地相信这一点，而是因为所有追寻上帝的人都发现上帝的儿子走在自己前面，都不由自主地只通过他来理解和认识上帝。"

尤里没有接着说话，他默默地坐了好久。

"你幸福吗?"他问道。

"没有比这更好的了。但我也常常感到困惑，意识到有某种不公平的东西。为什么偏偏我那么幸福?"潘菲里微笑着说。

"是啊，"尤里说，"如果那一回我没有遇到那个陌生人，而到你们那儿去了的话，也许我会更幸福。"

"那么，如果你现在想去的话，有什么东西妨碍你? 是妻子吗? 你说过，她是倾向于基督教的，她可以和你一起去。"

"不错，但是另一种生活已经开始了，怎么打破它呢? 既然开始了，就要过到底。"尤里说着，想象起父母亲和朋友的不满，尤其是做这样的转折所需要付出的努力。

这时潘菲里的女友与一个小伙子一起来到店门口。潘菲里走到小伙子跟前，小伙子当着尤里的面说，基里尔长老派他来买皮草。葡萄已经卖掉了，小麦也买了。潘菲里建议小伙子和玛格达琳把小麦挑回去，而他自己去买皮草并带回家。

"这样更好些。"潘菲里说。

"不，玛格达琳最好同你一起走。"小伙子说完就走了。尤里陪潘菲里来到一个熟人的店里，潘菲里把小麦倒进口袋，放了一小部分在玛格达琳的筐子里，挑起沉甸甸的担子与尤里告别后就同姑娘朝城外走了。

在街道拐弯的地方，潘菲里回过头来，微笑着对尤里点了点头，然后又露出更快乐的微笑与玛格达琳说了些什么，他们就消失了。

"是的，如果当时我到他们那儿去了，也许更好些。"尤里想。在他的想象中两幅图画交替出现着：一边是健壮的潘菲里和那位高个子的有力气的姑娘，她的头上顶着一个筐子，他们善良的脸上放着光彩；另一边是他的家，他每天早晨离开那儿晚上又回去，他的漂亮而娇生惯养但却使人厌烦的妻子正戴着手镯、穿着华丽的衣裳躺在卧榻上。

但尤里没时间去想，商人们、同伴们来了，日常的忙碌又开始了，然后又是吃饭、喝酒、与妻子睡觉……

六

十年过去了。尤里一直没再遇到潘菲里。他有时还回想起与潘菲里见面的情景，但对他和基督徒生活的印象渐渐淡漠了。尤里的生活循着常轨。在这段时间里，他的父亲去世了，他继承了父亲的全部生意。生意很复杂，有老主顾，有非洲的卖主，有伙计，有债务，有些要收回，有些要付出。尤里不由自主地把全部的精力都投入到生意中。此外还有了新的事务。他担任了社会公职。这个能满足他虚荣心的职务对他很有吸引力。除了生意以外，他致力于社会活动，变得聪明而善于辞令，在同仁中显得很突出，有可能担任高级的社会公职。

在这十年里他的家庭生活也发生了重大的、使他不愉快的变化。他有了三个孩子，孩子的不断问世使他和妻子疏远了。首先，

205

他的妻子失去了大半的美丽和娇嫩。其次，她现在较少关心丈夫。她的温存全集中到了孩子身上。尽管按照信奉多神教者的习俗，孩子被交给奶妈和保姆照料，但尤里常常在妻子那儿看到孩子，或是在她的卧室里找不到她，而她却在孩子那儿。孩子也常常使尤里烦恼，他们带给他的不愉快多于愉快。尤里忙于生意和社会公务，放弃了自己过去的那种放荡生活，但他认为，工作之余他需要有雅致的消闲，他在妻子那儿找不到它，而且他的妻子在这段时间里与一个信基督教的女奴关系越来越密切，她对这种新的宗教越来越感兴趣，她抛弃了那些信奉多神教者的外表的装饰，而对尤里来说，那些装饰却是迷人的。尤里在妻子那儿找不到他要找的东西，就与一个轻佻的女人交往，与她一起度过工作之后的闲暇。如果有人问尤里这些年他是幸福还是不幸福，他甚至回答不出：因为他是那么忙！他从一件事情到另一件事情，从一种消遣转到另一种消遣，但没有一件事情能使他感到完全满意，使他希望继续做下去。对他来说，不管什么事情他都希望能尽快摆脱，没有一种娱乐不使他感到无聊腻烦。

尤里就这样生活着，但一个意外事故差点儿彻底改变了他的生活道路。他参加奥林匹克运动会的战车比赛时，他已经顺利地驾着战车接近终点了，当他想超过另一辆战车时，他的战车撞上了那辆战车，车轴断了，他摔下来，两条腿和一只手摔断了。他伤得很重，但不危及生命。他被送回家中，他必须在床上躺三个月。

在他养伤的这三个月里他的头脑仍在工作。他有了闲暇，就像审视他人的生活一样审视自己的生活。

他觉得他的生活处在一片黑暗之中，而且在这段时间里发生了三件不愉快的事使他十分痛苦。第一是有个很受信任的、还是他的父亲留下的家奴收下了一批非洲的钻石，带着它们逃走了，使他蒙受了很大的损失，造成了生意的混乱。第二是他的情妇抛弃了他，另外找了新的保护人。第三件事使他最不愉快，在他养伤期间当地进行选举，政府里一个他希望得到的位置被他的对手夺走了。尤里觉得这一切都是由于他受伤而造成的，而他的受伤又是由于他的战车的左边碰到了别的战车的轮轴的凸出处。独自躺在床上，他不由自主地想到他的幸福竟然因为多么微小的偶然因素而得与失，这又使他想起了其他的事，想起了自己过去的痛苦，想起了自己曾经想到基督徒那儿去，想起了已经有十年没见过面的潘菲里。在养伤期间，他的妻子常常和他在一起，对他讲她从她的女奴那儿了解到的基督徒的一切事情，这更加强了他对潘菲里的想念。那个女奴有一段时期曾在潘菲里的那个团体里生活，她认识潘菲里。尤里想见见那个女奴，当她来到他的床边，他详细地询问了一切情况，尤其是潘菲里的情况。

女奴说，潘菲里是他们中间最好的弟兄之一，得到大家的喜爱和尊敬。他已经与尤里十年前见过的那个玛格达琳结了婚，并且他们已经有了几个孩子。

"谁要是不相信上帝创造人是为了使人获得幸福，那他就应该去看看基督徒的生活。"女奴最后说了这样一句话。

尤里让女奴走了，他独自想着刚才听到的东西。与自己的生活相比较，他羡慕潘菲里的生活，但他不愿意想这一点。为了不再想这个问题，他拿起一本妻子给他的希腊文的手抄本读了起来。他在手抄本上读到这样的话：

有两条路，一条是生，一条是死。

生路是这样的：首先你必须爱创造了你的上帝；其次你必须爱他人像爱自己一样。己所不欲，勿施于人。训诫就在下面的这些字句里：为那诅咒你的人祝福，为你的敌人和逼迫你的人祷告；你们若单爱那爱你们的人，有什么赏赐呢？信多神教的人不也是这样做的吗？你们若爱仇恨你们的人，你们将没有敌人。弃绝肉体的和世俗的欲望。有人打你的右脸，连左脸也转过来由他打，你就将成为义人。有人强逼你走一里路，你就同他走二里。有人要拿你的外衣，连里衣也由他拿去。有向你借贷的，不可推辞，因为你不可以这样。有求你的，就给他。因为天父希望所有的人都获得他的恩赐。经上说，给予者将蒙福……

第二条训诫是：不可杀人，不可奸淫，不可放荡，不可偷盗，不可占卜，不可放毒，不可贪恋他人的东西。不可发誓，不可作假见证陷害人，不可挖苦人，不可记仇。不可口是心非，不可两面三刀……不可说谎，不可说空话，要实实在在。不可贪财，不可掠夺，不可伪善，不可暴躁，不可傲慢。不可对别人有坏意图。不可恨任何人，但可以揭露一些人，为另一些人祈祷。爱他人胜过爱自己的心……

我的孩子！勿做任何恶事，勿发怒，因为发怒会导致凶杀。勿妒忌，勿争吵，勿急躁，因为这些都会导致凶杀。我的孩子！别耽于情欲，因为情欲会导致淫荡。别说淫言秽语，因为这会导致奸情。我的孩子！别占卜，因为这会导致崇拜偶像。别算命，别施巫术，别念咒语，也别去看这一类的东西，因为这些都是偶像崇拜。我的孩子！

别撒谎，因为撒谎会导致偷盗。别贪财，别爱虚荣，因为这些都会导致偷盗。我的孩子！别好埋怨，因为这会导致渎神。别野蛮，别怀恶意，因为这些都会导致渎神。要温顺，因为温顺的人将得到土地。要会忍耐，要仁慈，不能凶狠。要谦恭，要善良，要永远敬畏你所听到的话语。不要自视过高，不要让自己的心鲁莽。别使自己的心变得骄傲，要使它公正而谦和。你要把你所遭遇的一切都看成是一种恩惠，你要知道，没有上帝就没有一切……我的孩子！别造成分裂，要使争吵的人和好。别伸手索要，别舍不得给予。给予的时候别犹豫、别抱怨，因为你将知道，谁是善良的回报者。别躲开饥寒交迫的人，与你的兄弟共享你所拥有的一切，别把任何东西称为自己的私有财产，因为任何东西都会腐朽，而你将成为不朽！从年轻的时候起就教育你的孩子畏惧上帝。在发怒的时候别对自己的奴隶下命令，以便让他们始终敬畏凌驾于你们之上的上帝。

　　而死路是这样的：首先它是恶的，该诅咒的。这条路上充满了凶杀、情欲、淫荡、偷盗、偶像崇拜、魔法、毒害、侵占、伪证、虚伪、两面三刀、阴险、骄傲、恶毒、自高自大、贪婪、污言秽语、妒忌、野蛮、傲慢、虚荣等等。在这条路上有专门迫害好人的坏蛋，有仇恨真理的人，有爱撒谎的人，有不承认应该给公正以报答的人，有不向往善的人，他们不要公正，不要善良，而只要恶，他们一点也不温顺，丝毫不能忍耐。这条路上的人沉浸在虚幻的忙碌中，整天追逐金钱，一点也不同情穷人，他们不劳动，不知道上帝，他们杀害儿童，毁坏神像，不肯救济饥寒交迫的人，他们压迫受苦受难的人，专门护卫有钱人，对穷人无法无天，他们都是些罪大恶极的人！孩子们！当心啊，远远地离开这些人！……

尤里还没读完手抄本，就出现了像许多怀着追求真理的真诚愿望的人在读书，也就是接触陌生的思想时常常出现的那种情况，他觉得他整个的心灵与那位正在教导他的人产生了沟通。他一边读，一边猜测着下面会讲些什么，他不仅赞同书中的思想，而且仿佛这些思想是他自己讲出来的。

在他的身上发生了一种生活中常见的、不被人们注意，但却是神秘和意义深远的现象，即活人在与死者的沟通融合中成了真正的活人。尤里的心灵与写出并用这些思想教导他的人相通了。在这以后，他审视了自己和自己的生活。他觉得他自己和他整个的生活是一个可怕的错误。他不是在生活，而是在不断地为生活而担忧和诱骗自己可能过上真正的生活的过程中毁灭自己。

"我不愿意毁灭生命，我要生活，沿着生活的道路向前。"他对自己说。

他回忆起潘菲里对他讲过的一切，现在这一切显得那么清楚和不容怀疑，他甚至觉得奇怪，他当年怎么就相信了陌生人的话而没有实现到基督徒那儿去的意愿！他也想起了陌生人对他说的那句话："当你体味过了生活，那时你再去吧。"

"是的，现在我已经体味过了生活，我在生活中没有找到任何东西。"他也想起了潘菲里说过的话：无论什么时候他到他们那儿去，他们都会欢迎他。"不，我已经迷途和痛苦够了，"他对自己说，"我要抛弃一切，到他们那儿去，照他们的样子生活。"他把自

210

已的打算告诉妻子，妻子很赞成。

妻子已经准备好了一切，问题仅仅在于怎样去付诸实施。孩子们怎么安排？是把他们一起带走还是留在奶奶那儿？如果要带走怎么带？如果把他们留下，娇生惯养的他们怎么适应父母不在身边的艰难生活？那个女奴建议把孩子们带去。但妻子为孩子们担心，说最好把孩子留在奶奶那儿。夫妻俩都同意这么办。一切都决定了，只是尤里的伤使计划暂时还不能付诸实施。

七

在这样的心境中尤里睡着了。第二天早晨别人告诉他，有个外来的高明医生想来看他，答应很快治好他的病。尤里高兴地接待了医生。医生不是别人，正是尤里以前想到基督徒那儿去的时候路上遇到的陌生人。

查看了伤处以后，医生开了几种能增强体力的药草。

"我的手还能工作吗？"尤里问。

"哦，能的。能驾车，能写字。能的。"

"但干重活儿呢？譬如挖地？"

"我没考虑过这一点。"医生说，"因为就你现在的地位你没有这样的需要。"

"不，恰恰相反，我有这样的需要。"尤里说，他对医生讲了所有的一切，从他遇到医生的那个时候讲起，他遵循医生的劝告去体验生活，但生活并没给他所期望的东西；相反，却使他失望，因此他现在想去实现那个时候他讲过的愿望。

"显然，他们把他们所有的欺骗都融进了他们的事业中，因此诱惑了你，以致像你，身处这样的地位、有着这样的责任，特别是对孩子的责任，也看不出他们的迷误。"

"读读这个吧。"尤里说，他把他读过的那个手抄本递给医生。

医生接过手抄本，看了一眼。

"我知道这个，"他说，"我知道这种欺骗，使我惊奇的是，像你这样聪明的人也会落入这样的圈套。"

"我不理解你。为什么是圈套?"

"他们所做的一切都是圈套。这些诡辩家，反对人和神的造反者，提出了所谓幸福的生活道路。他们所说的幸福的生活道路就是指没有战争、没有死刑、没有贫穷、没有淫荡、没有恶意的生活。他们坚信，当所有的人都奉行耶稣基督的教导，不争吵，不淫乱，不发誓，不使用暴力，人与人之间不仇视，那个时候，人们就能过上这样的生活。但他们错了，或者是他们在欺骗，他们把目的当成手段。目的是要不争吵、不淫乱、不发誓等等，达到这个目的只能通过共同的社会生活的途径。他们几乎都会说他们的导师说过的那个关于箭的比喻：当你的箭对准目标笔直飞去的时候，你才能射中目标。问题就在于，怎样才能让箭笔直地飞过去。在射箭的时候，只要弓有弹性，把弦绷紧，箭就笔直地飞过去了。人的生活也是这样。最美好的人生应该是这样的：没有争吵，没有淫荡，没有凶杀，要做到这些，就必须有弦也就是政府；弓的弹性就是政府的权力；笔直飞行的箭则是法律的公正。而他们，则在使生活变得美好的借口下毁坏一切过去和将来都使能生活变得美好的东西。他们既不承认政府，也不承认权力和法律。"

"但是他们确信，如果人们奉行基督的法规，没有政府、权力和法律，生活会变得更好。"

"是的，但是谁能保证人们会奉行基督的法规呢？他们说：你们已经经历了有政府和法律的生活，生活没有变得完美；现在来经历没有政府和法律的生活吧，生活将变得完美。你们没有权利否认它，因为你们没有经历过。这些无神论者的诡辩术在这儿是显而易见的。就像一个人对种田的人说，你把种子种到地里，把土盖上，你所收获的东西并不符合你的希望。我劝你把种子种到海里，那样会更好些。你没有权利否定我的建议，因为你没有实验过。"

"是的，这话倒是有道理的。"已经开始动摇的尤里说。

"而且，"医生继续说，"我们假定出现一种荒谬的、不可能的现象，即基督教的学说像融化的雪水渗进泥土一样，慢慢地被大家所接受，所有的人都奉行基督的教导，爱上帝和别人，执行戒律；假定是这样，照他们的学说，生活的道路仍然是不能选择的。那就不再有生活，生活就停止了。他们的导师是一个单身的流浪汉，照我的看法，他的追随者们，乃至整个世界，都会成为像他那样的人。现在活着的人们生活着，但他们的孩子们将不再生活，或者只有十分之一的人生活。照他们的学说，所有的孩子，不管是自己的孩子，还是别人的孩子，对所有的父母来说都是同样的，这怎么可能呢？母亲对自己的孩子都充满了爱和热情，一心要保护他们，不让他们遭受苦难。如果所有的孩子对父母都是同样的，那么谁去抚养和保护孩子？当孩子生病了在不停地啼哭，除了母亲以外，有谁会整夜地坐在孩子身边陪伴他？自然造就了母亲生来就爱孩子，而他们却要取消它，并且不用任何东西去代替它。除了父亲以外，有谁会去教导孩子，深入到孩子的心灵深处去？有谁会去保护孩子不让他遭到危险？如果把这些都取消了，整个的生命，也就是人类种族的延续也就被取消了。"

"这是对的。"尤里说，他被医生的雄辩吸引住了。

"不，我的朋友，抛弃那些荒谬的念头，理智地去生活，尤其是现在，当你肩负着重大的、实际的责任的时候。完成这种责任是一种光荣的事业。你正进入到人生的第二个困惑期，但你再向前走，困惑就会消失了。你首要确定无疑的责任是教育你的孩子，以前你是不太关心他们的。你对他们的责任是把他们培养成共和国的合格公民。这就是你给孩子的幸福。你的另一个责任是为社会服务。你的失败使你伤心和失望，但这是暂时的。不努力和奋斗是什么也得不到的。只有通过艰苦奋斗获得的成功才会给人极大的快乐。让你的妻子用基督徒的那些废话去消遣吧。你是个男子汉，你得把你的孩子也培养成男子汉。从认识你的责任开始你的行动，抛弃你所有的困惑。这些困惑都是因为你受伤才产生的。去为共和国服务，去培养你的孩子将来为它服务，以此来履行你对共和国的责任。把你的孩子扶养成人，等到他们能接替你了，到那时，你再平静地去过现在吸引你的那种生活吧！在这以前，你没有权利去过那种生活，即使你去了，除了痛苦以外，你也不会找到任何别的东西。"

八

不知是药草还是智者医生的劝告起了作用，尤里很快就振作起来，他觉得关于过基督徒生活的念头全是胡思乱想。

医生待了一些日子就走了。在他走后不久尤里就能起床了，他根据医生的劝告，开始了新的生活。他为孩子请了教师，自己也关心他们的学习。他把自己的大部分时间都花在社会工作上，很快就在城里产生了很大的影响。尤里就这样过了一年，这一年里他一次也没有想到过基督徒。但在这一年即将过去的时候，他们城里的法庭要审判基督徒。

为了禁止基督教的传播，罗马派了一个官员来到西里西亚。尤里听到有消息说要对基督徒采取措施，但他认为，这不会触及潘菲里所在的基督徒的团体，因此就没有多想。但有一天，当他经过广场到他办公的地方去的时候，一个穿得很破旧的中年人走近他，他起先没有认出是谁。这是潘菲里。潘菲里走到他身边。

"朋友，你好。"潘菲里对他说，"我有一件大事要求你，但我不知道，在现在这种镇压基督徒的情况下，你是否愿意承认我是你的朋友，是否不害怕因为与我来往而失去你的地位。"

"我什么也不怕。"尤里说，"为了证明这一点，我请你跟我一起到我家去。我等一会儿再处理我的公务，先与你讲话，这对你有好处。我们走吧。这是谁的孩子？"

"我的儿子。"

"哦，我其实不用问的。他多么像你。我认得出这双浅蓝色的眼睛，不用问也知道你的妻子是谁。就是六年前我曾经看到同你在一起的那个漂亮姑娘吧？这是她的眼睛。"

"你猜对了。"潘菲里说，"那次同你相遇以后不久，她就成了我的妻子。"

两个朋友来到尤里家里。尤里将妻子喊来，把潘菲里的儿子交给她，他就带潘菲里走进自己豪华而又僻静的办公室。

"在这儿你什么都可以讲，谁也不会听到我们的话。"尤里说。

"我不怕别人听见，"潘菲里说，"我也不是来请求别审判和处死那三个被抓的基督徒。我只是请求允许他们公开说明自己的信仰。"

潘菲里告诉尤里，被当局抓进监狱的基督徒设法把他们的情况传送到公社里，长老基里尔知道潘菲里和尤里的关系，就托潘菲里来找尤里为被抓的基督徒想办法。

基督徒们并不要求赦免。他们认为证明基督的学说的正确是自己的使命。他们可以以漫长的八十年来基督徒的生活来证明它，也可以以自己的受难来证明它。或此或彼对他们来说是没有区别的。肉体的死对他们也是不可避免的，是现在死，还是再过五十年死，对他们来说都一样不可怕，都一样快乐。但他们希望他们的生命要对人们有益，因此他们派潘菲里来奔忙，就是要求审判和死刑要公开进行。

尤里对潘菲里的请求感到惊异，但他答应去办要求他办的事。

"我答应你去说情，"尤里说，"但我答应你是因为我对你的友谊，因为你总是能在我身上唤起那种特别善良的心软的感觉。然而我必须对你承认，我认为你们的学说是最疯狂和最有害的。我之所以做出这样的判断，是因为不久以前，我生病、精神颓唐、处于绝望之中时，我曾经又赞成了你们的观点，我差点儿又要抛弃一切到你们那儿去。我知道你们的迷误根源何在了，因为我已经经历过这种迷误了。根源就在于偏爱自己，在于精神的软弱，在于因疾病造成的软弱。这是奴隶的信仰，而不是男子汉的信仰。"

"为什么这么说呢?"

"因为你们承认人的天性中有争斗的因素以及由此而产生的暴力，但你们又不愿意参与暴力。你们自己不采用暴力、让别人去采用它，但你们却享用着建筑在暴力基础上的社会秩序。难道这公平吗? 社会总是要有统治者的。统治者要防卫外部的和内部的敌人，肩负着重任。作为交换条件，我们这些臣民就必须服从统治者，对他们表示尊敬，为他们服务以协助他们。

"你们本应以自己的劳动来参加共和国的事业，以自己的功绩越来越多地赢得人们的尊敬，但你们却出于骄傲，认为所有的人都是平等的，你们认为没有什么人比你们高，认为自己和恺撒是平等的。你们自己这么认为，也这样教导别人。这种学说对弱者和懒汉是很有诱惑力的。所有的奴隶不再劳动，都认为自己和恺撒是平等的。除此之外，你们还否认赋税、奴隶制度、法庭、死刑和战争，否认现在支撑着社会的一切。如果大家都听从了你们，社会就崩溃了，我们将回到野蛮时代去。你们生活在一个国家里，却在鼓吹消灭国家，而正是这个国家给了你们生存的条件。如果没有它，你们将不能生存。你们将会成为斯基泰人或是其他更野蛮的人的奴隶，这些人也许知道你们的存在。

"你们就像破坏着一个强壮躯体的脓疮，在这个躯体上出现，并从它那儿吸取养分。活的躯体与脓疮斗争并将战胜它。我们对你们也是这样做的，我们不能不这样做，尽管我答应帮助你，去办你要求办的事，但我仍然把你们的学说看成是最有害和最卑劣的。之所以说它卑劣是因为，我认为啃咬抚育了你们的胸脯是不道德的，享用共和国的福利，却又不参加它的组织，相反还破坏它是不合道理的。"

"如果我们确实是像你所想的那样在生活，"潘菲里说，"那么你的话中是有许多正确的成分。但你不了解我们的生活，你对它的想象是不符合实际的。

"我们自己用的生活用品，不是以暴力的方式获得的。一个人在身体健康的时候，他通过自己的劳动所创造的东西，大大地多于他必须消费的东西。我们共同生活，我们的劳动所创造的东西，足以养活我们所有的儿童、老人、病人和体弱者。

"你说到统治者保卫了大家免受外部和内部的敌人的侵害。但我们爱敌人，因此我们就没有敌人。你说我们基督徒在奴隶身上唤起一种要当恺撒的愿望。恰恰相反，我们无论在语言上还是在行动上都只宣传一个东西：谦恭、忍耐和劳动——最普通的、被认为是低级的、劳动人民的劳动。

"我们不了解也不明白任何国家事务。我们只知道一点，并且是确凿地知道这一点，即我们的幸福就在别人也能得到幸福的地方，我们就在寻找这种幸福。所有人的幸福都是统一的，这统一不是靠暴力，而是靠爱达到的。在我们看来，军人对俘虏的暴力，法庭对被判处死刑者的暴力，与强盗对过路人的暴力一样使人愤恨。我们既不会自觉地去参加前者，也不会自觉地去参加后者。我们不会去使用暴力。但暴力却不放过我们。我们被卷进暴力不是因为我们赞成它，我们只是暴力的一个柔顺的承受者。"

"不错，"尤里打断了他的话，"你总是做出一种你们是受难者、愿意为真理而牺牲的样子。但真理并不在你们那一边。你们是一群骄傲的、丧失理性的人，你们在破坏整个社会生活的基础。你们口口声声宣传爱，但如果分析一下你们的所谓爱的内容，就会发现许多完全相反的东西：野蛮，想恢复到野蛮人的生活状态去，也就是凶杀、暴力、抢劫，而照你们的学说，这些都是不该制止的。"

"不，不是这样的。"潘菲里说，"如果你真的想仔细地、不带偏见地分析我们的学说和我们的生活的内容，你就会发现，它们不仅不包含凶杀、暴力和抢劫，而且恰恰相反，只有采用我们所采用的方法，才能有效地与这类罪行进行斗争。在基督教出现以前，世界上总是有凶杀、抢劫和各种各样的罪恶。人们与之斗争，但总是不成功。我们不赞成人们与罪恶进行斗争所采用的手段。这些手段都是以暴力对付暴力，这并不能扼制罪行，而只会激起更多的暴行，使人与人之间的残酷和恶意变得更多。

"看看强大的罗马帝国吧。世界上无论哪个国家的人都不像罗马人那样为了法律如此忙碌。研究和制定法律在罗马甚至成了一门专门的学问。人们在学校里教法律，在元老院讨论法律，最有才能的公民参与修订和运用法律。司法的公正被认为是最高尚的行为，法官的职务被看成是特殊的荣誉。然而，众所周知，当今世界上没有哪座城市比罗马更腐化堕落，更充满罪行。回想一下罗马的历史吧，你会发现在罗马建国的初期，人民的道德是良好的，尽管那时并没有精细的法律。而现在，对法律的研究、改进、运用越多，罗马人却越堕落，犯罪在一天天增加，而且罪行变得越来越花样百出，设计精巧。

"不过，这是必然的。因为与犯罪进行斗争，就同与各种恶行进行斗争一样，只有用基督徒的方法爱，而不是用信奉多神教者的方法复仇、惩罚、暴力，才能取得成功。我想，你也一定希望人们不是因为害怕惩罚而不作恶，而是根本不想作恶。难道你希望人们都像关在监狱里的那些罪犯，他们之所以现在不作恶，是因为有士兵看守着他们？用法律来警告、制止和惩罚人们，不能使人变得不想作恶而只想行善。只有与人内心的恶的根源做斗争，才能最终达到这个目的。我们正是这样做的。而你们却只是与恶的外在的结果进行斗争。你们没有触及恶的根源，因为你们不去找它，也不知道它在哪儿。

"最常见的、反复出现的罪行，譬如凶杀、抢劫、诈骗、偷窃，都是由于人们急于想增加自己的财产，有时则仅仅是为了弄到必需的食物，因为用其他的办法得不到它。由于这些罪行，一些人受到法律的惩罚，而事实上，世界上却有许多更复杂、更大规模的罪行在这种法律的保护下进行着，譬如：大规模的商业欺骗，有钱人对穷人的各种各样的掠夺。那些受到法律惩罚的罪行确实会有所减少，或者讲得更准确些，那些形式简单的犯罪变得困难了，由于害怕被惩罚，罪犯们犯起罪来变得更谨慎和更有技巧了，他们发明了新的犯罪形式，使法律也抓不住他们。而在基督徒的社会中，人们通过自己独特的方式来避免这种罪行。这种罪行之所以产生，一方面是因为人们追逐财富，另一方面是因为在某些人的手里积聚了过多的财富。我们能扼制像杀人抢劫这一类的犯罪，是因为我们只享用最必要的生活必需品，而把所有多余的时间都用来为别人服务。我们基督徒不羡慕别人的财富，除了日常吃穿所需的，我们手上没有多余的东西。一个饥饿的人在绝望中为了一块面包准备去犯罪，如果他到我们这儿来，那么不需要犯罪就能在我们这儿得到他所需要的东西，因为我们活着就是为了与饥寒交迫的人分享最后一块面包。有一些罪犯会与我们离得远远的，而也有一些犯罪者会接近我们，在我们中间找到拯救自己的途径，渐渐地成为一个为人们的共同利益而劳动的人。

"至于还有一些由不可扼制的激情所导致的犯罪，譬如妒忌、复仇、强烈的爱情、愤怒、仇恨等等，这种犯罪是法律永远也不可能扼制的。一个人犯下这种罪行，往往都是处在无法控制的激情中，这时他是不考虑自己行为的后果的。阻挡他只会使他的激情变得更炽烈。因此用法律与这种罪行斗争是无济于事的。而我们却能有效地与这种罪行斗争。我们相信人只有在精神世界中才能找到真正的满足和生活的意义，如果只被激情驱使，人永远也不可能满足。我们用劳动和充满爱的生活去化解激情，去培养自己精神的力量。我们的人数越多，我们的信仰传播得越深远，这种罪行就会越少。

"最后，还有第三种类型的犯罪，即为了帮助人民而犯罪。有一些搞暗杀的人，他们为了改变人民的不幸命运，去杀死暴君，他们认为这样就能帮助大多数人。这种犯罪的根源在于，人们认为可以借助恶去创造善。用法律去惩罚这种罪行不仅不能扼制它们，相反只会刺激出更多的罪行，以及使惩罚变得越来越普遍。那些犯下了这类罪行的人，尽管他们陷入了迷途，但用善的精神去影响他们，去感召他们，他们还是能为别人服务的。他们都是些真诚的人，愿意牺牲自己，在危险面前不会退缩。因此，用惩罚的办法不能扼制他们。相反，危险能激发他们，受苦和死刑使他们成了英雄，会引起别人对他们的同情，使其他的人也走上他们那条路。我们在各个民族的历史上常见到这种情况。我们基督徒认为，只有当所有的人都理解了恶行对自己和对别人都不可避免地会产生不幸，那时恶才会消失。我们也知道，只有当我们每一个人都成为兄弟时，兄弟般的情爱才会真正出现，因为不是兄弟也就不可能有兄弟般的情爱。尽管我们看得出搞暗杀的人的迷误，但我们认为他们是真诚的，具有自我牺牲精神的，我们与他们中间那些好的人有密切来往。他们也不把我们看成敌人，而把我们看成同他们一样真诚和希望使人们获得幸福的人。他们中间有不少人到我们那儿去，他们相信，平静的劳动生活，对他人的不停的关心，要比他们那种与人的牺牲相关联的、转瞬即逝的功勋对人们有益得多，艰难得多。这些人到我们那儿去，成了我们所有的兄弟中间最有活力的一部分。

"是谁与各种罪行的斗争更成功，更能从根本上消除它们？是我们基督徒呢，还是你们的政府和法庭？我们觉得精神的生活最快乐，这种生活不会产生恶，我们行动的原则是爱；而你们却根据僵死的法律条文去审讯人，最终毁灭他们，或者用最残酷的办法对待他们。"

"听你说起来，你们似乎是正确的。"尤里说，"但请你告诉我，潘菲里，为什么人们对你们抱有敌意，要迫害你们、驱赶你们、杀害你们？为什么因你们的爱的学说却产生了争斗？"

"这原因不在我们自身，而在我们以外。刚才我对你讲到几种罪行，无论是国家还是我们，都把它们看成是罪行。这些罪行都表现为暴力，它们破坏了某个国家某个时期的法律。但除了这些法律以外，人们还意识到有一种永恒的、全人类的法律刻写在所有人的心里。我们基督徒服从这种上帝的、全人类的法律，我们在我们导师的言行中找到了这种法律最清楚、最完整的表达。因此，在我们看来，所有的暴力都是罪行，因为它们违背了基督的教导，也就是违背了上帝的法律。我们承认，为了尽可能避免人们对我们的敌意，我们不得不遵守我们所居住的国家的法律。但我们把主宰我们的良心和理智的上帝的法律看得比任何其他的法律都要高。我们可以遵守国家的法律，只要它们与上帝的法律不矛盾。恺撒的归恺撒，上帝的归上帝。我们所说的罪行不仅是指违背我们偶然出生并生活于其中的那个国家的法律的行为，而且首先是指我们必须避免做出违背上帝的意志、违背人的普遍天性的行为。因此我们与罪恶进行的斗争比你们要更广更深。正因为我们把上帝的法律看成最高的法律，使得有些人惊慌和愤怒了，他们把某一种局部的法律譬如自己国家的法律看成是最高的法律，他们之中甚至还有些人把自己小团体的习俗当作法律并看成是最高的法律。他们因为不愿意或不能够成为基督所说的那种真正意义上的人（基督说，真理使我获得自由），因为受到某个国家的公民身份或是某个团体成员的身份的局限，所以自然对那些把人的意义看得更高的人抱有敌意。他们自己不愿意或不能认识这种最高的意义，也就不让其他人去认识它。关于这种人基督说过这样的话：'你们这些执法者啊，手里拿着智慧的钥匙，自己不进去，还不让别人进去。'就是这些人迫害我们，这种迫害使你感到不安。

"我们对任何人都没有敌意，甚至对那些迫害我们的人也没有敌意。我们的生活方式不会给任何人带来损害。如果有人对我们生气，甚至抱有敌意，那只是因为我们的生活嘲讽了他们，揭露出他们的生活是建筑在暴力的基础之上的。我们没法制止这种不是由我们自己造成的敌意，因为我们不能放弃我们已经理解了的真理，我们不能违背自己的良心和理智而生活。关于这种因我们的信仰而在其他人心中引起的敌意，我们的导师说过这样的话：'你们不要想我来，是叫地上太平。我来，并不是叫地上太平，乃是叫地上动兵刀。'耶稣自己已经体会过这种敌意，他也不止一次地对我们、他的学生预言过这种敌意。'你们若属世界，世界必爱属自己的，只因你们不属世界，乃是我从世界中拣选了你们，所以世界就恨你们。'我们也像耶稣一样，不怕死，不怕任何强暴的势力。真理被光照耀着，我们就生活在这光中，这种生活不知道死。肉体的痛苦和死亡对任何人都是不可避免的。那些迫害我们的人也会有肉体痛苦和死亡的时候。你想想，当那些可怜的、得不到救助的人面对肉体的死亡时，他们会多么痛苦，因为死亡将会使他们失去他们毕生奔波忙碌所追求到的一切。感谢上帝，我们不会有这种痛苦，因为对我们来说，幸福不在于肉体不痛苦和不死亡，而在于提高自己的精神生活，保持自己在任何环境中的平衡，怡然地意识到自己的理性的存在，意识到一切不以我们的意志为转移的事情的发生都是不可避免的。更主要的是，我们知道，我们没有违背自己的良心和理智，而这是人的最高的天赋，是真理的源泉。那些迫害我们、对我们抱有敌意的人不能使我们感到痛苦。我们不痛苦，相反，痛苦的是他们。敌意和仇恨像一条毒蛇在他们心中爬来爬去，使他们感到痛苦。'审判我们的法庭已经有了，光已经照到了世上，但人们喜爱黑暗胜过喜爱光，因为他们的行为是恶的。'那儿没有什么可害怕的，因为真理是公正的。'绵羊听到了牧人的声音就跟他走，因为它们熟悉这声音'。"

"不错，"尤里打断了他的话，"但是你们中间真诚的人多吗？别人常常这样指责你们，说你们只是做出一副愿意为真理而受难的样子，其实真理不在你们那边，说你们都是一些骄傲的疯子，正在破坏社会生活的基础。"

潘菲里没有回答他的话，怀着忧伤的神情看着尤里。

九

当尤里在讲这些话的时候，潘菲里的儿子跑进房间，跑到他父亲身边。虽然尤里的妻子对这孩子很亲热，但他还是离开她跑到他父亲身边来了。

潘菲里叹了一口气，爱抚了一下儿子，站了起来，但尤里拉住他，请他留下来再谈一会儿，并吃午饭。

"你已经结婚，而且有了孩子，这使我感到惊讶。我不明白，你们基督徒在没有私有财产的情况下，怎么培养自己的孩子？你们当母亲的，知道自己的孩子没有可靠的生活保障，没有财产，怎么能心安?"

"凭什么说我们的孩子与你们的孩子相比，生活没有保障?"

"因为你们没有奴隶，没有财产。我的妻子也很向往基督徒的生活，有一个时期，她甚至想抛弃现在的这种生活。那是六年以前。我也想同她一起去。但最使她担心的是孩子们将面临的贫困和生活没有保障的状况。我也不得不同意她的看法。那是在我生病期间。我的整个生活使我感到厌恶，我想抛弃这一切。但妻子的担心，再加上替我看病的医生的一番话，使我认定，你们基督徒所过的这种生活对没有家室的人来说是可能的和好的。对有家室的人来说，对带着孩子的母亲来说，是不合适的。按照你们对生活的理解，人类应该停止生育。这是完全正确的。所以你带着一个孩子就特别使我感到惊奇。"

"我不止一个孩子，家里还有一个，还在吃奶，三岁了，是个女孩。"

"给我解释一下，这是怎么回事。我不理解。六年前我准备抛弃一切到你们那儿去。但我有孩子，我知道，无论这对我有多好，但我没有权利把孩子作为牺牲，结果我只好留下来，仍旧像过去一样生活，为了让孩子能在我自己成长和生活的那种环境中长大成人。"

"真怪，"潘菲里说，"我们的看法与你完全相反。我们认为，成年人过世俗的生活是可以谅解的，因为他们已经被毒害了。但孩子们呢?

"这真可怕! 同孩子们一起过世俗的生活，让这种生活诱惑他们! 我们之所以这样生活，最主要的原因就是因为我们有孩子，关

225

于孩子，我们的导师说过：'你们若不变成小孩子的样式，断不得进天国。'"

"但基督徒的家庭怎么能没有固定的生活必需品呢？"

"按照我们的信仰，生活必需品只有一样：那就是怀着爱为人们劳动。你们的生活必需品是暴力。它终将被消灭，就像私有财产终将被消灭一样。那时候就只剩下劳动和人们之间的友爱。我们认为什么东西是世间一切的基础，我们就保留并发展它们。家庭就是这样的东西。所以它必须存在，它也会使人们获得快乐。

"是的，即使我对基督的学说的正确性有怀疑，即使我在执行它的时候有动摇，但只要我一想到孩子们的命运，想到他们将可能在你的孩子们所生活的那种信奉多神教的环境中长大，我的怀疑和动摇也就立刻消失了。尽管我们没有许多生活设施，没有宫殿，没有奴隶，没有从外国运来的各种东西，但我们大多数人的生活还是像生活本身所应有的那个样子。这种生活的保障永远只是一个东西：那就是对人们的爱和劳动。我们希望使自己和自己的孩子摆脱暴力的环境和暴力的手段，我们不喜欢强迫别人为我们服务。奇怪的是，我们越是要想使自己的生活有保障，我们就越是减少了真正自然的和永久的保障——爱。统治者的权力越大，我们对他的爱就越少。

"我们的另一种保障——劳动也是这样。一个人越是躲避劳动和习惯于奢侈，他就变得越来越不会劳动，真正的和永久的保障对他来说也就越来越少。人们把自己的孩子放在这样的环境里，把它称之为有保障。就拿你的孩子和我的孩子来说吧，如果现在叫他们去认路，去传达一个命令，去做日常的事情，你看吧，哪个孩子会做得更好些。如果把他们送出去受教育，看看别人更愿意接受哪一个？不，你别讲这些可怕的话，说什么基督徒的生活只适合于没有孩子的人。恰恰相反，甚至可以说，过信奉多神教的生活只对那些没有孩子的人来说是可以原谅的。谁诱惑最弱小的一个，谁就要遭殃。"

尤里一直在默默地听。

"不错，"尤里说，"也许你是对的，但教育孩子，起初应该由最好的老师来教。让孩子们认识我们所知道的一切。这没有害处。对我和对他们来说，都还有机会。当他们长大成人，如果他们认为有必要，他们还可以到你们那儿去。我会这样做的，当他们长大成人，我会让他们自己选择道路。"

"当你们认识了真理，你们将会获得自由，"潘菲里说，"基督会给你们真正的自由。世俗的学说永远也不能给人真正的自由。再见吧！"

审判公开举行了。尤里在审判会上看到了潘菲里，他和另外几个基督徒收拾了遇难者的尸体。尤里虽然看见了潘菲里，但碍于从罗马来的官员在场，他没去找潘菲里，也没有喊他到自己家里来。

十

二十年过去了。尤里的妻子已经去世。他关注社会活动，追求权力，而权力有时被他掌握了，有时又溜走，他的生命就这样流逝了。他的财产很多，而且还在增加。

但尤里的儿子们长大以后却过着奢侈的生活，尤其是二儿子。他成了花钱的无底洞。家里的钱财增加得越多，他花掉的钱财也就越多。尤里开始同儿子们斗争，就像当年他父亲同他斗争一样。家中充满了恶意、仇恨和妒忌。这时罗马帝国换了新的皇帝，尤里失宠了。过去向他谄媚的人如今不理他了，他甚至面临被流放的危险。他到罗马去申诉。当局不理他，命令他回去。

回到家中，他正撞见儿子同一群放荡的青年在胡闹。有消息传到西里西亚，说他死了，于是儿子请客庆贺父亲的死。尤里狂怒了，把儿子狠揍一顿，一直揍得他昏死过去。尤里走进亡妻的卧室。在亡妻的卧室里他找到了《福音书》，看到了那句话："凡劳苦担重担的人，可以到我这里来，我就使你们得安息。"

"是的，"尤里想，"他早就召唤我去了。我却不相信他，我不肯屈服，怀着敌意，我的负担沉重，我的重担充满罪恶。"

尤里把手抄本的《福音书》摊开放在膝上坐了好久，思考着自己整个的一生，回想着潘菲里几次对他讲过的话。

然后，尤里站起来，走到儿子跟前。他看到儿子已经站了起来，他暗自庆幸自己没把儿子打伤。

尤里对儿子一句话也没讲，就走出门，径直向基督徒们住的地方走去。

他走了一整天，晚上停下来到一个农民家过夜。他走进房间，房间里躺着一个人。听到脚步声，那人抬起头来。

那人正是给他看过病的医生。

"不，这回你不可能说服我了。"尤里喊道，"我已经是第三次要去那儿，我知道，只有在那儿我才能找到安宁。"

"在哪儿?"医生问。

"在基督徒那儿。"

"是的，或许在那儿你能找到安宁，但你却没有履行自己的责任。你身上没有男子汉气概，痛苦征服了你。真正的哲学家不是这样的。痛苦是一种能炼出金子的火焰。你已经经历过了考验。现在人们正需要你，而你却要逃跑。现在正是你要去考验别人和自己的时候。你已经获得了真正的智慧，你应该用它来为共和国的利益服务。如果那些已经真正认识了人生、认识了人的热情和他们的生活环境的人，不去把自己的知识和经验用来为社会服务，而把它们埋藏起来，只顾自己去寻找安宁，那么，普通的公民们该怎么办呢？你的生活智慧是从社会中获得的，你也应该把它交还给社会。"

"但我并没有什么智慧啊。我一直处在迷误之中。有些人老了，但并不因此而成为智者。就像水，不管它怎么陈腐，终归不能变成酒。"

尤里说完这句话，就拿起自己的外套，走出屋子。他不休息了，继续赶路。

第二天夜里，尤里来到了基督徒们生活的地方。他们热情地欢迎了他，尽管他们并不知道他是大家所热爱和尊敬的潘菲里的朋友。

潘菲里在饭堂里看见了自己的朋友，他带着高兴的微笑走到尤里面前，拥抱了他。

"我终于来了，"尤里说，"请告诉我，我该干什么，我听你的。"

"别担心，"潘菲里说，"跟我走吧。"

潘菲里把尤里带到一间让过路人住的屋子里，指着一张床对尤里说：

"当你了解清楚了我们的生活以后，你自己就能看出，你能为人们做些什么。但为了让你知道该怎么度过闲暇的时间，明天我就让你去干些活儿。我们正在收葡萄，明天你到那儿去帮帮忙。你自己会看到，你的位置在哪儿。"

229

第二天早晨，尤里来到葡萄园里。第一个园子里的葡萄藤茂盛苗壮，挂满了葡萄串。许多年轻人在那儿摘葡萄。每一个位置上都有人，尤里在园子里转了好一会儿，没有找到自己的位置。

他继续往前走。第二个园子里的葡萄藤比较老，葡萄串也少一些。但这儿仍旧没他干的活儿，许多对中年夫妻在摘葡萄，这儿没他的位置。他又继续向前走，走进一个完全衰败了的葡萄园。这儿的枝藤枯老弯曲，上面空荡荡的，看不见葡萄串。

"这就像我的生活，"尤里想，"如果我第一次就来，我的生活就会像第一个园子那样，结满了果实。如果我第二次真的来了，我的生活也会像第二个园子，结许多果实。而现在我的生活就像这没人要的、衰老的葡萄藤，只配当柴禾烧了。"

尤里为自己白白地毁了自己的一生所受到的惩罚感到震惊。

尤里忧伤地说：

"现在哪儿也不需要我，我什么也干不了。"他站在那儿哭起来，为他毁掉的一切不可能再复返而哭泣。

但他忽然听到一个老人的声音在喊他：

"干活儿吧，亲爱的弟兄。"那声音说。

尤里回头一看，看见一个背已经驼了的白发老人正费力地挪动着脚步在园子里走。他从藤上不时摘下一串甜甜的葡萄。尤里向他走去。

"干活儿吧，亲爱的弟兄。劳动是快乐的。"

他教尤里怎样找寻那些不易被发现的葡萄串。尤里去找，也找到了好几串，他把它们放进老人的篮子里。

老人对他说：

"你瞧，这些葡萄串难道就比那些园子里的葡萄串差吗？我们的导师说：'趁有光，你们在光中走。你们应当趁着有光，信从这光，使你们成为光明之子。'因为上帝派他的儿子到世上来，不是为了审判人类，而是为了拯救人类。相信基督的人不会被审判，而不信基督的人已经被审判了，因为他们不相信上帝唯一的儿子。法庭就是世上的光，人们喜欢黑暗胜于喜爱光明，因为他们所做的事是恶的。所有行恶的人都仇恨光明，不向着光明走，目的是为了使他们的恶行不被揭露，因为它们是恶的。而行善的人都向着光明走，为的是让他们的善行大家都能看到，因为这些善行是做在主的身上。

"你伤心，因为你不能干上帝要你干的事了。我的孩子，别伤心。我们都是上帝的儿子，都是他的奴仆，都是他的士兵。难道你以为除了你以外，他就没有别的奴仆了吗？如果你尽自己的全部力量为他服务，难道你按照他的要求所做的一切、你为别人所做的一切，不都是为了建立他的国吗？

"你说，你本可以做双倍、十倍，甚至百倍的事。但是，如果你是在黑暗中做得比谁都多，难道这是上帝的事业吗？不是。上帝的事业同上帝一样，是无边无际的。上帝的事业就在你身上。你向往他，你就不再是他的奴仆，而是他的儿子，你就成了无边无际的上帝和他的事业的参加者。在上帝那儿没有老幼之分，在生活中也没有老幼之分，而只有正邪之分。你踏上了正确的道路，你就和上帝在一起，你的事业就不是小的，而是大的，是上帝的事业。记住，天国的欢乐对一个罪人来说要比对一百个信教者多得多。你所经历过的世俗的一切只是对你来说是罪孽。当你看到了你的罪孽，你就是忏悔了。你忏悔了，就找到了正确的道路。而找到了正确的道路，你就同上帝走在一起了，你就不用再去想过去的事，不用再去想什么大的小的。对上帝来说，所有的生灵都是平等的。上帝是唯一的，生命都是平等的。"

尤里平静下来了，他重新开始生活，他努力劳动，努力帮助自己的兄弟。他就这样又快乐地生活了二十年，直到死亡不知不觉地来临。

1887 年

假息票

第一部

一

费多尔·米哈伊洛维奇·斯莫科夫尼柯夫是省税务局的局长，一个从不接受贿赂的廉洁的人，他常常以这一点而自豪。他天性阴郁，是个自由主义者，不仅思想自由，而且仇恨一切信神的言行，他认为这是迷信的残余。这一天他从办公室回到家里时情绪极坏。省长给他写了一封很愚蠢的信。信中暗示他有不廉洁的行为。他非常愤怒，一回到家就写了一封措辞尖锐的回信。

费多尔·米哈伊洛维奇觉得家里的一切都不顺眼。

已经差五分钟五点了，他认为应该开晚饭了。但晚饭还没准备好。他砰的一声关上门走回自己的书房。有人轻轻地敲门。"哪个鬼敲门！"他心里想，接着喊道：

"谁啊？"

费多尔的儿子、一个十五岁读五年级的中学生走进书房。

"你要干什么？"

"今天是一号。"

"什么？要钱？"

这是老规矩，父亲每个月一号都给儿子三卢布的零花钱。费多尔皱着眉头，拿出钱夹，找了找，抽出一张两个半卢布的息票，然后又拿出一把硬币，数了五十戈比。儿子沉默着没有拿。

"爸爸，请再给我一点吧！"

"为什么？"

"我本来不会再要的，但是我答应了还的，已经发了誓。我是个守信用的人，我不能……我只再要三卢布。我不会再这样的……我就求你这一回……爸爸！"

"你说……"

"是的，爸爸，就这一回……"

"你拿三卢布还嫌少。我在你那样的年纪连五十戈比也拿不到。"

"现在我的同学拿得都比我多。彼得洛夫、伊万尼茨基都拿五十卢布。"

"我告诉你，如果你照这样下去，你将会成为一个骗子。我说了。"

"随您说好了。您从来没有设身处地替我想一想。我将会成为一个坏蛋，你们都是好人。"

"滚。该用鞭子抽你。"

儿子害怕和恼恨起来，但他越恼恨也就越害怕，他低下头，快步朝门外走去。费多尔并不想打儿子，但他发了火觉得很痛快，他大喊大叫了好一会儿，把儿子骂了出去。

女仆走进来说晚饭准备好了，费多尔站起来。

"终于好了，"他说，"我几乎不想吃了。"

他皱着眉头去吃饭了。

吃饭时妻子与他讲话，但他却气冲冲地只回答几个字，于是妻子不作声了。儿子也只是低着头看着盘子一声不响。大家默默地吃完了，默默地站起来各自走了。

晚饭以后儿子回到自己房间里，他从口袋里拿出息票和零钱扔到桌上，然后脱掉校服，穿上短大衣。他先拿起一本破旧的拉丁文文法书，然后把门锁上，把一只手伸进钱盒，从里面掏出几根做卷烟的纸筒，把烟丝装进一根纸筒，再用棉花塞住一头，然后抽了起来。

他对着语法书和练习本坐了大约两小时，但却什么也没看懂，然后他站了起来，跺着脚在房间里走来走去，回想着刚才父亲对他的态度。他想起父亲骂他的话，尤其是父亲那张凶恶的脸，一切都历历在目。"二流子。该用鞭子打你。照这样下去，我看你将会成为一个骗子。"他越想越恨父亲。"他倒好，他就忘了他年轻的时候是什么样子。我干了什么坏事了，只不过去了趟戏院，我没钱，就向别佳·格鲁申茨基借了点儿。这有什么不好的地方？换一个人也许会问问清楚，会可怜我，而这一个却只会骂，只想着自己。他倒满不在乎，喊得全屋子都听见了，我成了骗子。不，尽管他是我父亲，但我不喜欢他。我不知道别人怎么样，反正我不喜欢他。"

女仆敲了敲门，她送来一个便条。

"来人说一定要回复。"

便条上写着："我已是第三次请你把向我借的六卢布还我了，但你总是躲避我。讲信用的人不这样做的。请你立刻把钱交给来人。我非常需要用钱。难道你就没办法弄到钱吗？你如还我钱我就仍然尊敬你，是你的朋友；你如不还钱给我，我就看不起你。格鲁申茨基。"

"原来你就是这样想的。你这头猪！就不能再等一等。我再想想办法。"米佳心里想。

米佳去找母亲。这是最后的希望。他的母亲很和善，本来是不会拒绝他的，但是今天他的两岁的弟弟彼佳生病，搞得母亲惊惶不安。米佳来打扰她，她生气了，立刻拒绝了他。

他低声地说了几句埋怨的话，走出了门。母亲有点可怜儿子，把他叫了回来。

"等一等，米佳，"她说，"我现在没有钱，但明天我可以弄到。"

这时米佳的心里充满了对父亲的怨恨。

"为什么要到明天才给我？我现在就需要。要知道，我现在就要去还钱给朋友。"

他砰的一声把门带上走了出去。

"没别的办法，只能把表去当了。"他想着，摸了摸口袋里的表。

米佳从桌上拿起息票和零钱，穿上大衣，去找玛欣了。

二

玛欣是个留小胡子的中学生。他打牌，认识不少女人，他手上总是有钱。他和姑妈住在一起。米佳知道玛欣是个坏小子，但与他在一起时，米佳又不由自主地服从他。玛欣在家，正准备去戏院。他的又脏又乱的房间里散发出一股肥皂和花露水的气味。

"老弟，这是最糟的事啦。"当米佳把自己的苦恼告诉玛欣，把息票和五十戈比的零钱拿给玛欣看，并且对玛欣说他需要九卢布时，玛欣说："可以去把表当掉，也可以用更好的办法。"玛欣眨了眨眼睛。

"什么更好的办法?"

"很简单。"玛欣拿起息票，"只要在二卢布的二字前面加两笔不就变成十二卢布了吗。"

"难道你经常这样干吗?"

"这有什么，我还改过一张一千卢布的息票呢。"

"真可以这样干吗?"

"当然! 干不干?"玛欣说着，拿起笔，用左手的手指把息票抹抹平。

"但是，这不好啊。"

"胡说什么!"

"真成骗子了，"米佳心里想，他又想起了父亲骂他的话，"这样我真的会成为一个骗子。"他看着玛欣的脸，玛欣也看着他，平静地微笑着。

"怎么样，干不干?"

"干吧。"

玛欣认真地在息票上加了两笔。

"现在我们到商店里去吧。街角上有家照相用品商店。我正好要买一个相框，放这张照片。"

玛欣拿出一张姑娘的照片，那姑娘有一双大眼睛，一头浓密的秀发，胸脯高耸。

"我的心肝儿怎么样? 嗯?"

"哦，哦，你怎么……"

"很简单。我们走吧。"

玛欣穿上衣服，他们就一起出去了。

三

两个中学生进照相用品商店的门时，有个铃铛响了一下。他们走进去，看了看空荡荡的店堂、摆着照相用品的货架和柜台里的陈列品。一个面目和善、长得不好看的女人从里屋走出来，站到柜台边，问他们要什么。

"太太，要个好一点的相框。"

"要多少钱的?"太太问道，一边用戴无指手套、指关节浮肿的手麻利地翻动着各种式样的相框。"这些是五十戈比的，这些要贵一些。这种很小的是新式样，一卢布二十戈比。"

"哦，就买这种吧。不能便宜一点吗? 给您一卢布吧。"

"那不卖。"太太和气地说。

"哦，上帝保佑您。"玛欣说，把息票放到柜台上。

"给我一个相框，找我钱，请快点，我们还要去看戏。"

"来得及的。"太太说，一边用近视眼仔细地看着息票。

"相片放在这个框子里一定好看，是吗?"玛欣对米佳说。

"你们没有其他的钱吗?"太太问。

"真糟糕，没有。我父亲给我的，得换开来。"

"难道一卢布二十戈比也没有吗?"

"只有五十戈比。您怕什么呀，我们会用假钱来骗您吗?"

"不，我没这么说。"

"那就找钱吧。我们要换开。"

"该找你们多少?"

"十一卢布多一点。"

太太在算盘上拨弄了一个,打开钱柜,拿出一张十卢布的纸币,再用手翻了翻零钱,拿出六个二十戈比的硬币和两个五戈比的硬币。

"劳驾您用绳子扎一下。"玛欣说,一边立刻把钱抓住。

"好的。"

太太用绳子把相框扎好。

当店门上的铃铛又响了一下时,米佳终于松了一口气,他们走到了街上。

"这十卢布给你,其余的归我。我给你啦。"

玛欣到戏院去了,而米佳则到格鲁申茨基家去,还清了债。

四

两个中学生走后过了一小时,商店的老板回来了,他开始清点钱柜。

"哎呀,你这个笨蛋! 真笨!"他对妻子喊道。他一看那张息票,立刻就发现是改过的。"干吗要收息票?"

"我也看见你收过一张十二卢布的息票。"妻子又窘又伤心,几乎要哭了,"我又不知道他们存心要骗我,这两个该死的中学生。一个小伙子还挺漂亮、挺体面的。"

"还体面呢,"丈夫一边数钱,一边继续骂着,"我一拿这张息票,就看出是改过的。而你,我说,这么大年纪了,却只会盯着中

239

学生的脸。"

这一下妻子受不了，生起气来。

"你还算个男子汉大丈夫！只会骂人，自己打牌输了五十四卢布倒一句不提。"

"我是另外一回事。"

"我不想和你说了。"妻子说完就回到自己房里去了。她回想起她的家里怎样不赞成她的婚姻，嫌她的丈夫地位太低，但她却坚持要嫁给他。她想起她死了的孩子，想起丈夫对失去孩子这件事的冷漠，她恨丈夫，心想要是他死了就好了。但想到这儿，她又为自己的情绪感到害怕，急忙穿上衣服出门去了。当她的丈夫回到里屋时，她已经不在了。她没有等他，就独自到一个熟悉的法文教师家去了，今晚那儿有晚会。

五

那位法文教师是个波兰裔的俄国人，他先给大家喝了一顿丰富的晚茶，吃了甜甜的烤饼，然后大家就围成几桌开始打牌。

照相用品商店的老板娘坐的那桌有这家的主人，一个军官，还有一个戴假发的干瘪的老太太，她是乐器店老板的遗孀，一个热衷于打牌的行家。照相用品商店的老板娘牌打得很顺手，她已经打了两次大满贯了。她身边有个盘子里装着葡萄和梨，她的心里非常快乐。

"叶甫盖尼·米哈伊洛维奇为什么不来？"女主人在另一张牌桌上问道，"我们是把他排在第五个的。"

"他在忙着算账呢。"照相用品商店的老板娘答道，"今天他要算粮食和木柴的账。"

她想起了和丈夫的争吵，皱起了眉头，她那戴无指手套的手由于对丈夫的怨恨在发抖。

"真是说到谁，谁就到。"主人看到叶甫盖尼·米哈伊洛维奇走进来，对他说道，"怎么来迟了？"

"处理一些杂事。"叶甫盖尼·米哈伊洛维奇用愉快的声音回答道，一边搓了搓手。接着，使他的妻子感到惊讶的是，他走到她身边说：

"告诉你，我把息票脱手了。"

"真的吗？"

"真的，给了一个卖木柴的农民。"

接着，他气愤地对大家讲了两个没良心的中学生怎么把他的妻子骗了的详细过程。

"现在好了。"说完他坐到桌边，刚巧轮到他洗牌。

六

叶甫盖尼·米哈伊洛维奇确实把息票脱手给了卖木柴的农民伊凡·米洛诺夫。

伊凡·米洛诺夫在木柴货栈里买了一立方俄丈的木柴运到城里，打算以每立方俄丈五卢布二十五戈比的价钱卖出去，而他是以每立方俄丈四卢布的价钱从货栈里买来的。对伊凡来说这是倒霉的一天，他一早就运了八分之一立方俄丈的木柴到城里，很快就卖掉了。他又运了同样多的木柴到城里希望能卖掉，尽管他努力叫卖，但一直到晚上，也没有一个人买他的木柴。他遇到的都是些有经验的城里人，他们都熟知卖木柴的农民的把戏，尽管他一再强调，但他们却不相信这些木柴是从乡下直接运来的。他只穿了一件破呢上衣和磨旧了的短大衣，又冷又饿。晚上温度降到了零下二十度。马已经完全走不动了。他倒不怜惜马，因为他准备把它卖给剥兽皮的人。伊凡·米洛诺夫甚至准备蚀本把木柴卖掉，就在这时他遇上了出来买烟正回家去的叶甫盖尼·米哈伊洛维奇。

"老爷，买吧，便宜卖啦。马完全走不动了。"

"哪儿的木柴？"

"我从乡下运来的。自己家的木柴，又好又干。"

"我知道你们的花样。喂，怎么卖？"

伊凡·米洛诺夫先报了个价钱，然后又减了一点，结果以买进来的价钱卖了出去。

"老爷，因为您的路近，我才这么便宜卖了。"他说。

叶甫盖尼·米哈伊洛维奇本来不很需要买木柴，但他想到那张息票能够脱手感到很高兴。伊凡·米洛诺夫拉着车辕，把木柴运进院子，再把它们堆进柴棚。守院人不在家。伊凡·米洛诺夫拿到那张息票起先有点为难，但叶甫盖尼·米哈伊洛维奇竭力说服他，同时摆出一副老爷的威严样子，他终于同意收下了。

从后厢房走进女仆住的地方时，胡子上的冰融化了，伊凡·米洛诺夫画了个十字。他撩起短大衣的下摆，拿出一只皮钱夹，从里面拿出八卢布五十戈比找给叶甫盖尼·米哈伊洛维奇，然后把息票夹到纸币中间放进钱夹。

伊凡·米洛诺夫照例谢了谢老爷，然后没有用鞭子打，而只是用鞭梢赶了赶那匹注定要死的老马，老马的身上挂满了霜，勉强移动着脚步拖着空车向小酒店走去。

在小酒店里，伊凡·米洛诺夫要了八戈比的酒和茶，他的身子暖和过来了，甚至出汗了，他的心情非常愉快，与坐在他旁边桌上的一个守院人聊了起来，他告诉守院人，他住在瓦西里耶夫村，离城有二十俄里，他已经与父亲和兄弟们分家了，现在和妻子及两个孩子单独住着，大孩子刚刚进学校，还不能帮什么忙。他说他要在这儿住一夜，明天到马市上去把自己的老马卖掉，顺便看看，如果有合适的马就再买一匹。他说他身上有二十五卢布，但有一半的钱是一张息票。他拿出息票给守院人看。守院人不认字，但他说，他曾替院子里的住户换过这样的钱，这样的钱是好用的，不过常常有假的。因此他劝伊凡·米洛诺夫为了保险起见就在这儿柜台里换开来。伊凡·米洛诺夫把息票交给伙计，吩咐找钱，但伙计没有找钱给他，却来了一个脸上油光滑亮的秃顶掌柜，肥厚的手上拿着那张息票。

"你的钱不能用。"掌柜说，他晃着息票，但却不还给伊凡。

"钱是真的，一位老爷给我的。"

"不，不是真的，是改过的。"

"如果是假的，你把它还给我。"

"不，老弟，应该教训教训你。你和骗子一起造假票子。"

"把钱还给我，你有什么权力拿我的钱?"

"谢多尔，去喊警察来。"掌柜对伙计说。

伊凡·米洛诺夫已经喝醉了，因而头脑发热。他揪住掌柜的衣领，大喊道:

"还给我，我要去找那个老爷，我知道他住哪儿。"

掌柜的从伊凡·米洛诺夫手里挣脱出来，他的衬衣被撕破了。

"好哇，你等着瞧。抓住他!"

伙计抓住了伊凡·米洛诺夫，这时警察来了。他像是个长官，听完事情的原委，他立刻命令伊凡·米洛诺夫：

"到警察局去。"

警察把息票放进自己的钱包里，带着伊凡·米洛诺夫和他的马到警察局去了。

七

伊凡·米洛诺夫和一些醉鬼及小偷在警察局里过夜。一直到第二天中午才有人叫他去见警察局长。警察局长讯问了他以后，派一个警察陪他去找照相用品商店的老板。伊凡·米洛诺夫记得那条街和那座房子。

当警察把老板喊出来并把息票拿给他看时，伊凡·米洛诺夫认定这个老板就是给他假息票的人。叶甫盖尼·米哈伊洛维奇做出一副惊讶的样子，然后板起了脸。

"他说什么，显然他是发昏了。我以前从来没见到过他。"

"老爷，罪过啊，我们都要见上帝的呀。"伊凡·米洛诺夫说。

"你怎么啦？大概睡得发昏了吧。你是卖给别的什么人了。"叶甫盖尼·米哈伊洛维奇说，"不过，你等一等，我去问问我老婆，昨天她有没有买木柴。"

叶甫盖尼·米哈伊洛维奇进去了，立刻把守院人瓦西里喊到跟前，他是个健壮、机灵、快活和爱打扮的小伙子。叶甫盖尼对他说，如果有人问他家里最近木柴是在哪儿买的，就说是在货栈里买的，他们从不向农民买木柴。

"门口有个农民说我给了他一张假息票。真是个头脑发昏的乡巴佬，天知道他说些什么。你是个明白事理的人。你这样说，我们只从货栈里买木柴。这儿是我早就准备给你买件短大衣的钱。"叶甫盖尼·米哈伊洛维奇又补充了几句，给了守院人五卢布。

瓦西里拿了钱，闪亮的眼睛看了看钱，又看了看叶甫盖尼·米哈伊洛维奇的脸，然后甩了甩头发，微微地笑了。

"显然那是个头脑发昏的人。没教养的。不能让他胡闹。我知道该怎么说。"

不管伊凡·米洛诺夫怎么苦苦哀求，但叶甫盖尼·米哈伊洛维奇和守院人一口咬定，他们从不向农民买木柴。警察把伊凡·米洛诺夫带回警察局，认定他涂改息票。

直到听从了与他坐在一起的一个喝醉了酒的书记的劝告，给了警察局长五卢布，伊凡·米洛诺夫才从拘留室被放出来，但那张息票被没收了，昨天身上原本有二十五卢布，现在只剩下七卢布了。他用剩下的七卢布中的三卢布买了酒喝，醉得像个死人，脸也被打破了，回到家里。

妻子怀孕快生产了，又在生病。她开始骂丈夫，他推了她一下，她就开始打他。他没有还手，趴到床板上大声号啕起来。

第二天早晨妻子知道了事情的经过，她相信丈夫，把那个欺骗了她丈夫的强盗老爷诅咒了好久。伊凡酒醒过来以后，想起了昨晚与自己一起喝酒的那个工匠的建议，决定到法院去上告。

八

律师承接这个案子不是为了钱，而是因为他相信伊凡，他为有人这样无耻地欺骗一个农民而感到愤慨。

双方都出庭了，守院人瓦西里当证人。在法庭上他还是重复了那些话。伊凡·米洛诺夫说到上帝，说到大家都要去见上帝的。叶甫盖尼·米哈伊洛维奇尽管知道自己所干的事的卑鄙和危险，但他现在已经不能改变自己的话了，他只能装出一副平静的样子仍旧全盘否认。

守院人瓦西里后来又拿到十卢布，他平静地微笑着一口咬定，他从来没有见过伊凡·米洛诺夫。当他被带去发誓时，尽管他内心害怕，但他外表仍很平静地跟着一个老神父重复了誓言，在十字架和《圣经》面前发誓他所说的一切全是真话。

诉讼以法官宣布伊凡·米洛诺夫败诉而告终，法官判伊凡·米洛诺夫付五卢布的诉讼费，叶甫盖尼·米哈伊洛维奇宽宏大量地代他付了。法官对他宣读了训令，要他以后在对有身份的人起诉时要谨慎，要他知道他应该感谢法庭，因为不要他付诉讼费，也不追究他的诬告，为这诬告他原本该坐三个月的牢。

"我非常感谢。"伊凡·米洛诺夫说道，然后他摇着头，叹了口气，走出了法庭。

对叶甫盖尼·米哈伊洛维奇来说，似乎一切都很好地结束了，但这只是"似乎"而已。

瓦西里离开乡下到城里已经三年了。他给父亲的钱一年比一年少，后来也不再给老婆写信。他不需要她了，在城里他有了个姘妇，并且这个姘妇不像他乡下的那个黄脸婆，而是一个他喜欢的女人。瓦西里渐渐地忘掉了乡下的规矩，越来越习惯于城里的秩序。乡下的一切都是粗糙的、单调的、贫穷的、杂乱无章的；而城里的一切都是精致的、美好的、富裕的、干净的、有秩序的。他越来越相信，乡下人像森林里的野兽一样，活着是没有意思的，而城里人过的才是真正的人的生活。在乡下，老人们说：和老婆规规矩矩过日子，好好干活，不能贪吃，不能爱打扮；而城里人呢，又聪明又有学问，就是说，懂得真正的规矩，活得快活，会享受。城里什么都好。至于息票的事，瓦西里坚信，老爷们做事肯定都有自己的原则，虽然他总是觉得他不了解他们的原则，但原则肯定是有的。但最近那件息票的事，尤其是曾使他害怕的他所发的假誓言，并没有导致什么坏结果，相反还使他多得了十卢布，这就使得他彻底相信，世界上没有任何规矩，活着就应该追求自己的享乐。他已经是这样生活的了，他应该继续这样生活下去。起先他只是利用替住户们买东西占点便宜，但这一点点对他来说太少了，于是，只要有机会，他就偷住户们的钱和值钱的东西。后来他偷了叶甫盖尼·米哈伊洛维奇的钱包。叶甫盖尼·米哈伊洛维奇揭露了他，但并没有送他上法庭，只是把他解雇了事。

瓦西里不想回家去，他仍旧与他的姘妇留在莫斯科，另找了个地方住了下来。他找到的工作是当一个小店主的守院人，工资很低。瓦西里才干到第二个月就又偷东西了。主人没有去告他，把他打了一顿赶走了。这以后他再也找不到工作，钱花光了以后他就卖衣服，最后只剩下一件上衣、一条裤子和一双破鞋。姘妇抛弃了他。但瓦西里并没有失去轻松快乐的情绪。春天的时候，他徒步走回家去。

九

彼得·尼古拉耶维奇·斯文吉茨基是个矮壮的人，戴一副墨镜（他眼睛有毛病，甚至可能完全失明），他像往常一样天不亮就起身了，喝过一杯茶后，他就穿上一件带风帽的蒙布羊皮短大衣去巡视庄园了。

彼得·尼古拉耶维奇当过海关总监，年薪达到一万八千卢布。十二年前他并非完全出于自愿地退休了，从一个浪荡的青年地主手里买下了这个庄园。彼得·尼古拉耶维奇在任公职期间就已经结婚了。他的妻子是古老的贵族世家的后裔，一个贫穷的孤女，长得高大、丰满，而且很漂亮。他们没有孩子。彼得·尼古拉耶维奇是个对任何事情都很认真和执着的人。他原来一点也不懂庄园事务（他是一个波兰小贵族的儿子），但他认真管理，过了十年，这个有三百俄亩的破败庄园就变得井井有条了。庄园里的所有建筑，从住宅到谷仓乃至烟囱的顶篷，全都结实、坚固，盖着铁皮，定期粉刷。农具棚里大车、犁铧、耙子摆得整整齐齐。套车的用具也都擦得干干净净。马不高大，几乎都是自己驯养的，毛色黄褐，体格健壮，保养得很好，一匹匹全都一样。脱粒机安放在一个棚子里，饲料也储存在一个专门的棚子里。牲口的粪便流入一个砌好的池里。奶牛也是自己培养的品种，不大，但出奶多。猪是英国种。有一个养鸡场，养一种特殊的产蛋多的鸡。果树园里果树种得整整齐齐，树干上都涂着保护层。到处都井井有条、干净、牢固、完好。彼得·尼古拉耶维奇为自己把庄园管理得很好而感到高兴，而他达到这一目标并没有使农民受到压迫，恰恰相反，他对农民是完全公正的，这使他感到自豪。在贵族中间他甚至是中庸派，比保守派要自由化些，在地主们面前总是为农民辩护。因为如果你对农民们好，他们就会变得更好。不错，他从不容忍雇工们的疏忽和错误，有时他也亲自去催促他们，要求他们工作，但工作场所和伙食都是最好的，工资也总是及时发，逢到节日他还给酒喝。

正是二月，彼得·尼古拉耶维奇小心地踩着正在融化的积雪，经过马厩旁边向雇工们住的屋子走去。天还是黑的，因为有雾，外面就显得更黑，但雇工们的屋子窗口已经亮起了灯光。雇工们已经起床了。他要去催一下他们：按照计划他们要用马车到树林里去拉最后一批木柴。

"怎么回事？"他看见马厩的门开着，心里想。

"喂，谁在里面？"

没有人回答。周围很黑，脚下软绵绵的，飘来一阵马粪的气味。门的右边马栏里拴的是一对年轻的褐马。彼得·尼古拉耶维奇伸出手摸了摸，什么也没摸到。是不是躺下了？他又伸出脚。但仍然什么也没碰到。"他们把马牵到哪儿去了？"他想，"套雪橇去了？不，雪橇还在外面。"彼得·尼古拉耶维奇从马厩里走出来，大声地喊道：

"喂，斯杰潘！"

斯杰潘是一个老雇工，他立刻从屋里走出来。

"哎！"斯杰潘愉快地答应道，"是您吗，彼得·尼古拉耶维奇？伙计们马上就动身。"

"马厩的门是你开的吗？"

"马厩？我不知道。喂，普洛施卡，去拿个灯笼。"

普洛施卡跑去拿了个灯笼。他们一起走进马厩。斯杰潘立刻明白了。

"这是小偷干的，彼得·尼古拉耶维奇。锁被撬掉了。"

"真的吗？"

"偷走了，这些强盗。'玛施卡'不在了，'鹞'也不在了。哦，不，'鹞'在这儿。'花花'不在了。'美人儿'也不在了。"

三匹马不在了。彼得·尼古拉耶维奇什么也没说。他皱着眉头，沉重地喘着气。

彼得·尼古拉耶维奇去找了警察、警察局长和地方的官员，把手下的人全派出去找马。但马还是没有找到。

"无耻的刁民！"彼得·尼古拉耶维奇说，"什么都干得出。我对他们还不够好吗？你等着瞧吧。强盗，全是强盗。以后我再也不会照老样子对待你们了。"

十

三匹褐马已经到了它们该去的地方。"玛施卡"以十八卢布的价钱被卖给了茨冈人。另一匹马"花花"被卖给了四十俄里外的一个农民。"美人儿"被赶到别处宰了，马皮卖了三卢布。这件事是伊凡·米洛诺夫领头干的。他曾在彼得·尼古拉耶维奇家干活，了解他的秩序，他决定弄回自己的钱，就设计干了这件事。

自从碰上假息票那件倒霉的事以后，伊凡·米洛诺夫就不断地喝酒，如果不是妻子把马具和衣服藏起来，他也许把一切全都拿去换酒喝了。在喝得醉醺醺的时候，伊凡·米洛诺夫仍在不停地想自己的冤屈，还想到所有的老爷和先生，他们就是依靠掠夺我们穷苦弟兄为生的。有一次伊凡·米洛诺夫和几个从波多尔斯克来的农民一起喝酒。回家的路上那几个农夫告诉他，他们如何偷了一个农民的马。伊凡·米洛诺夫骂了这几个偷马贼，说他们不该偷农民的马。"罪过啊，"他说，"马就是农民的兄弟，你们这一偷他就没法活啦！如果要偷，就偷老爷他们的，那些坏蛋反正马多。"他们一边走一边继续交谈着，那几个波多尔斯克的农民说偷老爷们的马必须很机灵，必须熟悉情况，没有了解内情的人是不行的。这时伊凡·米洛诺夫想起了斯文吉茨基，他曾经在他那儿做过工。他想起了斯文吉茨基因为他弄断了一根车轴扣了他一个半卢布的工钱，想起了他曾经使过的那几匹褐色的马。

伊凡·米洛诺夫到斯文吉茨基那儿去了一趟，装作想来打工，但实际上却是来观察和探听。他探明了夜里没有人看守，马就在马厩里。于是，他就带着马贼来干了这一切。

伊凡·米洛诺夫和波多尔斯克的农民瓜分了卖马的钱，带着五卢布回了家。家里没事可干：因为他已经没有马了。从此，伊凡·米洛诺夫就和偷马贼以及茨冈人混在一起了。

十一

彼得·尼古拉耶维奇竭尽全力要找到偷马贼。这次马被偷不可能没有内线。因此他开始怀疑家中的雇工。他向雇工们打听，那天夜里谁没有在庄园里过夜。他打听到普洛施卡·尼古拉耶夫没在家过夜，这是个刚退伍的年轻小伙子，漂亮而又机灵，彼得·尼古拉耶维奇雇他当出门时的马车夫。区警察局长是彼得·尼古拉耶维奇的朋友，他也认识县警察局局长、县里的贵族长、地方自治局的局长和侦查员。所有这些人都常到他的庄园里来做客，都尝过他家美味的果酒和各种各样的腌蘑菇。他们全都同情他，竭力要帮助他。

"瞧你，总是为农民们辩护，"区警察局长说，"我说得不错吧，他们比野兽还坏。不用鞭子和棍子对付他们是不行的。你刚才说，普洛施卡，就是你的那个马车夫?"

"是的，是他。"

"把他喊到这儿来。"

普洛施卡被喊来了,几个人开始审问他。

"那天夜里你在哪儿?"

"在家里。"

"怎么在家里?所有的雇工都说你不在家里。"

"随您怎么说好啦。"

"不是随我怎么说,那天你到底在哪里?"

"在家里。"

"好哇。村警,把他带到局里去。"

"遵命。"

普洛施卡始终没有说出他在哪儿过的夜,其实他是在他的女朋友巴拉莎那儿过的夜,他答应过她,绝不泄露秘密,因此他就一句也不肯多说。因为没有证据,普洛施卡后来被放了出来。但彼得·尼古拉耶维奇还是坚信事情是他干的,因此恨他。有一次,彼得·尼古拉耶维奇派他到驿店去准备换马。普洛施卡像往常一样,带了两俄斗的燕麦到驿店去。他把一俄斗半的燕麦喂了马,剩下半斗燕麦换酒喝了。彼得·尼古拉耶维奇知道了这件事,就把他告上了乡村法庭。乡村法庭判普洛施卡坐三个月牢。普洛施卡很爱面子,他认为自己比别人高,并因此而骄傲。坐牢使他变得低人一等,他再也不能在别人面前骄傲了,他精神就一下子垮了。

普洛施卡从监牢里出来以后不仅仇恨彼得·尼古拉耶维奇,而且仇恨整个世界。

大家都说,普洛施卡从监狱里出来以后变懒惰了,他开始酗酒,不久就因为偷了一个市民的衣服再次被送进监狱。

彼得·尼古拉耶维奇直到有人在市场上发现他的褐马的皮才得

知了他的马的下落，他认出那是"美人儿"的皮。小偷的无法无天更加激怒了他。如今他一看到和一谈到农民就充满怨恨，他开始想方设法地欺压他们。

十二

尽管那张假息票已经脱手，叶甫盖尼·米哈伊洛维奇已经不再想到它了，但他的妻子玛丽亚·瓦西里耶芙娜却不能原谅自己的被骗，也不能原谅丈夫对她讲过的那些刻毒的话，更主要的是，她不能原谅那两个坏小子，他们居然那么巧妙地骗了她。

自从那次被骗了以后，她就盯住了所有的中学生。有一次她遇到了玛欣，却没有认出他，因为他看见她就扭歪了脸，使他的脸完全变了样子。但那次受骗以后过了两个星期，她在人行道上迎面撞见米佳，她立刻就认出了他。她等他走过去以后，转过身盯梢他。她跟着他一直到他走进家门，知道了他是谁家的孩子。第二天，她到中学里去，在门厅里遇到了教宗教课的老师米哈伊尔·维京斯基。他问她想要什么。她说她要见校长。

"校长不在，他病了。或许我能替你解决或是转告校长？"

玛丽亚·瓦西里耶芙娜决定把一切都告诉宗教课老师。

宗教课教师维京斯基是个鳏夫，大学毕业生，一个很自尊的人。去年他曾在一次聚会时遇到过米佳的父亲，斯莫科夫尼柯夫在讨论信仰问题时与他发生了争论，斯莫科夫尼柯夫驳倒了他所有的论点，引起了大家的哄笑。此后他就特别注意米佳，发现米佳对宗教十分冷漠，就像他那不信神的父亲一样。他开始刁难米佳，甚至使他的考试不及格。

听玛丽亚·瓦西里耶芙娜说完米佳犯的过错，维京斯基不由自主地感到高兴，他从这件事上发现他的一个预见得到了证实，即脱离了教会指引的人必将失去道德。他决定利用这个机会去证明所有脱离了教会的人面临着怎样的危险，在他的内心深处则是想报复一下那个骄傲自负的无神论者。

"哦，很使人担心，"维京斯基神父说，一边用手抚摸着胸前的十字架光溜溜的侧面。"我很高兴您把这件事告诉我。作为一个神职人员，我将尽力使这个年轻人受到教训，但又要尽可能使教训温和些。"

"我将按我的职位所要求我做的那样去做。"维京斯基神父对学生们讲了假息票的事，然后他说，这件事是一个中学生干的。

"这是一种卑鄙无耻的行为，"他说，"但是拒不认错就更坏。如果这是你们中间哪一个人干的，坦白出来比隐瞒更好。"

说完这句话，维京斯基神父就盯住了米佳·斯莫科夫尼柯夫，同学们也都顺着他的目光盯住了米佳。米佳脸红了，冒汗了，终于哭着从教室里冲了出去。

米佳的母亲从儿子那儿获知了事情的全部真相以后，立刻到照相用品商店里去了一趟。她付了十二个半卢布给老板娘，并求得老板娘答应了不说出儿子的名字。她吩咐儿子要矢口否认，在任何情况下都不能对父亲承认。

当费多尔·斯莫科夫尼柯夫得知学校里发生的事以后，他把儿子喊来，儿子矢口否认，他就去找校长，把情况告诉校长后他说，宗教课老师的做法是极不道德的，他不会饶恕这件事。校长把维京斯基神父请来，神父和费多尔·斯莫科夫尼柯夫之间展开了一场激烈的争辩。

"一个愚蠢的女人说了我儿子的坏话，后来她自己又否认了自己的话，而你却似乎找不到更好的办法来诬蔑一个诚实正直的孩子了。"

"我没有诬蔑，也不允许您这样和我讲话。您忘了我的教职了。"

"你的教职有什么稀奇！"

"您的错误想法，"神父的下巴气得发抖，他的稀疏的胡子也跟着颤抖起来。"全城都会知道的。"

"先生们，老爷们，"校长竭力要劝解他们，但他的劝解却毫无作用。

"我的宗教职务决定了我应当关心宗教和道德的教育。"

"彻头彻尾的装腔作势。难道我还不知道吗，你既不信神，也不信鬼。"

"我认为不值得和您这样的先生说话。"维京斯基神父说，斯莫科夫尼柯夫的最后一句话尤其刺伤了他，因为他知道，那句话是千真万确的。他学过神学院的全部课程，因为他早就不相信布道的人和忏悔的人所说的一切，而只相信所有的人都必须强迫自己相信他必须信仰什么才行。

斯莫科夫尼柯夫不仅对神父的行为感到愤怒，而且更主要的是他发现这是教权主义的影响开始在我们中间出现的一个极好的例证，他把这件事告诉了所有的人。

维京斯基神父呢，他看到虚无主义和无神论不仅在年轻一代，而且也在年老的一代身上确定无疑地表现出来，他越来越坚信必须与它们进行斗争。他越是谴责斯莫科夫尼柯夫的无神论之类的理论，就越是坚信自己的信仰是不可动摇的，同时也就越少感觉到去

255

检验这种信仰或是使它与自己的生活相一致的必要性。他的信仰是被他周围的世界所公认的，这种信仰对他来说是一种与他的论敌进行斗争的主要武器。

这种因与斯莫科夫尼柯夫争论而引发的念头，以及因这场争论而在学校里引起的种种不愉快和来自上司的批评和训斥，促使他做出了早在他妻子去世以后就令他心神向往的决定：到修道院去，选择他的神学院的几个同学早就走上的那条路，他们中间有一个已经当上了主教，还有一个也已经成为修士大司祭，在候补主教的空缺。

学年结束的时候，维京斯基离开了中学，进了米萨伊尔修道院，不久就得到了伏尔加河边上一座城市的神学校校长的位置。

十三

守院人瓦西里沿着大路向南方走着。

白天他赶路，晚上村长会安排他的住处。面包总会有人给他，有时还能坐到桌边吃一顿晚饭。在奥廖尔省的一个村子里过夜时，有人告诉他，有个商人向地主租了一个果园，正要找一个年轻的看守。瓦西里厌倦了乞丐般的流浪生活，而且不愿意回家，他就去找那个商人，当上了果园的看守人，每个月拿五卢布的工钱。

看守棚里的生活对瓦西里来说是很快乐的，尤其是当梨子开始成熟、看守人从老爷的打谷场上脱粒机的旁边搬来大捆大捆的新鲜麦秸的时候。瓦西里整天躺在新鲜的、散发着清香的麦秸堆里，边上是一堆堆从树上掉下的散发着更浓郁清香的苹果，当然他也不时四处看看有没有孩子来偷苹果，一边吹着口哨、唱着歌。瓦西里是唱歌的能手。他的嗓音很好。村里的婆娘和姑娘来买苹果，他与她们开玩笑，并根据她们是否惹他喜欢而多收或少收几个鸡蛋或戈比。然后他又躺下了，除非是去吃早饭、中饭和晚饭。

瓦西里只有一件玫瑰红的布衬衫，上面还有几个洞，他光着脚，但身体却健康强壮，他能吃三大碗饭，使老看守人感到十分惊讶。夜里他常常不睡觉，要么吹口哨，要么像猫一样不时轻轻地哼叫几声，凝视着漆黑的远方。有一次村里有一群孩子到果园里摇树上的苹果，瓦西里悄悄地摸过去，突然扑向他们。他们想逃走，但他赶散了他们，抓住了其中的一个，交给了老爷。

瓦西里的第一个看守棚在果园尽头，当梨子收过以后，他的第二个看守棚就搭在离老爷的屋子只有四十米远的地方。在这个看守棚里瓦西里的日子过得更快活了。他整天都看见老爷们和太太小姐们在玩乐，乘着马车游玩和散步，而晚上则弹钢琴、拉提琴、唱歌和跳舞。他看见小姐们和大学生坐在窗边耳鬓厮磨，然后就到幽暗的两旁长满椴树的林荫道上散步，那儿只有月光能够穿透枝叶投下斑驳的光影。他看见仆人们端着食物和饮料来来去去，厨师、洗衣妇、管家和园丁，大家全在劳作，这都是为了让老爷们吃、喝和玩乐。有时候少爷们到他的棚子里来，他就挑选最好、最熟、最红的苹果给他们。小姐们有时也来，她们的牙齿咬着苹果发出清脆的响声，她们称赞苹果好，还用法语说些什么，瓦西里知道是在说他，有时她们还叫他唱歌。

瓦西里欣赏这种生活，尤其是当他回想起自己在莫斯科的生活的时候。他认为，一切都取决于有没有钱。这种思想越来越深地占据了他的头脑。

瓦西里开始不断动脑筋想尽快弄到大笔的钱。他回想自己过去是怎么干的，决定不能再像过去那样干，这回要干就要干得漂亮，不留一点儿痕迹。圣诞节前最后一批晚熟苹果也收获了，主人的收益很好，他付清了所有的看守人，包括瓦西里的工钱，还另外给了点赏钱。

瓦西里没有回家去，他一想到农民的粗野生活就感到难受，他穿戴上一位少爷送给他的短大衣和帽子，与几个同他一起看守果园的喝得醉醺醺的士兵回城里去了。在城里，他决定夜里去撬窃一家店铺，他在这家店里干过活，老板打过他，没给他工钱就把他赶走了。他熟悉所有的通道，也知道钱在哪儿，他让士兵们望风，他自己从院子里打破窗户，爬进店里拿走了所有的钱。事情干得非常漂亮，一点痕迹也没留下。一共窃得三百七十卢布。他把一百卢布给了同伙，然后带着其余的钱来到另一个城里，在那儿和一些男男女女吃喝玩乐。

十四

伊凡·米洛诺夫成了一个机灵的、大胆的、成功的偷马贼。他的老婆阿菲米娅起先还骂他干这种肮脏的勾当，后来却变得心满意足，甚至为丈夫感到骄傲，因为他已经有了蒙面的皮大衣，她自己也有了短皮大衣和新皮袄。

村里和邻乡的人都知道每回马被偷都与他有关，但人们不敢揭发他，虽然他常常遭到怀疑，但他总能证明自己是清白的。最近的一次偷马是夜里在柯洛托夫卡村干的。伊凡·米洛诺夫偷马总是尽可能有所选择，他喜欢偷地主和商人的马。但偷地主和商人的马比较困难。因此，当他偷不到地主和商人的马时，他也偷农民的马。这回在柯洛托夫卡村就是这样，他随便碰上什么马就偷。不过活儿不是他亲自干的，而是他暗中指挥一个机灵的小伙子格拉西姆干的。村民们到天亮时发现马被偷了，他们到大路上去找。但马实际上却在峡谷里，在国有森林里。伊凡·米洛诺夫把马拴在那儿，打算到第二天夜里再把它们赶到四十俄里外一个熟悉的守院人那儿去。伊凡·米洛诺夫吩咐格拉西姆待在森林里，他给小伙子送来了馅饼和酒，然后沿着一条林间小路回家去，他希望不要遇到任何人。但不幸的是他偏偏遇上了一个守林的士兵。

"是来采蘑菇的吗?"士兵问。

"是啊，但今天什么也没采到。"伊凡·米洛诺夫指着篮子说道，这个篮子他带在身边是以防万一的。

"是啊，今年夏天的蘑菇不多。"士兵说完就擦身走过去了。

士兵知道，这里面肯定有什么花样。伊凡·米洛诺夫不会一大早无缘无故地到国有森林里来。士兵转身回去，开始在森林里搜索。在峡谷边上，他听到马的喷鼻声，他悄悄地摸近声音传出的地方。峡谷里的草被马蹄踩过，地上还有马粪。格拉西姆坐在稍远的地方吃着什么东西，两匹马被拴在树上。

士兵跑到村里，唤来村长、甲长和两个证人。他们从三面包围过去，抓住了格拉西姆。格拉西姆没有抵赖，他喝得醉醺醺的，马上就招出了一切。他说出了伊凡·米洛诺夫怎样请他喝酒，教唆他偷马，怎样答应今天夜里到森林里来取马。农民们让格拉西姆仍旧留在森林里，然后埋伏起来，等伊凡·米洛诺夫来。天黑以后，传来一声口哨。格拉西姆立刻回应了一声。当伊凡·米洛诺夫刚从山上下来，农民们就扑过来抓住他，把他押回村里。早晨，村长的屋子前已经聚集了一群人。伊凡·米洛诺夫被带到这儿进行审问。斯杰潘·彼拉盖尤施金，一个背有点儿驼、手很长、鹰钩鼻、脸色阴沉的高个子农民首先审问他。斯杰潘是个单身汉，退伍士兵，他刚与父亲分家自立门户，一匹马就被偷走了。斯杰潘到矿井里去做了一年工，又买了两匹马，但两匹马又被偷走了。

"你说，我的马在哪儿？"斯杰潘因为愤恨而脸色发白，他阴沉地时而看着地面，时而盯着伊凡的脸，说。

伊凡·米洛诺夫死不开口。斯杰潘打他的脸，把他的鼻子打破了，鲜血朝外直流。

"你再不说我打死你！"

伊凡·米洛诺夫低着脑袋一声不响。斯杰潘用自己长长的手打了他一下、两下，伊凡还是一声不响，只是用手护住脑袋。

"大家打啊。"村长喊道。

大家开始打他。伊凡·米洛诺夫倒到地上，他喊道：

"蛮子，魔鬼，你们打死我吧，我不怕你们。"

这时，斯杰潘抓起一块大石头砸破了伊凡·米洛诺夫的脑袋。

十五

法庭审判杀死伊凡·米洛诺夫的凶手。斯杰潘·彼拉盖尤施金是凶手之一。对他的审讯比对其他人要严厉，因为大家都说是他用石头砸破了伊凡·米洛诺夫的脑袋。斯杰潘在法庭上什么也不隐瞒，他说，当他的马第二次被偷以后，他到区里去报告过，如果追踪茨冈人留下的痕迹是可能把马找回来的，但区警察局长不理睬他的建议，根本不去找。

"我们有什么办法？他毁了我们。"

"为什么其他人不打,你却要打呢?"公诉人问。

"不,大家都打了。村里商量好了要打的。我只不过把他打死了罢了。他就不用受折磨了。"

斯杰潘讲述自己的罪行、讲述大家怎样打伊凡·米洛诺夫,以及他打死伊凡·米洛诺夫的时候,那种极其平静的神态怎样使法官们感到震惊。

斯杰潘确实看不出这场凶杀中有什么可怕的地方。他在当兵时被逼着枪杀过另一个士兵,就像这次杀死伊凡·米洛诺夫一样,那一次也没有什么可怕的地方。杀人就是杀人。今天轮到他,明天就轮到我。

斯杰潘被判得并不重,只坐一年牢。

斯杰潘从来不尊敬当官的,他认为除了沙皇以外,所有的老爷都是坏人,只有他一个是公正的。他认为老爷们都是吸老百姓血的强盗。那些与他一同坐牢的流放犯和苦役犯的故事更坚定了他的这种看法,有一个人被判流放和服苦役是因为他揭发一个长官偷盗;另一个人则是因为打了一个长官,因为那个长官毫无道理地查封了农民的家产;还有一个人是因为伪造钱币。老爷和商人们什么活也不干,却拥有一切;贫穷的农民干了一切,却还要被流放和坐牢,用虱子填肚皮。

斯杰潘的妻子来探过监。他坐了牢,家里变得糟透了,她忧心如焚,又一无所有,已经带着孩子在讨饭了。妻子的遭难使斯杰潘变得更凶狠。他在监狱里对所有的人都很凶狠,有一次差点儿用斧头把厨子砍死,为此他被加了一年刑。在这一年里,他得知他的妻子死了,他的家也没了……

刑满的那天,斯杰潘被喊到监狱的库房里,管理员从架子上取下他入狱时穿的衣服还给他。

"我现在该到哪儿去?"他穿上衣服,问管理员。

"当然是回家。"

"我没家了。我应该到大路上去,去抢东西。"

"如果你抢劫,你将再回来坐牢。"

"唉,大概也只能这样了。"

斯杰潘走了。他还是回家去了,因为他没别的地方好去。

回家的路上,他在一家熟悉的客店里过夜。

一个弗拉基米尔城的肥胖市民经营这家客店。他认识斯杰潘,知道斯杰潘坐牢的事。他让斯杰潘在店里过夜。

这个富裕的市民抢了邻居的妻子,和她住在一起,把她当作老婆兼帮工。

斯杰潘知道这件事,知道这个市民如何欺侮了他的邻居,而那个坏婆娘又怎样离开了自己的丈夫,现在吃得胖胖的,正冒着汗在喝茶。出于怜悯,她也请斯杰潘喝了茶。过路的旅客一个也没有。他们让斯杰潘睡在厨房里。玛特琳娜收拾好一切,就回下房里去睡了。斯杰潘躺在灶台上睡不着,木柴在灶膛里噼噼啪啪地响。他的脑海里一直浮动着店主人那从洗褪了色的棉布衬衫底下凸出来的肚子的影子。他真想用刀对准那个肚子戳上一下,把里面的东西放出来。对那个婆娘他也想这样干。他对自己说:"让他们见鬼去吧,我明天就走。"他想起了伊凡·米洛诺夫,又想起了店主的肚子和玛特琳娜的雪白的汗涔涔的脖子。要杀就两个都杀。鸡叫第二遍了。现在就动手吧,不然天就要亮。他晚上就已经看好了斧头和刀在哪儿。他从灶台上爬下来,拿起斧头和刀走出了厨房。他刚走出门,就听到门闩发出一声响,店主走了出来。他不能按预想的计划去做了。刀子用不上了，他挥起斧头砍中了店主的脑袋。店主先倒在门框上，然后倒在地上。

斯杰潘走进下房，玛特琳娜跳起来，只穿着一件衬衣站到床边。斯杰潘也用斧头杀死了她。

接着，斯杰潘点起蜡烛，从钱柜里取出钱就走了。

十六

县城偏僻的一角住着一个老头儿，他过去当过官吏，是个酒鬼，现在和两个女儿及一个女婿住在一起。二女儿有丈夫，也喜欢喝酒，日子过得很糟。大女儿玛丽亚·谢苗诺芙娜是个寡妇，骨瘦如柴，脸上布满皱纹，已经五十岁了，她一个人支撑着整个家庭：她一年有二百五十卢布的养老金，靠这笔钱养活全家。在家里也只有她一个人干活。她照顾年老体弱而又爱喝酒的父亲，照顾妹妹的孩子，烧饭，洗衣服。家里的一切事情都压在她身上，其他的人还骂她，她的妹夫喝醉了酒时甚至还打她。她默默地柔顺地承受着这一切，而且世上的事情常常是这样，她承担的事越多，她能做的事也就变得越多。她省下自己的面包去救济穷人，把自己的衣服分给穷人，常常去帮助生病的人。

有一次有个瘸腿的乡下裁缝在玛丽亚·谢苗诺芙娜家干活。他给老头子改做一件袍子，替玛丽亚·谢苗诺芙娜的短大衣上再蒙一层呢子，那是她准备冬天到市场上去时穿的。

瘸腿的裁缝是个聪明人，善于观察事物。他的职业使他认识很多各种各样的人。由于瘸腿，所以他总是坐着，爱好沉思冥想。他在玛丽亚·谢苗诺芙娜家干了一个星期的活，不能不对她的生活感到惊叹。有一次她到厨房里去，他已经干完了活，正在那儿洗毛巾。他对她谈起他的生活，谈到他的哥哥怎样欺负他，他怎样与哥哥分家。

"我本来以为这样会好些，但结果还是一样穷。"

"最好是不要改变，原来是怎样过的现在还怎样过。"玛丽亚·谢苗诺芙娜说。

"玛丽亚·谢苗诺芙娜，我真觉得你有点儿奇怪，你一天到晚一个人在为他们奔忙，但我看出他们并没有给你什么好处。"

玛丽亚·谢苗诺芙娜没有回答他的话。

"大概，你是照《圣经》上所说的那样做的，在天国你将得到奖赏。"

"这是我们不可能知道的。"玛丽亚·谢苗诺芙娜说，"我只是觉得这样做比较好。"

"那么《圣经》上是这样说的吗?"

"是的。"她说。接着她把《福音书》中的"登山宝训"念给他听。裁缝沉思起来，当他拿到工钱回到家里，他还一直回想着在玛丽亚·谢苗诺芙娜家见到的一切，她所说的话和她念给他听的东西。

十七

彼得·尼古拉耶维奇改变了对农民的态度，农民们也改变了对他的态度。还不到一年，他们就偷砍了二十七棵橡树，烧毁了没有保过险的脱粒棚和谷仓。彼得·尼古拉耶维奇认定再也不能和这儿的农民同住一地了。

正在这时，李文佐夫家要找一个管理庄园的总管，贵族长就把彼得·尼古拉耶维奇作为本县最优秀的管理庄园的能手推荐给了他们。李文佐夫家的庄园已经搞到没有任何收益的地步，农民们什么都拿。彼得·尼古拉耶维奇把自己庄园上的一切都整顿好，就将它租了出去，然后带着妻子到遥远的伏尔加河沿岸的那个省份去了。

彼得·尼古拉耶维奇一向喜欢秩序和法纪，而现在就更不允许粗野的农民违法乱纪去占有那些不属于他们的财产。他很高兴能有一个机会教训他们和严厉地处理事务。一个农民因为偷了树木被他送进了监狱，另一个农民因为见了他没有让路和没有脱帽致敬被他亲手毒打了一顿，庄园里有块草场的归属是一直有争议的，农民们认为这块草场是他们的，但彼得·尼古拉耶维奇却对农民们宣布，如果他们把牲口放到草场上去，他就要扣留牲口。

春天来了，农民们像往年一样把牲口放到老爷的草场上去。彼得·尼古拉耶维奇召集所有的雇工，吩咐他们把牲口全赶进老爷的院子。农民们都在田里耕地。因此，尽管婆娘们大喊大叫，雇工们还是赶走了牲口。农民们从田里回来以后都来到老爷家的院子里来要牲口。彼得·尼古拉耶维奇肩上扛着一杆枪走了出来（他刚刚出去巡视回来），他对农民们宣布，除非每头牛交五十戈比、每只羊交十戈比作为赔偿，否则他不会把牲口还给他们。农民们开始叫嚷起来，说草场是他们的，他们的父辈和爷爷辈就一直占用着这片草场，还说没有这样的法律规定可以扣留别人的牲口。

"把牲口交出来，不然事情会弄糟的。"一个老头儿走到前面对彼得·尼古拉耶维奇说。

"怎么糟？"彼得·尼古拉耶维奇脸色发白，走到那个老头儿面前喊道。

"为了避免不幸，交出来吧，寄生虫！"

"什么？"彼得·尼古拉耶维奇叫了起来，他打了老头儿一个耳光。

"你竟敢打人。孩子们，把牲口抢回来。"

人群骚动起来。彼得·尼古拉耶维奇想走开，但大家不放他走。他开始往外冲。他的枪走火了，打死了一个农民。农民们开始疯狂地殴打彼得·尼古拉耶维奇，把他打死了。过了五分钟，农民们把他被打烂了的尸体拖到了峡谷里。

杀人凶手由军事法院审判，两个农民被判处绞刑。

十八

瘸腿裁缝住的村子里有五个富裕的农民用一千一百卢布向地主租了一百〇五俄亩肥沃的黑土地，然后再分租给农民，有的每俄亩十八卢布，有的每俄亩十五卢布，最少也要十二卢布，获利很多。五个富裕农民每人也拿了五俄亩，这五俄亩地他们等于没花钱。租地的农民中有一个人恰巧死了，于是他们就邀请裁缝加入他们的团体。

在租地的农民分地的时候，裁缝没有喝酒，当大家议到谁该分多少地的时候，裁缝说，大家应该平分租来的土地。

"为什么？"

"难道我们不是基督教徒吗？这样做好些。我们都是基督教徒，应该照上帝的指示去做。这是基督教徒的教规。"

"教规在哪儿？"

"在书里，在《福音书》里。星期天你们到我家来，我读给你们听，我们再聊聊。"

星期天虽然不是大家都来了，但有三个人来到裁缝家里，他就开始读书给他们听。

他读了《马太福音》的前五章，然后他们就开始议论。大家都听了，但只有伊凡·邱也夫听懂了。他明白了，他应该在各方面都照上帝的指示去做。从此他的家里大家都开始照这样生活。他没有多拿地，只拿了正好应得的一份。

人们逐渐开始经常到裁缝和伊凡·邱也夫家去，他们越来越明白了，他们不再抽烟喝酒，不再用肮脏的词语互相辱骂，而开始相互帮助。他们不再进教堂，把圣像都还给了神父，这样的人家有十七户，共计六十五口人。神父吓坏了，报告了主教。主教思考着该怎么办，他决定请大司祭米萨伊尔神父，即当过中学宗教课教师的维京斯基到村里去一趟。

十九

主教请米萨伊尔坐在自己身边，把他的教区里发生的这件新鲜事告诉了米萨伊尔。

"这都是因为放松了灵魂教育，由于愚昧无知。你是个有学问的人，我寄希望于你了。你去一趟，把老百姓召集起来，对他们讲解清楚。"

"承蒙主教器重，我一定尽力。"米萨伊尔神父说。他很高兴接受这个任务。在那儿他将表明他信仰什么，这使他感到高兴。面对许多其他的人，他更能使自己确信他信仰什么。

"我们努力吧，我很为我的教民们痛苦。"主教说着，不慌不忙地用白皙虚胖的手接过仆人端给他的茶杯。

米萨伊尔很高兴有机会表现自己。但他不富裕，他请求给一些路费，还担心粗野的村民们可能对抗，希望省长能下道命令让当地的警察在必要时能协助他行动。

这一切主教都替他安排好了。米萨伊尔让仆人和厨子替他准备好一个食品箱和路上要吃的食品，就动身到那个偏僻的地方去执行他的任务了。执行这个任务使他产生一种愉快的感觉，使他意识到自己工作的重要性，不仅消除了他对自己的信仰的怀疑，而且使他坚信他的信仰是正确的。

他的思想不是去关注信仰的核心，这核心已经被认为是公理，而是关注如何驳倒那些反对意见，而那些反对意见却只涉及信仰的外表形式。

二十

村里的神父和他的妻子非常恭敬地迎接了米萨伊尔。在米萨伊尔到达的第二天就把村民们都召集到教堂里。米萨伊尔穿一件崭新的绸长袍，胸前佩一个十字架，头发梳得整整齐齐，走上了讲道台。本村的神父和他并排站在一起，执事及唱诗班站得远一些，警察则站在边门旁。教派分子们穿着油污的粗糙的短皮上衣走了进来。

在祈祷以后，米萨伊尔开始布道，他劝诫迷途的人回到教会慈母般的怀抱，又用地狱的苦难来警告他们，并答应彻底宽恕悔过的人。

教派分子们起先沉默着，在对他们提问以后，他们回答了。

当问到他们为什么要脱离教会时，他们说在教会里，人们敬奉木头做的圣像，但《圣经》上不仅没有说要这样做，而且所说的恰恰完全相反。当米萨伊尔问邱也夫他们是不是真的把圣像称为木头时，邱也夫回答说："你只要把圣像翻过去，你就会看到是什么了。"当问到他们为什么不承认神父时，他们回答说，《圣经》上写着："白白地得到的，也白白地给别人"，但神父们给人祝福却要收钱。尽管米萨伊尔引用《圣经》做各种努力试图说服他们，但裁缝和邱也夫也十分熟练地引用《圣经》平静而有力地驳斥他。米萨伊尔火了，威胁说要把他们开除出村社。但教派分子却说：《圣经》上说过，"驱逐我，你们也将被驱逐。"

本来一切都好，没有发生什么特别的情况，但第二天午祷的时候米萨伊尔说到引诱别人走入歧途的人的危害性，说他们应该受到各种惩罚，结果村民们在走出教堂时开始议论是否要教训一下那些不信神的人，以免他们给大家带来灾祸。就在这一天，当米萨伊尔和一个从城里来调查村里发生的斗殴事件的检查员一起吃着鲑鱼的时候，信教的村民们正聚集在邱也夫家的门口，等着教派分子们出来，准备揍他们。教派分子们一共有二十个人，有男有女。米萨伊尔的布道、现在聚集在门口的教民以及他们威胁性的话语在教派分子中间引起了过去没有过的激愤。天已经黑下来了，是婆娘们给母牛挤奶的时候了，但教民们仍旧站在那儿等着，有几个教派分子走出屋来，被他们打了，又被赶回屋里。教派分子议论着该怎么办，大家的意见不一致。

裁缝说，应该忍让，不能对抗。邱也夫则说，如果这样忍下去，他们会把大家都打死。于是，他拿起一把铁叉走出屋去。教民们都朝他冲了过去。

269

"嘿，根据摩西的训诫。"他叫喊着，开始打那些教民，打瞎了一个人的眼睛，其他的教派分子也都从屋里冲出来，奔回家去。

邱也夫因诱使人脱离教会和渎神而被判处流放。

米萨伊尔司祭则得到嘉奖，升为修士大司祭。

二十一

杜尔恰尼诺娃，一个健康的、东方型的漂亮姑娘，两年以前从顿河边的沃依斯克来到彼得堡读书。她在彼得堡遇到了西伯利亚省地方自治局局长的儿子、大学生邱林，她爱上了他，但她的爱不是那种想当一个妻子和母亲的普通女性的爱，而是一种同志式的爱，在这种爱中充满了对现存制度和它的代表人物的愤怒和仇恨，充满了对自己在智力和教养方面比那些人要优越得多的意识。

她有读书的天分，很容易记住课上讲的东西和通过考试，此外，她还读了大量的新书。她相信她的使命不是生儿育女，她甚至厌恶和蔑视这样的使命。她认为她的使命是破坏这个束缚了人民中的优秀分子的现存制度，并向人民指出一条新的生活道路，这条道路是欧洲的新潮作家们向她指出的。她长得丰满、白皙，有一张红润漂亮的脸蛋，一对闪闪发光的黑眼睛和两条粗大的黑辫子，她在男人们心中激起了并非她所希望激起的情感，而她自己则整个儿沉浸在她的宣传活动中。但能激起男人的这种情感她还是很高兴的，尽管她并不注重打扮，外表显得很随便。使她常常感到高兴的是，她喜欢并且事实上也能够表现出她如何蔑视其他的女人十分看重的东西。在采用什么方式与现存制度进行斗争的问题上，她的观点比她的大多数同志以及她的朋友邱林都要更解放，她认为，在斗争中，任何手段甚至包括暗杀，都是好的，都可以使用。但另一方面，这位革命者卡佳·杜尔恰尼诺娃在内心深处却是个善良和富有自我牺牲精神的女人，她总是真诚地认为他人的利益、幸福和快乐要比自己的重要，当她能为别人，孩子、老人，甚至动物做点儿好事的时候，她总是感到由衷的高兴。

杜尔恰尼诺娃的暑假是在伏尔加河岸边的一个县城里度过的，她的朋友、一个乡村女教师住在那儿。邱林也住在这个县里他父亲的庄园上。他们三个人，还有县城的医生经常在一起聚会，相互交换书籍、争论和对现实表示愤恨。邱林家的庄园与彼得·尼古拉耶维奇当总管的李文佐夫家的庄园相邻，当彼得·尼古拉耶维奇来到这儿整顿秩序的时候，年轻的邱林却在李文佐夫庄园的农民身上看到一种独立的精神和坚持自身权利的意愿，他对此很感兴趣，常常到村子里去，与农民们交谈，在他们中间宣传社会主义的理论，包括土地国有化的理论。

彼得·尼古拉耶维奇被杀以后，法院来调查，县城里的革命小组认为必须对法庭表示抗议，他们就勇敢地去做了。法院调查清楚了邱林到村子里去的事实和他所宣传的东西，对他的住处进行了搜查，查到了几本宣传革命的小册子，就把他逮捕了，押送到彼得堡。

杜尔恰尼诺娃跟随邱林来到彼得堡，她去探监，但因为不是探监日，看守不让她进去，直到规定的探监日她才隔着两层铁丝网见到了邱林。这次见面更增加了她的愤怒。她与一个长得很漂亮的宪兵军官交涉，这个军官摆出一副只要她接受他的求婚就迁就她的样子，这使她愤怒达到了极点，也使她对所有当权者的仇恨和愤怒达到了极点。她去找警察局长交涉，但警察局长说的话和宪兵军官说

271

的一样，说他们无能为力，这是部长的命令。她递了报告给部长，请求接见，但被拒绝了。这时她决定采取最后的步骤，她去买了一支手枪。

二十二

部长正在处理日常公务。他躲避了三个求见者，接待了省长，然后走到一个穿黑衣服的黑眼睛的漂亮姑娘面前，她的左手上拿着一个纸包。看到漂亮的女性求见者，部长的眼睛里闪起色欲的火星，但想到自己的身份，部长又装出一副严肃的样子。

"您有何贵干?"他说着走近她。

她没有回答，一只拿着手枪的手迅速地从披肩底下伸出来，对准部长的胸口就是一枪，但没有打中。

部长想抓住她的手，她急忙闪开，又开了一枪。部长飞快地逃走了。她被抓住了。她浑身发抖，说不出话。忽然，她歇斯底里地哈哈大笑起来。部长几乎没有受伤。

这个姑娘就是杜尔恰尼诺娃。她被关进了拘留所。部长呢，则收到了最高层的官员，包括沙皇本人的问候，他下令组成一个小组侦查这起未遂的阴谋。

阴谋自然没有。但秘密的和公开的警察都极力想找出这个并不存在的阴谋的所有线索，这样才似乎对得起他们的职务和工资：他们起早摸黑，搜查了又搜查，登记那些书籍、笔记，审查她的日记和私人信件，用很漂亮的字体在质地很好的纸上做了许多摘录，还对她进行了多次审问，希望从她那儿获得她的同伙的名字。

部长其实是个善良的人，很同情这个健美的哥萨克姑娘，但他

272

对自己说，他肩负着国家的重任，不管多么艰难，他都必须完成。当他的一个过去的同事、一位认识邱林一家的宫廷侍从，在宫廷的舞会上遇到他并替邱林和杜尔恰尼诺娃说情的时候，他耸了耸肩，红绶带在白色的坎肩上拱了起来，他说：

"我很愿意把那个可怜的姑娘放出去，但您明白我有我的责任。"

而杜尔恰尼诺娃这时正坐在拘留所里，有时平静地敲着墙壁与同伴通话，有时读书，有时则忽然陷入绝望和疯狂之中，猛敲墙壁，尖声叫喊和哈哈大笑。

二十三

玛丽亚·谢苗诺芙娜在地方财政局领了自己的养老金以后回家去，路上遇到一个熟识的教师。

"怎么样，玛丽亚·谢苗诺芙娜，领了养老金吗？"他在街对面对她喊道。

"领了。"玛丽亚·谢苗诺芙娜答道，"只够补补窟窿。"

"嘿，钱不少，补了窟窿，还会有剩的。"教师说完，道了声再见就走了。

"再见。"玛丽亚说，她看着教师的背影，差点儿和一个高个子的、有一双很长的手和一张阴沉的脸的男人撞个满怀。他看着她走进屋子，站了一会儿，才转身走了。

玛丽亚·谢苗诺芙娜开始觉得有点害怕，后来又有点忧伤。但当她进了屋子，把小小的礼物分给老人和病弱的小侄儿费佳，再亲了因快乐而尖叫着的特列佐尔卡时，她又觉得平静了。她把钱交给父亲，开始忙起了她每天都要忙的家务。

她遇到的那个男人就是斯杰潘。

斯杰潘杀了旅店的老板以后进了城。奇怪的是，回想起杀死旅店老板的事不仅不使他感到不愉快，相反他在这一天里还好几次回想起这件事。他高兴地想到，他能把这件事做得那么干净利落，没有人知道也没有人妨碍他，因此他还可以继续干这样的事。他坐在小酒店里喝着茶和伏特加，从一个特殊的角度看着周围的人们：怎样才能杀死他们。他到一个拉大车的同乡那里去过夜，他的同乡不在家，他就说他等一等。他坐下来和同乡的老婆聊天。后来，当她转身到灶台边上去的时候，他突然想杀掉她。他自己也感到惊异了，暗地里摇了摇头，然后从靴筒里抽出一把刀，压住她，割断了她的喉咙。孩子们叫喊起来，他就把他们也杀了。他连夜出了城，在城外一个村子的小酒店里睡了一夜。

第二天，他又来到县城，在街上他听到了玛丽亚·谢苗诺芙娜和教师的对话。她的目光使他感到害怕，但他仍然决定到她家里去抢她刚领到的钱。夜里，他撬开锁进了屋。首先听见声响的是已经结了婚的妹妹，她叫了起来，斯杰潘立刻杀死了她。女婿惊醒了，与斯杰潘搏斗起来，他抓住斯杰潘的脖子，搏斗了好久。但斯杰潘的力气比他大。把他干掉了以后，斯杰潘处于亢奋的状态，他走进隔壁的房间，玛丽亚·谢苗诺芙娜正躺在床上，她坐起身，用惊恐的、柔顺的目光看着斯杰潘，画了个十字。她的目光又一次使斯杰潘感到害怕。他把目光低垂下来。

"钱在哪儿?"斯杰潘问。他仍然没有抬起眼睛。

玛丽亚不作声。

"钱在哪儿?"斯杰潘又问，并对她举起了刀子。

"你是什么人? 怎么可以这样?"她说。

"有什么不可以？"

斯杰潘走近她，打算抓住她的手，不让她妨碍自己，但她既没有举起手，也没有抵抗，只是把手贴紧胸前，沉重地叹了口气，说：

"唉，罪孽啊。你是谁？可怜可怜自己吧。你毁了别人的灵魂，更毁了自己的灵魂……唉！"她喊道。

斯杰潘再也不能忍受她的声音和目光，朝她的喉咙刺了一刀："啰唆什么！"玛丽亚倒在枕头上，声音嘶哑了，血把枕头都浸湿了。斯杰潘转回到隔壁屋里，收拾好他需要的东西，坐下来抽了支烟，把身上的衣服弄干净，就走了。他认为，这次杀人和过去一样，干得还可以。但他还没走到过夜的地方，突然感到那么疲倦，连一步也不能移动了。他躺倒在一条小沟边，在那儿一直睡到第二天的傍晚。

第二部

一

斯杰潘躺在小沟边，眼前不断浮现出玛丽亚温顺、瘦削、惊恐的脸，耳边不断地听到她那特殊的、发音有点儿含糊的、悲戚的声音：

"怎么可以这样？"斯杰潘仿佛又体味到杀死她时的所有感觉。他觉得害怕了。他闭上眼睛，晃动着长满长发的脑袋，竭力想把这些念头和回忆驱赶出去。在一刹那间他似乎摆脱了那些回忆，

275

但马上又有一个接一个的眼睛血红的魔鬼做着怪脸依次走了过来，他们全都说着同样的话："你杀了她，也把你自己杀了吧，否则我们不会让你安宁。"他睁开眼睛，又看见玛丽亚，又听到她的声音，他开始可怜她，并且感到厌恶和害怕自己。他再闭上眼睛，魔鬼又出现了。

第二天傍晚，他爬起来，朝一家小酒店走去。他好不容易走到小酒店里，开始喝酒。但无论他喝多少都不醉。他一声不响地坐在桌边，一杯又一杯地喝着。一个警察走进了小酒店。

"你是干什么的?"警察问他。

"我就是昨天在县城里杀了几个人的那个人。"

他被捆了起来，在县城警察局里关了一天，然后被送到了省城。典狱长认识他，知道他过去就是个不安分的囚犯，现在又犯了大罪，收押他时态度很严厉。

"你当心点，我可不同你开玩笑，"典狱长皱着眉头，下巴朝前努了努，用沙哑的声音说，"只要被我看出点儿什么苗头，我就狠狠地揍你，打得你浑身稀烂。"

"我不会逃跑的，"斯杰潘低下了眼睛，回答道，"我很顺从的。"

"别和我啰唆。长官和你讲话的时候，要看着他的眼睛。"典狱长叫喊道，对准他的下巴打了一拳。

这时，玛丽亚的身影又出现在他的眼前，他又听到了她的声音。他没有听到典狱长在对他说什么。

"什么?"他觉得脸上被打了一记，清醒过来了，问道。

"朝前走，别装蒜。"

典狱长本来以为斯杰潘会闹事，会和其他的囚犯串通，会企图逃跑，但结果什么也没发生。无论是看守还是典狱长本人朝他的门洞里看，都看见斯杰潘坐在一只装满麦秆草的袋子上，用手撑着头，在自言自语着什么。提审的时候他也和其他的囚犯不同，显得心不在焉，好像不在听问题。侦查员习惯于认为审问囚犯的时候应该用尽机智和狡猾才是正常的，审问的时候那种感觉就像是当你在黑暗中走到一个楼梯的顶端，伸出脚去却踩了个空。斯杰潘交待着自己全部的凶杀罪行，他皱着眉头，眼睛盯住一个地方，用一种朴素的、实实在在的语气努力回忆着所有的细节："他走了出来，"他回忆着他的第一次凶杀，"赤着脚，站在门口，我朝他猛地砍了一斧头，他就咽气了。我立刻又去收拾他的婆娘……"在检察长巡视囚室的时候，他问斯杰潘是否要上诉，是否需要其他什么东西。斯杰潘回答说，他什么也不需要，他一点儿也不觉得冤枉。检察长在气味难闻的走廊里走了几步，又停住了，他问陪他前来的典狱长，这个罪犯是不是有什么毛病？

"别对他感到奇怪，"典狱长答道，他很满意斯杰潘的表现，"他在这儿已经第二个月了，一直很规矩。我只是有点儿担心，不知道他在想些什么。他是个大胆的人，力气不小。"

二

斯杰潘在监狱里的第一个月一切都使他感到痛苦：他看见的是囚室灰色的墙壁，听到的是牢房里特有的声音：下面大牢房里传出的嘈杂声，值班看守在走廊里的脚步声和钟声。与此同时，他还看见玛丽亚那柔顺的目光，当他第一次在街上和她相遇时这目光就战胜了他，看见她那被他割破了的、瘦弱的、布满皱纹的脖子，听到她那柔顺、悲戚、发音有点含糊的声音："你毁了别人的灵魂，更毁了自己的灵魂。难道可以这样吗?"后来,声音消失了,又出现了三个穿黑衣服的人。无论是闭上眼睛还是睁开眼睛,这些影像都同样出现。闭上眼睛时,他们出现得更清楚些。当斯杰潘睁开眼睛时,他们的影像就同墙壁、门混合起来,慢慢消失了,但很快他们又再次出现,做着鬼脸从三面包围过来,不停地说着:你杀人,你杀人。斯杰潘害怕得直发抖,他开始念他所记得的所有的祈祷文,他似乎觉得好受些。他念着祈祷文,开始回忆自己的一生:他想起了父亲、母亲、他的村庄、他家的狗"小狼"、灶台边的爷爷、家里的一张长凳,他常坐在上面和孩子们玩儿。后来他又想起了唱歌的姑娘,想起了被别人偷走的马,想起了偷马贼怎样被抓住,他怎样用石头打死了偷马贼。他想起了第一次坐牢,他怎样出狱,想起了肥胖的旅店老板,马车夫的老婆和孩子,接着又想起了她和她那柔顺的、惊恐的目光。他害怕了,把披在肩上的衣服扔掉,从板床上跳起身,像笼子里的一只野兽一样,在狭窄的囚室里、在湿漉漉的墙壁之间用急促的步子不停地来回走着。他又开始念祈祷文。但这回祈祷文已经帮不了他的忙了。

在一个漫长的秋夜里,风不停地在烟囱里呼啸,斯杰潘在囚室里走累了,坐到板床上,他觉得他再也无力抗争了,魔鬼胜利了,他向他们屈服了。他早就观察过炉灶的通气管了。只要把绳子或细布带系紧在上面,就不会滑落下来。但这必须做得巧妙。他开始着手,花了两天的时间把他垫着睡觉的麻袋拆开改成绳子(当值勤的看守过来时,他就用衣服把板床盖住)。他把一段段绳子用结连起来,并成双股,使它能承受他的体重不至于断。当一切都准备好了,他不再痛苦了。他把绳子打成一个圈套,把脖子伸进去,然后爬到床上悬了空。但当他的舌头刚刚吐出来,绳子就断了,他摔落到地上。值勤的看守听到声响走了进来，喊来医士把他送进医院。第二天他就完全恢复了。他被带回监狱，不再关进单人牢房，而关进了大牢房。

大牢房共有二十个人，但斯杰潘觉得自己仿佛只是一个人。他不看其他的人，也不同他们讲话，仍旧痛苦不堪。特别使他痛苦的是，当大家都睡了的时候，他却睡不着，他仍旧像以前一样看见她，听到她的声音，然后长着可怕眼睛的魔鬼又出现了，逗弄着他。

他又像以前一样念祈祷文，但祈祷文帮不了他的忙。

有一次，在他念祈祷文以后，她又出现在他眼前，他恳求她饶了他、放过他。到早晨，他倒在一条被揉皱的麻袋上沉沉地睡着了。他梦见她朝自己走来，瘦弱的、布满皱纹的脖子被割破了在淌着血。

"怎么样，原谅我了吗?"

她用她那柔顺的目光看着他，一句话也没讲。

"原谅我了吗?"

他这样问了她三遍，但她仍然一声不响。他醒了。从此刻开始他觉得轻松些了，他仿佛从一场长梦中苏醒过来，开始环顾四周，第一次与同牢房的犯人接近和说话了。

三

与斯杰潘住在同一个牢房里的有瓦西里，他因为偷窃被判处流放，还有邱也夫，他也被判处流放。瓦西里总是用他动听的声音唱着歌，或是对同伴讲自己的故事。邱也夫有时干活，把外衣或衬衫改成什么东西，有时则读《福音书》和赞美诗。

斯杰潘问邱也夫为什么被判流放，邱也夫说，他流放是因为真心地信仰基督，因为骗人的神父不肯听他们的话，而他们是按照《福音书》上的原则去生活的，此外还因为他们揭露了那些神父。当斯杰潘问他，《福音书》的原则是什么的时候，他解释说，《福音书》的原则就是不要向人造的偶像祈祷，而要敬奉灵魂和真理。他还讲了他们是怎样在分配土地的时候从瘸腿的裁缝那儿懂得了这个真正的信仰的。

"那么，干了坏事该怎么办？"斯杰潘问。

"书上全说了。"

邱也夫就读了一段话给他听：

当人子在他荣耀里，同着众天使降临的时候，要坐在他荣耀的宝座上。万民都要聚集在他面前，他要把他们分别出来，好像牧羊的分别绵羊山羊一般。把绵羊安置在右边，山羊在左边。于是王要向那右边的说："你们这蒙我父赐福的，可来承受那创世以来为你们所预备的国。因为我饿了，你们给我吃；我渴了，你们给我喝；我作客旅，你们留我住；我赤身露体，你们给我穿；我病了，你们看顾我；我在监里，你们来看我。"义人就回答说："主啊，我们什么时候见你饿了，给你吃，渴了给你喝？什么时候见你作客旅，留你住，或是赤身露体，给你穿？又什么时候见你病了，或是在监里，来看你呢？"王要回答说："我实在告诉你们：这些事你们既做在我这弟兄中一个最小的身上，就是做在我身上了。"王又要向那左边的说："你们这被咒诅的人，离开我，进入那为魔鬼和他的使者所预备的永火里去！因为我饿了，你们不给我吃；渴了，你们不给我喝；我作客旅，你们不留我住；我赤身露体，你们不给我穿；我病了，我在监里，你们不来看顾我。"他们也要回答说："主啊，我们什么时候见你饿了，或渴了，或作客旅，或赤身露体，或病了，或在监里，不伺候你呢？"王要回答说："我实在告诉你们，这些事你们既不做在我这弟兄中一个最小的身上，就是不做在我身上了。"这些人要往永刑里去，那些义人要往永生里去。（《马太福音》第25章第31—46节）

瓦西里坐在地上，坐在邱也夫的对面，他也听着，不时赞同地点着头。

"不错，"他用肯定的口气说，"那些被咒诅的人，他们只顾自己吃，不给别人吃，就要往永刑里去。应该这样。喂，给我，让我来读读。"他想表现一下自己能读书。

"难道就不可能得到宽恕吗？"斯杰潘问，他一直低着头在默默地听。

"等一等。你别作声。"邱也夫对瓦西里说，瓦西里正在不停地讲着有钱人怎样从不给作客旅的吃喝和留他们住宿。"再等一等。"邱也夫一边说一边翻着《福音书》。他找到了要找的段落以后，用一只因为坐监狱而变白了的有力的大手把书页抹平。

"又有两个犯人，和耶稣一同带来处死。"邱也夫又开始读了，"到了一个地方，名叫髑髅地，就在那里把耶稣钉在十字架上，又钉了两个犯人，一个在左边，一个在右边。"

当下耶稣说:"父啊,赦免他们,因为他们所做的,他们不晓得。"兵丁就拈阄分他的衣服。百姓站在那里观看。官府也嘲笑他,说:"他救了别人,他若是基督,上帝所拣选的,可以救自己吧!"兵丁也戏弄他,上前拿醋送给他喝,说:"你若是犹太人的王,可以救自己吧!"在耶稣以上有一个牌子,写着:"这是犹太人的王。"那同钉的两个犯人,有一个讥笑他说:"你不是基督吗?可以救自己和我们吧!"那一个就应声责备他说:"你既是一样受刑的,还不怕上帝吗?我们是应该的,因我们所受的与我们所做的相称,但这个人没有做过一件不好的事。"就说:"耶稣啊,你的国降临的时候,求你记念我!"耶稣对他说:"我实在告诉你,今日你要同我在乐园里了。"(《路加福音》第 23 章第 32—43 节)

斯杰潘一声不响地坐在那儿沉思,他好像在听,但邱也夫后来读的东西他一句也没听进去。

"这就是真理,"他想,"只有那些给穷人吃喝,去监牢看望受苦人的人才能够得救,而没有做过这些事的人就要下地狱。但只要坏人钉在十字架上的时候能忏悔,同样能进天堂。"他看不出这里面有什么矛盾的地方,而相反,他确信仁慈的人进天堂,不仁慈的人下地狱,这就意味着,所有的人都应该做仁慈的人,而耶稣宽恕了坏人,就是说耶稣是仁慈的。所有这一切对斯杰潘来说都完全是新的。他感到奇怪,他以前为什么一点也不知道这些?从此他一有空闲就同邱也夫待在一起,向他提问题,听他讲。他越听越明白。

他终于明白了这个学说的真谛，人人都是兄弟，人与人应该相互爱、相互同情，到那时世上的一切都会变得美好。

从此，斯杰潘变成了另外一个人。

四

斯杰潘原先是顺从的，但近来他的变化却使典狱长、看守和犯人们大吃一惊。尽管不是轮到他值日，也没有罚他去做，但他却把所有最重的活儿都一个人干了，包括倒马桶。但是虽然他那么驯良，犯人们还是敬畏他，因为他们知道他的倔强和过人的体力。有一次，两个被关进来的流浪汉扑过去打他，结果被他打翻在地，有一个流浪汉的手被他打断。这两个流浪汉和一个有钱的年轻犯人赌钱，玩了花招把他所有的钱赢了过来。斯杰潘打抱不平，替他把钱夺了回来。两个流浪汉先骂斯杰潘，接着扑过来打他，但他把他们打败了。当典狱长来调查为什么打架时，两个流浪汉说斯杰潘打他们，斯杰潘没有辩解，他顺从地接受了处罚，在禁闭室里关了三天，又被移到单人牢房里。

住单人牢房使斯杰潘感到痛苦，因为他和邱也夫以及《福音书》隔开了，此外，他还担心她的幻影和魔鬼再次出现。然而幻影没有再出现。他整个的心充满了新的、快乐的感觉。他很高兴能独自一人，如果再有本《福音书》就更好了。然而即使给他一本《福音书》，他也不会读。

当他还是个孩子的时候他跟一个老人学过认字母，但没有继续学下去，所以一直是个文盲。现在他决定要学会认字。他向看守要一本《福音书》，看守给了他，他就开始学习了。字母他是认识的，但他不会拼读。无论他怎样下功夫想把字母拼成一个词，就是拼不出来。他吃不下饭，夜里睡不着觉，一直在想，痛苦就像一只虱子在咬他，他却没法把它赶走。

"怎么样，会读了吗?"有一次，看守问他。

"不会。"

"你会念'主'这个字吗?"

"会的。"

"读吧，就是这个字。"看守指着《福音书》上"我主"这两个字对他说。

斯杰潘开始读"主"这个字，他把认识的字母和熟悉的读音相对照，忽然，字母拼写的秘密被他揭开了，他能够拼读了，这是一种巨大的快乐。从此，他能读书了，那些复杂的句子所表达的思想对他具有了更多的意义。

独自一人现在对斯杰潘已不再痛苦，而变成一种快乐。他整个儿沉浸在自己的事情中，后来为了腾出单人牢房关押政治犯，又把他送回大牢房的时候，他并不感到高兴。

五

现在已经不是邱也夫，而是斯杰潘常常在牢房里读《福音书》。有些犯人在唱下流的歌，有些犯人在听他读和解释所读的东西。有两个人总是一声不响地认真听他读：因杀人而被判服苦役的刽子手马霍尔金，还有瓦西里。马霍尔金在坐牢期间已经两次出去担任刽子手的职责，因为法庭找不到能执行死刑的人。

军事法庭审判了杀害彼得·尼古拉耶维奇一案，两个农民被判处绞刑。当局要马霍尔金到奔萨省去执行绞刑，过去逢到这样的机会他总是立刻写一张便条（他会写字）给省长要求给他几天的伙食津贴。而这回，使典狱长惊讶的是，他宣布他不去，他说他再也不当刽子手了。

"想挨鞭子了是吗？"典狱长叫喊道。

"随你吧，挨鞭子就挨鞭子，反正杀人不合法。"

"你说什么？是从斯杰潘那儿学来的吧？一位坐监牢的预言家出现了，你等着瞧吧。"

六

在这一段时间里，那个涂改息票的中学生玛欣已经读完了中学和大学法律系。由于他得到一个女人——部长的老朋友过去的情妇的青睐，所以尽管他还很年轻，却已经被任命为法院的侦查员。他在债务方面不守信用，专门勾引女人，沉湎于打牌，但他机灵、聪明、记忆力好，总能把事情处理得很圆通。

他担任侦查员后正逢审理斯杰潘的案件。第一次提审斯杰潘，斯杰潘那种朴素的、真实的、平静的回答就使他感到吃惊。玛欣在下意识中感到，这个站在他面前的剃光头的人，虽然戴着镣铐，由两个士兵看守押送，但他完全是自由的，在精神上比他高得不可企及。因此，在审问他时，为了不显得窘困和不知所措，他不断地鼓励自己。更使他惊讶的是，斯杰潘讲自己的事好像不是在讲他自己，而是在讲另一个人在遥远的过去所干的事。

"你不可怜他们吗？"玛欣问。

"不可怜。那时我不明白。"

"那么现在呢?"

斯杰潘忧伤地微笑了一下。

"现在把我放到火上烧,我也不会干那样的事。"

"为什么?"

"因为我明白了,所有的人都是兄弟。"

"那么,我是你的兄弟吗?"

"当然是。"

"我是你的兄弟,怎么又判你服苦役呢?"

"因为你不懂真理。"

"为什么说我不懂真理?"

"如果你判了,你就是不懂真理。"

"哦,我们继续吧。然后你到哪儿去了? ……"

最使玛欣吃惊的是,他听典狱长说斯杰潘影响了刽子手马霍尔金,使他宁可接受惩罚,也不肯执行死刑。

七

在叶洛普金家的晚会上,玛欣对两位富有的待字闺中的小姐大献殷勤。玛欣很有音乐天赋,他出色地为两位小姐唱的罗曼司伴奏和配唱第二声部,唱完以后,他以非常冷漠的态度很真实、详细地(他的记忆力极好)讲了那个感化了刽子手的奇怪犯人的故事。玛欣之所以能那么清楚地记得和复述一切,是因为他对任何与他有交道的人总是抱着一种完全冷漠的态度。他不进入,也不善于进入到别人的心里去,因此他才能如此清楚地记得所发生的一切,记得别人说了些什么、干了些什么。但他对斯杰潘却产生了兴趣。他没有进入到斯杰潘的内心里去，然而他却不由自主地提出了问题：斯杰潘的心里想些什么？他找不到答案，但感到这是个有趣的问题。他在晚会上完整地讲了这件事情：刽子手的变化，以及典狱长所说的斯杰潘的奇怪行为，他怎么读《福音书》，他对同伴们有着怎样强烈的影响。

大家对玛欣的故事都很感兴趣，但最感兴趣的是叶洛普金家的小女儿丽莎。她十八岁，刚从女子学校毕业，刚从她所成长的那种狭窄、黑暗、复杂的环境中醒悟过来，就像一棵刚冒出水面的水草，热切地呼吸着新鲜的空气，她详细地询问玛欣，斯杰潘的身上为什么会发生这样的变化。玛欣告诉她，斯杰潘讲过他的最后一次凶杀，那个善良的女人的柔顺和对死的无所畏惧征服了他，擦亮了他的眼睛，后来他们开始读《福音书》，结果就发生了这一切。

这天夜里，丽莎·叶洛普金久久不能入睡。在她身上，有一种斗争已经进行了好几个月了，斗争的一方是上流社会的生活，她的姐姐竭力要拉她进入其中；另一方是对玛欣的迷恋，这种迷恋与改造他的愿望紧紧联系在一起。后者占了上风。以前她也听说过凶杀，但现在听玛欣详细地讲了玛丽亚·谢苗诺芙娜的故事以后，她受到极大的震动。

丽莎热切地想成为玛丽亚·谢苗诺芙娜那样的人。她很富有，她担心玛欣是为了金钱才追求她的。她决定把自己的田产分掉，并把这个决定告诉了玛欣。

玛欣很高兴有机会表现自己的无私，他对丽莎说，他爱她不是为了金钱，他说这个仁慈的决定使他很感动。丽莎的母亲不同意把田产分掉（田产是父亲给她的），于是丽莎开始和母亲斗争。玛欣支持丽莎，随着斗争的进展，他越来越多地看到了迄今为止对他还是陌生的、丽莎的精神世界的另一面。

八

牢房里大家都睡了。斯杰潘躺在自己的板床上还没有睡着。瓦西里走到他身边，拉拉他的脚，对他眨了眨眼睛，要他起来到他那儿去。斯杰潘从床上爬下来，走到瓦西里身边。

"喂，老兄，"瓦西里说，"你别怕，帮帮我。"

"帮什么？"

"我想逃跑。"

于是瓦西里把自己为逃跑所做的一切准备都告诉了斯杰潘。

"明天我和他们吵架，"他指了指牢房里睡着了的犯人，"他们就会去报告，然后就会把我关到上面去，到那儿我就有办法了。只要你帮忙把我从停尸房的洞口接应出来就行了。"

"这可以的。你要到哪儿去呢？"

"随便到哪儿。难道坏人还少吗？"

"不错，老弟，但不是应该由我们来审判他们。"

"那又怎么样呢，难道我是杀人犯吗？我没有杀过任何一个人。偷算得了什么！那些坏人在干什么？难道他们没有掠夺我们的弟兄吗？"

"那是他们的事。他们将会得到报应。"

"对他们还能讲客气吗？我偷过一座教堂，结果也没得到什么报应。这回我不会去偷小铺子，我要去偷一个大富翁，把他的钱分给好心的人。"

这时有一个犯人起来了，在听他们讲话，他们就分开了。

第二天，瓦西里按计划行动了。他大吵大叫，说面包不熟，唆使所有的犯人要求典狱长来，说他们要提意见。典狱长来了，把大家骂了一通，他得知是瓦西里在背后捣乱，就命令把他关到楼上单人牢房里。

这正是瓦西里想要达到的目的。

九

瓦西里熟悉楼上的单人牢房，他在那儿住过。他知道牢房的地板下可以通到哪儿，他开始拆地板。当他把地板拆开一个洞，就爬了进去，再把楼下的天花板也拆开一个洞，就跳进了楼下的停尸房。这一天停尸房的桌上只躺着一具尸体。停尸房里还堆着许多口袋。瓦西里知道这一点，在牢房里时他就做好了计划。他从停尸房里走出来，走进走廊尽头一间正在修建的厕所里。这间厕所里有一个通气洞从三楼一直通到底楼，再通到地下室。摸清了路，瓦西里又回到停尸房里，把冰冷的死尸身上盖的被单拿下（在拿被单的时候，他碰了碰死尸的手），然后又拿了几只口袋，把它们做成一根布绳。他带着这根布绳走进厕所，把布绳系在横梁上，吊住绳子从通气洞口往下滑。绳子够不着地，差多少也估计不出，他顾不上这些了，就跳了下去。脚受了伤，但还能走。地下室里有两个窗户，可以爬出去，但窗户上装着铁栅栏。得想办法把它们弄断。用什么工具呢？瓦西里开始找。地下室里有几块断木板。他找到一块有尖头的木板，开始用它挖铁栅栏下面的砖头。他干了好久。当公鸡开始叫第二遍的时候，铁栅栏还没弄开。终于有一处挖通了。瓦西里把木板伸进去，用力一撬，铁栅栏整个儿被撬松了，但一块砖头掉下来发出很大的声响。哨兵可能会听到。瓦西里吓得呆住了。但结果没有任何反响。他爬出窗口，他必须翻过围墙逃走。院子的角落里有一间小房子。应该爬到这间小房子上翻墙逃走。还应该随身带一块木板，没有它就不可能爬出去。瓦西里又重新爬回去。当他带着木板再爬出去时，他又吓呆了，他听到哨兵的脚步声。当哨兵转到院子的另一边去了以后，瓦西里走到小房子前，把木板靠在墙上，踩着木板往上爬。但木板滑倒了。瓦西里穿着长袜。他脱下长袜，以便使脚能钩紧木板。他重新把木板竖起来，跳到木板上，用手抓住屋檐。谢天谢地，手抓住了，没有滑落。他抓紧屋檐，脚上了屋顶，哨兵又走了过来，他躺在屋顶上一动也不动。哨兵没发现什么，又走开了。瓦西里站起身，铁皮屋顶在脚下吱吱地响，一步、两步，围墙就在眼前。手已经碰得到围墙了。一只手、两只手，整个身子都上去了。只要跳下去时不摔伤就行了。瓦西里转过身子，用手吊住围墙的顶，一只手松了，另一只手也松了，上帝保佑，跳到地上了。地软绵绵的。脚没伤，他逃跑了。

在城郊，玛拉妮娅打开一扇门，瓦西里钻进了一个温暖的、充满了汗味的被窝。

十

彼得·尼古拉耶维奇的妻子长得高大、丰满、漂亮，但她没有孩子，总是那么安详，像一头不产犊的母牛。她从窗户里看到农民们打死了她的丈夫，把尸体拖到了田野里。看到这场殴打凶杀，娜塔莉亚·伊凡诺芙娜感到的恐惧是那么强烈，它吞没了所有其他的感觉。当人群消失在院子的围墙后面，喧闹声沉寂下来以后，他们家的女仆玛拉妮娅瞪着眼睛赤着脚跑进来，像报告一个好消息似的，说彼得·尼古拉耶维奇被打死了、被扔到了沟里，这时从最初的恐惧的感觉中出现了另一种感觉，她当这个戴一副黑眼镜的专制君主的奴隶已经十九年了。这种感觉使她害怕。她不敢承认它，更不敢对任何人讲。当她丈夫那被打得不成样子的、多毛而发黄的尸体被洗干净、穿上衣服放进棺材里时，她感到害怕，放声大哭。侦查员来调查这个重大案件，把她看作证人询问她，她在侦查员的屋子里看到两个被认定是主犯的农民被绑着。一个是长卷曲的淡黄色络腮胡子的老头儿，他有一张漂亮、平静而严峻的脸。另一个像个茨冈人，年纪不大，有一对又黑又亮的眼睛，头发卷曲而蓬乱。她说，她认得出，就是这两个人先抓住了彼得·尼古拉耶维奇的手。尽管那个像茨冈人一样的农夫眨着眼睛，动着眉毛，带着责备的口气说："罪过啊，太太！我们都要见上帝的啊！"但她一点儿也不同情他们。相反，在侦查取证的过程中，她心中产生了一种敌意，希望报复那些杀死她丈夫的人。

但是，一个月以后，当案件被转到军事法庭，结果八个农民被判服苦役，淡黄胡子的老头儿和黑皮肤的像茨冈人的农夫被判处绞刑的时候，她的心里又感到一种不愉快。然而这种不愉快的感觉在法庭庄严气氛的影响下很快就消失了。她想，如果高级长官认为应该这样，那么这样就是对的。

绞刑在村子里执行。玛拉妮娅穿着新裙子和新鞋子做完礼拜日的午祷回来，告诉太太绞架已经竖起来了，刽子手星期三从莫斯科来。被判处绞刑者的家属不停地号哭，全村都能听到。

娜塔莉亚·伊凡诺芙娜不出家门，以免看到绞架和村民们，她只有一个愿望：该进行的事尽快进行，尽快结束。她只想自己，而不去想被判刑的人以及他们的家属。

十一

　　星期二，与娜塔莉亚·伊凡诺芙娜熟悉的县警察局长顺道来看她。娜塔莉亚·伊凡诺芙娜用她自己做的伏特加酒和腌蘑菇招待他。警察局长喝了酒，吃了腌蘑菇，然后告诉她，绞刑明天不能执行了。

　　"怎么啦？为什么？"

　　"是桩奇怪的事。找不到刽子手。我儿子告诉我，莫斯科有个刽子手，读了《福音书》以后就说他不能再杀人了。他自己因为杀人而被判服苦役，而现在忽然不能再杀人了。别人警告他，说要用鞭子揍他，他说，就是用鞭子揍他，他也不能再杀人。"

　　娜塔莉亚忽然为自己内心的想法脸红甚至出汗了。

　　"现在就不可能赦免他们了吗？"

　　"怎么赦免？法庭已经判决了。只有皇上才能赦免。"

　　"怎样才能使皇上知道呢？"

　　"可以请求特赦。"

　　"但是要知道，是为了我才处死他们的呀。"笨拙的娜塔莉亚·伊凡诺芙娜说，"而我却去请求特赦。"

　　警察局长笑了。

　　"那有什么呢，去请求吧！"

　　"可以吗？"

　　"当然可以。"

　　"但现在怎么来得及呢？"

"可以打电报。"

"打给皇上?"

"是的,可以打给皇上。"

那个刽子手宁可受处罚也不肯来执行绞刑的消息忽然改变了娜塔莉亚·伊凡诺芙娜的心。痛苦和恐惧的感觉几次朝外冲击,终于决堤而出,淹没了她。

"菲利普·瓦西里耶维奇,亲爱的,替我拟一份电报吧。我要请求皇上特赦。"

警察局长摇了摇头。

"如果因此而要处罚我们呢?"

"我负责任。我不提到您。"

"这个好心肠的婆娘。"警察局长想,"多好的婆娘。如果我家里的那位也是这样,天堂就在我身边了。"

警察局长拟了一份给皇上的电报:"尊敬的陛下:您的子民、被农民打死的八等文官彼得·尼古拉耶维奇·斯文吉茨基的遗孀叩请陛下赦免(警察局长特别欣赏这一句)被判死刑的两个农民。某某省某某县某某区某某村。"

警察局长亲自把电报发了出去,娜塔莉亚·伊凡诺芙娜的心里感到高兴和舒畅了。她认为,只要她、被害者的遗孀请求赦免,皇上是不会不恩准的。

十二

丽莎·叶洛普金处在一种不断的兴奋状态中。她在基督教的生活道路上走得越远,她就越相信这条道路是正确的,她的心里也就越感到高兴。

她现在有两个近期的目标：一个目标是尽快地使玛欣恢复善良的、美好的天性。她爱他，在爱情的光芒中，他的心灵中与众人一样的美好的方面对她敞开了。

另一个目标是不再做有钱人。她想把财产分了，既为了考验玛欣，也为自己的灵魂。她想照《福音书》上的教导去做。她开始着手分，但她的父亲阻止她，而且突然冒出了许多请求者，有亲自来的，有写信来的，要求得到财产。于是她决定去找一位以自己圣洁的行为而闻名的长老，把财产交给他，让他去处理，分给真正需要的人。她的父亲得知这一点后生气了，在激烈的争吵中称她是疯子，精神变态，并说要采取措施，像对付精神病人一样限制她的行动。

父亲的那种生气的、激动的语气感染了她，她还没来得及好好想一下，就满怀怨恨地哭起来，对她的父亲说粗鲁的话，称他是暴君，甚至说他是自私自利的人。

后来她又请求父亲原谅，他说他不生气，但她看出他受了伤害，心里并不原谅她。她不想对玛欣说这件事。姐姐妒忌她和玛欣的关系，和她很疏远。她找不到一个人可以让她对之倾诉和忏悔。

"应该向上帝忏悔。"她对自己说。当时正逢大斋期，她决定戒斋和对神父忏悔，说出一切，请他指点她该怎么办。

离城不远的地方有一所修道院，里面有一位长老，他的圣洁的生活，他的教导和预言，以及他能治好许多人的病这一切使他闻名遐迩。

长老收到了丽莎父亲的信，他在信中告诉长老，丽莎将来拜访他，信中谈到丽莎不正常的、兴奋的精神状态，表示相信长老一定能使她回到正确的，即中庸的、善良的、基督教的生活道路上，而不破坏现有的生活环境。

长老接待丽莎时因为已经接待了很多人而感到疲倦了，他平静地劝导她对现有的生活环境和父母亲要平和、顺从。丽莎沉默着，脸红了，冒汗了。但当长老讲完以后，她含着眼泪开始诉说，起先她胆怯地提到耶稣说的话："抛开双亲跟我走"，后来她越来越有勇气，她把她对基督教的理解完整地说了出来。长老起先微微笑着，用一些普通的教义反驳她，但后来他沉默了，开始叹气，只是不断地说："啊，上帝啊。"

"好吧，明天你再来忏悔吧。"长老说，并用一只布满皱纹的手给她祝福。

第二天，长老听了她的忏悔，没有继续昨天的谈话，简洁地说明了拒绝接受和处置她的财产，就让她走了。

这个姑娘的纯洁、热情和对上帝的意志的无限热忱使长老感到震惊。他早就想隐居起来，但修道院需要他的活动。这种活动能给修道院带来收入。他同意了，尽管他模糊地感到他所处的状态是完全不正确的。别人把他奉为圣人和能创造奇迹的人，但他实际上却是个意志软弱的人，对人世间的功名很感兴趣。这个姑娘对他敞开自己的心灵，这件事启迪了他，他看出，他离自己所希望的目标有多远，他的心到底向往什么。

丽莎来拜访过以后，他立刻把自己锁在修道室里，过了三个星期他才出来，走进教堂去主持弥撒，做完弥撒以后他开始布道，在布道中，他自己做了忏悔，接着又指出世界的罪恶，号召大家忏悔。此后，他每两个星期布一次道。来听他布道的人越来越多。他的布道者的名声越传越远。他的布道中有一种特别的、勇敢的、真诚的东西。正因为如此，他有力地影响着人们。

十三

瓦西里做了他想做的事。他和同伙夜里爬进大富翁克拉斯诺布佐夫的家里。他知道这个大富翁是个吝啬和淫荡的人。他爬进书房，偷了三万卢布。瓦西里做了他想做的事。他甚至不再喝酒了，他把钱分给那些贫穷的新娘。他替她们还清债务，使她们顺利出嫁，而他自己却隐姓埋名躲藏起来。他只关心怎样把钱分得尽可能地好。他也分给警察一些钱，他们就不找他了。

他的心里很快乐。当他再次被抓到的时候，他在法庭上自豪地笑着说：钱放在大肚皮的有钱人那儿不好，他们的钱多得都不知道怎么数。我替他们把钱分掉，帮助了那些善良的人。

他的话是那么快乐、善良，陪审员几乎都要认为他无罪。结果他被判处流放。

他表示感谢，并说他一定去。

十四

娜塔莉亚·伊凡诺芙娜给皇上的电报没有产生任何作用。侍从室起初甚至认为不必把这件事报告皇上，但皇上在吃早饭的时候有人谈到了这个案件，于是侍从室长官就报告了被害者的遗孀打来电报的事。

"她这是很仁慈的。"皇室的一位夫人说。皇上叹了一口气，耸了耸肩，带穗的肩章跟着晃动了几下，说了两个字："法律。"他放下高脚酒杯，侍从就在杯子里倒满了咝咝冒气的摩泽尔酒。大家做出一副表情，似乎都对皇上所说的话的绝妙感到惊讶。后来就再也没有提到电报的事。两个农民，年老的和年轻的，就被一个从喀山调来的鞑靼刽子手、一个兽奸者残酷地绞死了。

被绞死的老头儿的妻子想给丈夫穿一件白裖子，裹一条白的包脚布，穿一双新皮靴，但当局不允许，他们在公墓围墙外挖了个坑就把两人埋了。

"索菲亚·符拉基米洛芙娜公爵夫人对我说，他是个了不起的布道者。"有一次沙皇的母亲、年老的皇太后对儿子说，"请他到大教堂来布一次道吧。"

"不，最好到宫中来。"沙皇说。他下令邀请伊西多尔长老。

将军们全都聚集在宫中教堂里。这次新颖的、不平常的布道是一件大事。

一个银发的瘦削的老人走了进来，扫视了大家一下，说了句"以圣父、圣子、圣灵的名义"，就开始布道了。

起初布道进行得很好，但后来却越来越糟。"他越来越具有侵略性了。"正如后来皇太后所说的。他猛烈地抨击一切。他谈到了死刑。他认为采取死刑是一种糟糕的统治方法。难道在基督教的国家里可以杀人吗？大家面面相觑，大家都清楚地知道发生了多么令人尴尬的局面，皇上会多么的不高兴，但谁也没讲一句话。当伊西多尔最后说了声"阿门"以后，总主教走到他跟前，请他到他那儿去。

与总主教和总检察长谈过话以后，长老立刻就被送回修道院去

297

了，但不是回原来的修道院，而是送到苏兹达尔修道院，米哈伊尔神父是这个修道院的院长。

十五

　　所有的人都装出这样的一副样子，似乎伊西多尔的布道并没有产生什么不愉快的结果，谁也不提及它。沙皇也觉得，长老的话并没有在他身上留下任何影响。但第二天，他有两次想到那两个农民的死刑，想到被害者的遗孀请求赦免那两个农民的电报。白天先是阅兵式，然后是游艺会，再以后是接见大臣、吃午饭、晚上去剧院。像平常一样，沙皇一躺下就睡着了。但半夜里，一个噩梦把他吓醒：田野里竖着一个绞架，几具尸体悬在绞架上晃动着，死者的舌头伸了出来，而且越伸越长，有人在喊着："都是你干的，都是你干的!"沙皇醒了，出了一身汗。他开始思索。他第一次想到他肩上的责任，他想起了长老说的全部的话……
　　他隔得远远地把自己看作是一个普通意义上的人，由于各个方面对作为沙皇的他提出种种要求，因此他就不可能服从作为一个人的要求。要承认作为一个人的要求比作为沙皇的要求更重要，他没有这份勇气。

十六

　　普洛科菲第二次在监狱里坐满了刑期，这个机灵的、自尊的、爱打扮的小伙子出狱时就变成了一个完全没有出息的人。他头脑清楚，但却什么也不干，无论父亲怎么骂他，他总是只吃饭不干活，而且他还总是想弄点什么东西到小酒馆去换酒喝。他常常坐在那儿咳嗽、吐痰。他去找医生，医生听了听他的胸部，摇着头说：

"老弟，你所需要的东西你没有。"

"就是说，我就永远是这样了?"

"多喝点儿牛奶，少抽烟。"

"今天是斋日，连牛奶也没有。"

一个春天的晚上，他整夜睡不着，他难受极了，想喝酒。家里已经没有东西可换酒喝了。他戴上帽子走出门去。他沿着街道走着，走到神父的住宅前。辅祭家门口的篱笆上靠着一把钯子。普洛科菲走上前去，把钯子往肩上一扛，就朝小酒店走去。"也许能给我一杯酒。"他还没来得及走远，辅祭就走出屋子来到台阶上。天已经大亮了，他看见普洛科菲偷走了他的钯子。

"喂，你这是干什么?"

人们走了出来，抓住普洛科菲，把他送进看守所。乡村法庭判他坐十一个月的牢。

秋天，普洛科菲被送进了监狱医院。他不停地咳嗽，整个胸部都要咳炸了。他没有火烤。若是他强壮一些，还可能不发抖。但他却白天黑夜都不停地发抖。典狱长为了节省木柴，规定十一月以前医院不许烤火。普洛科菲不仅肉体痛苦，更糟的是他精神上也痛苦。大家都和他作对，他仇恨所有的人：那个辅祭，不让他烤火的典狱长，值班的看守，邻床那个嘴唇又红又肿的人。他恨这个新来的苦役犯。这个苦役犯就是斯杰潘。他脸上生了疮，被送进医院，与普洛科菲邻床。普洛科菲起先恨他，但后来却开始爱他，因为普洛科菲希望与他谈话，只有与他谈话以后，普洛科菲的痛苦才能减轻些。

299

斯杰潘总是对大家讲自己最后一次杀人的事，以及这件事怎样改变了他。

"她没有大叫，"他说，"她只是在说话，她说，你不用可怜我，可怜可怜自己吧！"

"当然，毁灭一个灵魂是可怕的，有一次，我杀一只绵羊，我自己也不快活。我什么人也没杀过，这些坏蛋，他们干吗要毁了我。我没对任何人做过坏事……"

"没关系，善有善报，恶有恶报。"

"什么时候得报？"

"怎么，你不相信上帝吗？"

"我没见过他，老兄，我不相信。我想，人一死，坟上长起一堆草。一切就完了。"

"你怎么能这样想！我杀过几个人，而她，那个可怜的人，却只知道帮助别人。你想，我和她会得到同样的报应吗？不，不会的……"

"那么，你认为，人死了，灵魂还活着吗？"

"那当然。这是肯定的。"

普洛科菲病得要死了，他已经快喘不过气来了。但在最后一刻，他忽然轻松了。他把斯杰潘喊到跟前：

"喂，老兄，再见了。大概，我就要死了，以前我怕死，但现在我不怕了，我只希望快点。"

普洛科菲死在医院里。

十七

叶甫盖尼·米哈伊洛维奇的生意越做越糟。店被抵押了。生意没有，因为城里有人新开了另一家同样的商店，利息却催得紧。再借钱又要再付利息。结果，他的店和所有的货物都面临被拍卖的危险。叶甫盖尼·米哈伊洛维奇和他的妻子四处奔走，但就是借不到他们急需的四百卢布来挽救他们的生意。

只剩下一个小小的希望，大商人克拉斯诺布佐夫的情妇与叶甫盖尼·米哈伊洛维奇的妻子是熟人。现在全城的人都知道，克拉斯诺布佐夫被偷了一大笔钱，据说，被偷了五十万卢布。

"你猜谁偷的?"妻子对叶甫盖尼·米哈伊洛维奇说，"瓦西里，我们家以前的守院人。据说，他拿这笔钱到处挥霍，把警察也收买了。"

"这个坏蛋，"叶甫盖尼·米哈伊洛维奇说，"当年他就那么随随便便地违背诺言走了。我无论如何没有想到。"

"听说，他到我们院子里来过。厨娘说，肯定是他。她说，他救济过十四个要出嫁的穷新娘。"

"哦，他们瞎编的吧。"

这时，一个穿棉布上衣的奇怪的中年人走进店里。

"你要什么?"

"有一封信给您。"

"谁的?"

"里面写着。"

"哦，要回音吗? 你等一等。"

"不需要。"

奇怪的人放下信就匆匆地走了。

"奇怪!"

叶甫盖尼·米哈伊洛维奇拆开厚厚的信封,简直不相信自己的眼睛:一百卢布的纸币。一共四张。怎么回事?信封里有一张文句不通的字条:"《福音书》上说,要以善报恶。为了假息票,你对我和那个农民作了恶,但我原谅你,把这四百卢布拿去,记住你的守院人瓦西里。"

"不,这太奇怪了。"叶甫盖尼·米哈伊洛维奇对妻子和自己说,以后,每逢他想起或对妻子说到这件事,他的眼泪就流了出来,心里就充满了快乐。

十八

在苏兹达尔城的监狱里关着十四个神职人员,他们大多是因为犯下了违反东正教教规的行为。伊西多尔长老也被送到了这儿。米哈伊尔照公文收下了他,没有与他谈话,吩咐把他送进一个单独的房间,像对待要犯一样。伊西多尔在监狱里待到第三个星期时,米哈伊尔来巡视被关押的人。走到伊西多尔跟前,他问:"需要什么东西吗?"

"我需要很多东西,但我不能当着大家的面讲。让我和你单独谈一谈。"

他们互相对看了一眼,米哈伊尔明白了,伊西多尔什么也不怕。他吩咐把伊西多尔带到自己的房间里。当他们俩单独相对的时候,他说:

"喂,你说吧。"

伊西多尔跪了下来。

"老弟!"他说,"你干了些什么?可怜可怜你自己吧。要知道世界上没有比你更坏的人,你亵渎了一切神圣的东西……"

过了一个月,米哈伊尔签署了一张命令,把伊西多尔和另外七个人作为悔过了的人予以释放,他自己则获准到一个修道院去隐居了。

十九

十年过去了。

米佳·斯莫科夫尼柯夫读完了技术专科学校,以一个工资很高的工程师的身份被派往西伯利亚勘探金矿。他即将动身到工区去。校长建议他带苦役犯斯杰潘·彼拉盖尤施金同行。

"为什么带苦役犯?难道不危险吗?"

"同他在一起一点儿也不危险。这是个圣人。无论你问谁。"

"那他是怎么回事?"

校长笑了。

"他杀过六个人,但现在是个圣人。我可以保证。"

于是米佳·斯莫科夫尼柯夫带着斯杰潘——一个秃顶、消瘦、皮肤晒得黑黑的人动身了。

一路上,斯杰潘尽力照顾所有的人,像照顾自己的孩子一样照顾米佳。他对米佳讲了自己全部的历史,以及他现在是怎样和为什么要这样生活。

奇怪的是,在此以前,米佳·斯莫科夫尼柯夫的生活内容只是吃、喝、打牌和玩女人，而现在却第一次开始思考生活的意义，这种思考一直伴随着他，使他的心灵扩展得越来越宽广。有人给他一个收入更高的位置，他拒绝了。他决定就在当地买一个庄园并结婚，尽可能地为民众服务。

二十

米佳这样做了。在此以前他到父亲那儿去过一趟。父亲续弦以后他与父亲的关系不好。现在他决定与父亲和好。他这样做了。父亲感到很惊奇，对米佳笑了。后来也不再责骂他，并且想起了在许多地方，他是对不起米佳的。

1880—1904 年

伊利亚斯

从前乌法省有个巴什基尔人名叫伊利亚斯。父亲留给他的家产不多。他结婚才一年，父亲就去世了。当时伊利亚斯只有七匹母马、两头母牛、二十只绵羊。但他是个会当家的人，他开始积聚财产：夫妻俩起得最早、睡得最迟，从早忙到晚，于是一年年富裕起来。伊利亚斯就这样辛勤劳动了三十五年，积聚了一大份家产。

伊利亚斯一共有二百匹马、一百五十头牛和一千二百只羊。雇工们替他放马和牛羊，女仆们挤马奶、牛奶，做马奶酒、奶油和干酪。伊利亚斯家里什么东西都很充足，周围的人都挺羡慕他。大家说："伊利亚斯真是个福人，样样都有，再快活不过了。"有身份的人都认识他，同他来往。有的人甚至从很远的地方来找他。伊利亚斯对来找他的人一律接待，请他们吃喝。无论什么人来，都要给他喝马奶酒和茶，吃鱼汤和羊肉。客人一来，就宰一两只羊，如果客人多，还要杀马。

伊利亚斯有两个儿子、一个女儿。儿子都已成婚，女儿也已出嫁。当伊利亚斯还穷的时候，两个儿子同他一起劳动，放马放羊。等他富了以后，儿子们就变得娇生惯养了，有一个还喝上了酒。大儿子打架被人打死，小儿子娶了一个骄傲的媳妇以后就不听他的话了。伊利亚斯没有办法，只好同他分家。

伊利亚斯跟小儿子分家的时候，给了小儿子一座房子和一些牲口，他的家产就减少了。分家后不久，伊利亚斯的羊闹病，死了许多。接着是荒年，入冬时没干草可储存，那年冬天又死了不少牲口。再后来最好的一群马给吉尔吉斯人抢走了，伊利亚斯的家产大大地减少了。他的境况越来越差。等他活到七十岁的时候，他竟开始靠卖东西过日子了。他卖了皮袄、毯子、马鞍、房子，最后把牲口也都卖光了，他变得一无所有。他自己也不知道是怎么变得两手空空了的。已经这么老了，他还不得不同妻子寄人篱下。他的全部家产只剩下身上的衣服、一件皮袄、一顶帽子、一双便鞋和一双皮鞋，他的妻子莎姆·谢玛吉也是老太婆了。分了家的儿子早已远走他乡，女儿也死了。没人来照顾两位老人。

邻居穆罕默德·沙赫可怜这两位老人。他自己不穷也不富，日子过得平平常常，是个好人。他想起伊利亚斯以前多么好客，很同情他，对他说："伊利亚斯，你就同老伴儿到我家来住吧。夏天你量力而行，替我在瓜田里干点儿活儿。冬天你就喂喂牲口，莎姆·谢玛吉就挤挤马奶，做做马奶酒吧。我包你们有吃有穿，你们要什么只管说，我会给你们的。"伊利亚斯向邻居道了谢，就带着妻子到他家去当雇工了。起先他们觉得很累，后来也习惯了。他们就这样过日子，尽力干活。

主人收留他们很合算，因为两位老人都是会当家的人，样样都懂，又不偷懒，总是尽力干活。只是主人看到以前那么有地位的人，如今落到这步田地，觉得挺可怜他们。

有一天，亲家从老远的地方来到穆罕默德·沙赫家里，阿訇也来了。主人吩咐宰羊。伊利亚斯把羊剥了皮，开了膛，煮熟了端给客人。客人们吃完羊肉、喝过茶以后，开始喝马奶酒。客人和主人都坐在地毯上，还垫着绒毛垫子，边喝酒边聊天。伊利亚斯收拾完东西，从门口走过。主人看见了他，就对客人说：

"你看见这个从门口走过的老头儿了吗？"

"看见了，"客人说，"他有什么奇特的地方吗？"

"是有奇特的地方，他本来是我们这儿最富有的人，名叫伊利亚斯，也许你听说过？"

"怎么没听说过，"客人说，"虽然没见过他，但早就听说过他的大名。"

"现在他变得一无所有，在我家当雇工。他老伴儿也跟他一样，在我家挤马奶。"

客人感到惊奇，弹弹舌头，摇着头说：

"是啊，看来幸福也像车轮一样，在飞快地转动，一会儿把人举起来，一会儿又把人放下去。怎么样，我说，那老头儿伤心吗？"

"谁知道啊，他不声不响，挺温和的，活儿干得很好。"

客人说：

"能跟他谈谈吗？问问他日子过得怎么样。"

"当然可以。"主人说，接着他朝门外喊道：

"老爷子，你来，喝点马奶酒，把老太婆也喊来。"

伊利亚斯带着妻子走进屋子。他先向客人和主人问了好，念了祈祷文，然后才在门边盘腿坐下。他妻子走到帘子后面去同女主人坐在一起。

主人递给伊利亚斯一碗马奶酒。伊利亚斯对主人和客人祝了酒，又鞠了一躬，抿了一口，然后放下碗。

"老爷子，"一位客人对他说，"你看着我们，再想想你以前过的日子，你心里难过吗？从前幸福的时候日子是怎么过的，现在落难了日子又是怎么过的？"

伊利亚斯笑了笑，说：

"让我来对你讲我的幸福和不幸，你可能不相信。你最好问我的老伴儿，她们女人心里想什么，嘴上就讲什么。她会把真实情况全都告诉你。"

客人就问坐在帘子后面的人：

"喂，老奶奶，你说说，你怎么看你们以前的幸福日子和现在的不幸？"

莎姆·谢玛吉在帘子后面说：

"我是这么看的：我和老头子一同过了五十年，我们一直在寻找幸福，但没有找到。我们什么东西也没了以后，就到这儿来做雇工，这已经是第二年了，现在我们倒找到了真正的幸福，别的我们什么都不需要。"

客人感到惊奇，主人也感到惊奇，竟站起身掀开帘子，想看看老太婆。老太婆把双手交叉着放在胸前，站在那儿微笑，看着自己的老头子。老头子也在微笑。老太婆继续说：

"我说的都是真话，不是在说笑话。我们找幸福找了五十年，我们有钱的时候一直找不到，现在什么也没有了，出来当雇工，反而找到了幸福，而且是再好不过的幸福。"

"那么你们现在的幸福是什么呢？"

"是这样：我们有钱的时候，我和老头子没一刻空闲。没工夫谈心，没工夫想灵魂的事，也没工夫向上帝祈祷。有多少事情要操心啊！客人来了，得操心用什么去招待，送什么礼品，人家才不讲我们的闲话。客人走了，我们得去看看雇工是不是总想偷懒，偷着吃喝。我们还得时时当心，别丢了什么东西。真是受罪啊。操心的事还多着呢，狼有没有咬了马驹和牛犊啊，贼有没有把马群赶走啊。躺到床上也睡不着，母羊有没有把小羊羔压死啊？夜里还得起来去看看。刚放下心，又要操心怎么储存过冬的饲料啊？这还不算，我跟老头子总是意见不一致。他说要那么办，我说要这么办，然后就吵起来，真是罪过啊。我们操心这个，操心那个，一桩罪过，又一桩罪过，总是找不到幸福的日子。"

"那么现在呢？"

"现在我跟老头子从一大早起，讲起话来就总是恩恩爱爱、和和气气，我们没什么可争吵的，也没什么可操心的，只想着怎么替主人干活。我们尽力干活，高高兴兴地干，不让主人吃亏，还要有赚头。干完活回来，有中饭吃，有晚饭吃，还有马奶酒喝。冷了可以烧干粪烤火，也有皮袄。现在有工夫谈谈话了，也有工夫想想自己的灵魂，向上帝祈祷了。我们找幸福找了五十年，现在才找到了。"

客人们笑了起来。

伊利亚斯说：

"弟兄们，请不要笑，这不是笑话，而是人生啊。我跟老伴儿以前很蠢，失去了财产伤心得直哭，现在上帝让我们明白了真理，我们把这真理讲给你们听不是为了安慰自己，而是为你们好。"

阿訇说：

"这是智慧的话，伊利亚斯讲的句句是真理，经书上也是这么写的。"

客人们不再笑了，大家都沉思起来。

1885 年

魔高一尺，道高一丈

古时候有一个善良的主人。他有很多财产，成群的奴仆侍候他。奴仆们都夸自己的主人。他们说："天底下没有比我们的主人更好的主人了。他让我们吃得好、穿得好，派我们干的活儿也合适，从不侮辱人，也不对谁作恶，不像有的主人折磨自己的奴仆比折磨牲口还厉害，不管有错没错都要处罚，从不讲一句好话。我们的主人总想让我们好，为我们做好事，对我们说好话。我们不需要更好的生活了。"

奴仆们就这样夸自己的主人。但是魔鬼看到奴仆们生活得好，看到奴仆们和主人相亲相爱，他心里不舒服。于是他设法控制了这位主人的一个名叫阿列布的奴仆。控制了他以后，魔鬼就叫他去诱惑其他的奴仆。当所有的奴仆在一起休息并夸奖自己的主人的时候，阿列布说：

"弟兄们，你们用不着这样夸我们的主人。如果我们这样去讨好魔鬼，魔鬼也会发善心的。我们把主人侍候得这样周到，样样使他满意。他刚转了个念头，我们就猜到了他的心思，就照他的意思去做了。他能不对我们好吗？要是我们不再讨好他，使他的坏，他也会像别的主人一样，对我们使坏，也许比最坏的主人还要坏呢。"

其他的奴仆同阿列布争论起来。他们争论了一会儿，然后打了赌。阿列布去惹善良的主人发火，条件是，如果主人不发火，那么他就把过节穿的衣服交出来；如果主人发火了，那么其他的奴仆就得都把自己过节穿的衣服给阿列布。而且，如果主人要给他戴铁镣，大家就得在主人面前替他求情；如果主人要把他关进监牢，大家就得想办法把他放出来。打完赌，阿列布答应第二天早晨去惹主人发火。

阿列布在主人的羊圈里干活，看管一群珍贵的良种公羊。第二天早晨，善良的主人陪客人来到羊圈里，把他心爱的良种公羊指给客人看，这时，被魔鬼控制了的阿列布对他的伙伴们眨了眨眼睛，意思是：

"瞧吧，我这就去惹主人发火。"

奴仆们都来了，站在门外和栅栏边朝里看，而魔鬼则爬到树上，从那儿向院子里张望，看他的奴隶怎样为他效力。主人在羊圈里走来走去，把母羊和羊羔指给客人看，他还想把一只最好的公羊指给客人看。

"所有的公羊都很好，但这一只双角笔直的公羊是无价之宝，它对我比我的眼睛还珍贵。"

公羊母羊看到有人来就躲开，满院子地跑，客人没法看清哪一只是最珍贵的公羊。当那只公羊刚一站定，魔鬼的奴隶就去惊吓母羊，而且装作是无意的样子，于是羊群又混乱起来。客人们还是没法看清究竟哪只是无价之宝的公羊。主人耐不住了，说：

"阿列布，亲爱的朋友，劳你驾，小心一点把那只双角笔直的公羊给我逮住，抓好它。"

主人刚说完，阿列布就像一头狮子似的扑到羊群中间，揪住那只珍贵的公羊身上的毛。他一只手抓住公羊的毛，另一只手抓住羊的左后腿，当着主人的面把它朝上一折，像折一根树枝一样，羊腿啪的一声断了。公羊咩咩地叫着，跪倒在地上。阿列布又抓起它的右后腿，羊的左后腿脱臼了，像根鞭子似的垂了下来。客人和奴仆全都惊呆了，而魔鬼看到阿列布替它干事干得这么聪明，非常高兴。主人气得脸色发青，他皱着眉，低下头，一句话也没说。客人和奴仆们也都一声不响。他们在等着看会发生什么事。主人沉默了一会儿，然后抖了抖身子，似乎想从身上甩掉什么东西。接着他抬起头，望着天。他望了一会儿，脸上的皱纹渐渐舒展开来，露出了微笑。他看着阿列布，说：

"哦，阿列布，阿列布！你的主人命令你惹我发火。但我的主人比你的主人更有力量。你没能惹我发火，我倒要惹你的主人发火。你不是害怕我惩罚你吗？你不是希望获得自由吗？阿列布，你听好，我不惩罚你，而且，既然你希望自由，我就当着客人的面宣布让你自由。带上你过节穿的衣服，你爱到哪儿就到哪儿去吧！"

善良的主人陪客人进屋去了。而魔鬼恨得咬牙切齿，从树上掉下来，陷进地里去了。

1885 年

小姑娘比大人聪明

这一年复活节来得早。雪橇刚刚才收起，外面还积着雪，但融化的雪水已经在村里流淌。两个院子之间的小巷里有个大水洼，这是从一个厩肥堆底下流出来的水积成的。两个小姑娘，一个大些，另一个小些，从两家的院子里走出来，走到水洼边。两个小姑娘的母亲都给她们穿了新的无袖长裙。小些的穿的是蓝裙子，大些的穿的是印花的黄裙子。两个小姑娘都系着红头巾。午祷结束以后，两个小姑娘来到水洼边，她们都把自己的漂亮衣服展示给对方看，然后开始玩儿。她们想玩水。小些的想穿着皮鞋下水去，大些的说：

"玛拉莎，别下去，妈妈会骂的。我要把鞋脱掉，你也脱了吧。"

两个小姑娘脱了鞋，提起长裙，从水洼两头面对面地向中间走去。玛拉莎走到水齐脚踝的地方，说：

"水挺深的，阿库莉卡，我怕。"

"没关系，"阿库莉卡说，"水不会更深了。你一直朝我这边走。"

两个小姑娘渐渐靠近了。阿库莉卡说：

"玛拉莎，你慢慢走，当心水别溅到我身上。"

话刚讲完，玛拉莎的脚扑通一下踩到水里，泥水溅到了阿库莉卡的裙子上。裙子脏了，鼻子上、眼睛里也都溅了泥水。阿库莉卡看到裙子脏了，很生玛拉莎的气，就骂她，还要跑过去打她。玛拉莎看到自己惹了祸，吓得从水洼里跳出来，想跑回家去。阿库莉卡的母亲经过这儿，看见女儿的裙子和衬衣都脏了，就问：

"坏东西，你这是怎么搞的?"

"是玛拉莎故意溅的。"

阿库莉卡的母亲抓住玛拉莎，在她后脑勺上打了一下。玛拉莎哭得满街都听见了。玛拉莎的母亲走了出来。

"你干吗打我女儿?"她开始骂她的邻居。你一句，我一句，两个婆娘越骂越凶。她们的男人也跳出来，街上聚了一大堆人。大家都在叫喊，谁也不听谁的。骂呀骂呀，一个推了另一个一下，然后大家就打起来。这时，阿库莉卡的奶奶走出来，走到男人们中间劝道：

"乡亲们，这几天是什么日子啊? 应该高兴才是，可你们却作这样的孽。"

大家不听老太婆的话，还差点儿把她撞倒。要不是有阿库莉卡和玛拉莎，老太婆后来也不可能把他们劝住。当婆娘们在对骂的时候，阿库莉卡擦了擦自己的裙子，又向小巷里的水洼走去。她捡了一块小石头，在地上挖一条沟，好让水洼里的水流到街上去。她在挖的时候，玛拉莎也过来帮她的忙，用一块木片把沟开大些。男人们开始打架的时候，水洼里的水已经沿着小姑娘们开的沟流到街上，又流入小溪了。小姑娘把木片扔进水里，木片顺着水流一直漂到街上，漂到男人们打架的地方。两个小姑娘跑着，一个在小溪的这一边，一个在小溪的那一边。

314

"抓住，玛拉莎，抓住！"阿库莉卡喊道。玛拉莎也想说什么，但是笑得说不出来。

两个小姑娘看到木片在水中一沉一浮，边跑边笑。她们一直跑到男人们中间。老太婆看见她们，对男人们说：

"你们就不怕上帝吗？你们这些男人，为了两个小姑娘打架，而她们早就忘了吵架的事，又相亲相爱地在一起玩儿了。她们比你们聪明！"

男人们看看两个小姑娘，感到很羞愧。他们自我嘲笑着回到各自的院子里去了。

"你们若不回转，变成小孩的样式，断不得进天国。"

1885 年

忏悔的罪人

这个人就说:"耶稣啊,你的国降临的时候,求你记念我。"耶稣对他说:"我实在告诉你,今日你要同我在乐园里了。"(《路加福音》第23章第42、43节)

从前有个七十来岁的人,他的一生都是在罪恶中度过的。后来这个人病了,但仍不忏悔。直到临死前的最后一刻,他才哭着说:"主啊,求你像宽恕钉在十字架上的强盗一样宽恕我吧!"他刚说完这句话,灵魂就出了窍。这个罪人的灵魂敬仰上帝,相信上帝的仁慈,来到天堂门口。

他敲天堂的门,请求进入天国。

他听到门内传出一个声音:

"什么人在敲天堂的门?这个人一生中做过些什么事?"

一个起诉者的声音历数了这个人的所有罪行,没有提到任何一件善行。

门内的声音说:

"罪人不能进天国。走开吧!"

这人说:

"主啊！我听到了你的声音，但没看见你的脸，也不知道你的名字。"

那声音回答道：

"我是使徒彼得。"

罪人说：

"怜悯我吧，使徒彼得，请想一想人的弱点和上帝的仁慈。你不是做过基督的门徒吗？你不是听他亲口讲过道，并且见过他是怎样生活的吗？你回想一下，他那时心里很忧伤，三次要求你别睡，要祷告，而你却睡着了，因为你的眼睛困倦，他三次都发现你睡着了。我也是这样。

"你再回想一下，你曾经亲口答应他，即使必须和他一同死也不会不认他，但当人们把他带到大祭司该亚法那儿去以后，你却三次不认他。我也是这样。

"你再回想一下，鸡叫了以后，你就出去痛哭了。我也是这样。你不该不放我进来。"

天堂大门后面的声音不响了。

罪人等了一会儿，又敲起门来，要求进天国。

他听到门内另一个声音说：

"这是谁？他在世上是怎样度过自己的一生的？"

起诉者又把罪人所有的恶行重复了一遍，没有提到他有任何善行。

门内的声音说：

"走开吧，这样的罪人不能同我们一起在天堂里生活。"

"主啊！我听到了你的声音，但没看见你的脸，也不知道你的名字。"

317

那声音对他说：

"我是先知大卫王。"

罪人没有绝望，没有离开天堂的大门。他又说：

"怜悯我吧，大卫王，请想一想人的软弱和上帝的仁慈。上帝爱你，使你比众人伟大。你拥有一切王国、荣誉、财富、妻妾、儿女，但是当你站在王宫的平顶上看见一个穷人的妻子时，罪孽就进入了你心中，你夺走了乌利亚的妻子，还借亚门人的剑杀死了乌利亚。你很富有，但却夺走了穷人的最后一只羔羊，还把他毁了。我也是这样。

"你再想一想，后来你忏悔了，你说：'我认识了自己的过错，为自己所犯的罪孽而痛心。'我也是这样。你不该不放我进去。"

门内的声音不响了。

罪人又等了一会儿，再去敲门，请求让他进天国。他听到门内有第三个声音说：

"这是什么人？他在世上的一生是怎样度过的？"

起诉者第三次历数了这个人的恶行，没提到任何一件善行。

门内的声音说：

"走开吧，罪人不能进天国。"

罪人说：

"我听到了你的声音，但是看不见你的脸，也不知道你的名字。"

那声音回答道：

"我是耶稣所喜爱的门徒约翰。"

罪人高兴了，他说：

"这回不会不放我进去了。如果彼得和大卫放我进去，是因为他们知道人的软弱和上帝的仁慈。如果你放我进去是因为你的心中充满了爱。难道不是你，圣约翰，在你写的书中说：上帝就是爱，没有爱心的，就不认识上帝？不是你在年老的时候还对人们说过这句话：'亲爱的弟兄啊，我们应当彼此相爱。'现在你怎么能恨我、赶我走呢？要么你否认自己说过的话，要么你就爱我，让我进天国。"

于是天堂的大门打开了，约翰拥抱了忏悔的罪人，让他进了天国。

1886 年

鸡蛋大的麦粒

孩子们在山谷里发现一个东西，它像鸡蛋那么大，中间有一道沟，很像一粒麦子。一个过路人看见孩子们手里的这个东西，就用一个五戈比的铜币买了下来，把它带到城里，作为一件稀奇的东西卖给皇帝。

皇帝把智人们召来，命令他们辨认这是什么东西，是鸡蛋还是麦粒？智人们左看右看，谁也回答不出来。这东西放在窗台上，一只母鸡飞过来，把它啄了个洞，大家才看出，这是一颗麦粒。智人们去报告皇帝："这是一粒黑麦。"

皇帝感到很惊奇。他又命令智人们去弄清楚，什么时候，在什么地方，长过这样的麦子。智人们想了又想，查了各种各样的书，什么结论也没得出来。他们去报告皇帝：

"我们回答不出来。书上没谈这个问题。应该去问农民，看看老人们中间有没有人听说过，什么时候，在什么地方，长过这样的麦子。"

皇帝派人去找一个老农民来见他。他们找到一个很老的老头儿，把他带来见皇帝。老头儿的皮色已经发青，牙齿全没了，他撑着两根拐杖吃力地走进来。

皇帝把麦粒拿给他看，老头儿的眼睛已经看不大见了，他一半靠看，一半靠摸。

皇帝问他：

"老爷爷，你知道不知道，什么地方长过这样的麦子？你在自家地里有没有种过这样的麦子？或者从前在什么地方买过这样的麦子？"

老头儿的耳朵也是聋的。他费了好大的劲儿才听清楚了，又费了好大的劲儿才明白了。他回答道：

"我在自家地里没种过这样的麦子，没收过，也没买过。我们开始买粮食的时候，麦粒就同现在的一样小了。得去问我爹，也许他听说过，哪儿长过这样的麦子。"

皇帝派人去找这个老头儿的父亲，命令把他带来。老头儿的父亲找到了，被带到了皇帝面前。他是撑着一根拐杖来的。皇帝把麦粒拿给他看。他的眼睛还看得见，而且看得挺清楚。皇帝问他：

"老头子，你知道不知道，什么地方长过这样的麦子？你在自家地里有没有种过这样的麦子？或者从前在什么地方买过这样的麦子？"

老头子的耳朵虽然有点聋，但听得比他儿子清楚。

"不，"他说，"我在自家地里没种过这样的粮食，也没收过，更没买过。我没买过，是因为我们那个时候还没有那种在工厂里造出来的钱币。大家都吃自己种的粮食，要是没吃的了，就相互匀一下。我不知道哪儿长过这样的麦子。虽然我们那个时候的麦子比现在出粒多、颗粒大，但像这么大的麦粒我没见过。听我爹说，他们那个时候的粮食长得比我们那个时候还要好，出粒更多，颗粒更大。应该去问他。"

321

皇帝派人去找这个老头子的父亲。老爷子找到了，被带来见皇帝。他来见皇帝时没撑拐杖，走得很轻快。他耳聪目明，说话清楚。皇帝把麦粒给他看。他看了看，又拿在手里翻转了几下，说：

"我好久没见过这种古老的粮食了。"

老爷子把麦粒放在嘴上咬了一口，又嚼了几下。

"就是这种。"他说。

"老爷爷，请你告诉我，什么地方长这种麦子？你在自家地里种过这种粮食吗？或者在你们那个时候你从别人手中买过这种麦子？"

老爷子说：

"我们那个时候到处都长这种粮食。我一辈子吃的是这种粮食，给别人吃的也是这种。"

皇帝又问：

"那么，老爷爷，请你告诉我，你是在什么地方买这种麦子，还是在自家地里种这种麦子？"

老爷子笑着说：

"我们那个时候谁也不会想到去作这种孽，去买卖粮食。也不知道什么是钱。大家的粮食都足够吃的。我自己就种过这种麦子，我自己收，自己打。"

皇帝再问：

"那么，老爷爷，你再告诉我，你在哪儿种过这种粮食？你的地在哪儿？"

老爷子说：

"我的地是上帝的地。我在哪儿耕，哪儿就是我的地。那个时候地不属于任何人。我们不知道自己的地，只知道自己的劳动。"

322

"请你再告诉我两件事，"皇帝说，"第一，为什么从前地里长这样的麦子，而现在不长了？第二，为什么你的孙子走路撑两根拐杖，你的儿子走路撑一根拐杖，而你却走得非常轻快，而且你的眼睛好、牙齿结实、说话清楚、语气和蔼？老爷爷，你说，这是为什么？"

老爷子说：

"这都是因为人们不靠自己的劳动生活了，而变得眼馋别人的劳动。古时候人们不是这样生活的：古时候人们听上帝的话，只拿自己的东西，不贪别人的东西。"

1886 年

两兄弟和金币

古时候，离耶路撒冷城不远的地方，有两个亲兄弟，哥哥叫阿法纳西，弟弟叫约翰。他们住在山上，离城不远，靠别人施舍东西给他们为生。两兄弟每天干活。他们不是为自己干活，而是为穷人干活。哪儿有难干的活儿，有病人、孤儿、寡妇，兄弟俩就到哪儿去干活，干完活离开时不收任何报酬。兄弟俩就这样平时各干各的，到星期六晚上才回家。星期天一天他们待在家中，祷告，谈心。天使也到他们家中来，为他们祝福。星期一他们又各自去为别人干活。兄弟俩就这样生活了许多年，天使每星期都到他们家来，为他们祝福。

有一回星期一，兄弟俩出门去干活，他们已经分了手，正朝不同的方向走去，哥哥阿法纳西忽然觉得舍不得与亲爱的弟弟分手，便停下脚步，回头看了一眼。弟弟约翰低着头往前走，没有回头看。忽然约翰也站住了，似乎发现了什么东西。他把手遮在眉前，目不转睛地朝那边看着。然后他走到他刚才盯着看的地方，忽然又跳开，头也不回地跑下山，又跑上另一座山，远远地离开那个地方，就像有只猛兽在后面追赶他一样。阿法纳西觉得奇怪，他转身朝那个地方走去，想弄清楚是什么东西使他弟弟这么害怕。他走近

324

了些，发现有什么东西在阳光下闪闪发亮。他再走近些，看见草地上有一堆金币，像是从斗里倒出来的一样，大约有两捧。这堆金币和弟弟的一跳使阿法纳西觉得更加奇怪。

"他干吗害怕？为什么逃走？"阿法纳西想，"金子本身没罪，有罪的是人。金子可以用来作恶，也可以用来行善。这堆金币能使多少孤儿寡妇有饭吃，使多少没衣服穿的人穿上衣服，使多少残疾人得到治疗！我们现在为别人服务，但由于我们力量小，所以我们服务的范围就小，如果有了这些金币，我们就能为更多的人服务。"阿法纳西这样想了一会儿，他打算把这些想法告诉弟弟，但约翰已经走远了，他已经登上了另一座山，看上去像只小甲虫似的。

于是，阿法纳西脱下外衣，包了一大包他勉强能拿得动的金币，扛到肩上，进城去了。他来到一家旅店，把金币存在老板那儿，又去拿其余的金币。他把所有的金币都拿来以后，就去找商人买了城里的一块地，买了石料、木料，雇了工人，开始盖房子。阿法纳西在城里住了三个月，盖成了三座房子：一座用来给孤儿寡妇住，另一座用来做医院，治疗病残的人，第三座用来收容流浪汉和乞丐。阿法纳西又找来三位虔诚的长老，让一位管理孤儿院，一位管理医院，一位管理收容所。最后阿法纳西还剩下三千金币。他给了每位长老一千金币，让他们分给穷人。三座房子渐渐住满了人，大家都称赞阿法纳西所做的事。阿法纳西为此很高兴，甚至不想离开这座城市了。但他爱自己的弟弟，因此他就告别了城里的人，一个金币也没拿，还穿着进城时穿的那套旧衣服，回自己的家去了。

阿法纳西走到自己的家所在的那座山下时，心里想："弟弟看见金币就跳开逃走，他的看法不正确。我这样做难道不是更好吗？"

325

阿法纳西刚这样想，忽然看见常来给他们祝福的那位天使站在路中间，很威严地看着他。阿法纳西呆住了，说：

"主啊，这是为什么？"

天使开口说：

"走开。你不配同你弟弟住在一起。你弟弟的那一跳比你用金币所做的一切更可贵。"

阿法纳西告诉天使，他养活了多少穷人和流浪汉，收留了多少孤儿。天使对他说：

"是魔鬼教你说这些话的，他把金币放在那儿，目的就是引诱你。"

这时，阿法纳西的良心也揭发他，他终于认识到，他做那些事不是为了上帝。他哭了，开始忏悔。

于是天使给他让开了路，约翰已经站在路上，正在等他。从此阿法纳西不再受把金币放在地上的那个魔鬼的引诱，他认识到，不能以金币，而只能以劳动为上帝和人们服务。

两兄弟又开始像从前那样生活了。

1885 年

图书在版编目（CIP）数据

人依何为生：托尔斯泰道德小说选 /（俄罗斯）列夫·托尔斯泰著；许海燕译. — 北京：商务印书馆，2022

ISBN 978 - 7 - 100 - 12382 - 2

Ⅰ. ①人…　Ⅱ. ①列… ②许…　Ⅲ. ①短篇小说 — 俄罗斯 — 近代　Ⅳ. ①I512.44

中国版本图书馆 CIP 数据核字（2016）第160031号

权利保留，侵权必究。

人 依 何 为 生
托尔斯泰道德小说选
〔俄〕列夫·托尔斯泰　著

许海燕　译

———————————————————

商 务 印 书 馆 出 版
（北京王府井大街36号　邮政编码 100710）
商 务 印 书 馆 发 行
山西人民印刷有限责任公司印刷
ISBN　978 - 7 - 100 - 12382 - 2

———————————————————

2023年1月第1版　　　　开本 889×1194　1/32
2023年1月第1次印刷　　　印张 10½

定价：68.00元

圣，叶利塞在半路上用自己的路费救助了一个贫困得快饿死的家庭，结果没能去成耶路撒冷，但叶菲姆却在耶路撒冷的圣殿里三次看见他的身影。在《纵火容易灭火难》中，农民加夫里洛和伊凡两家为小事争吵，以恶对恶，导致仇恨越来越深。加夫里洛纵火烧伊凡家的房子，结果把自己家的房子也烧了。《趁有光，在光中走》描写了基督教刚产生的时代，一个罗马帝国境内的富商怎样皈依基督教的故事，说明光是富裕并不能使人获得幸福，只有心怀仁爱，尽力帮助别人，才能获得真正的安宁和幸福……总之，托尔斯泰借这些寓意明显的故事，直接地表达了他的一个重要思想——天国并不抽象，它就存在于人类的友爱之中。

许海燕于南京范大学随园
2022 年 9 月

译 序

19世纪的俄国，曾出现过灿若群星的一大批作家，而其中列夫·托尔斯泰无疑是最伟大的一个。

托尔斯泰一生不仅创作了《战争与和平》《安娜·卡列尼娜》和《复活》三大部长篇小说，还创作过大量的中短篇小说。

托尔斯泰从青年时代开始，在探索社会问题的同时，也一直在紧张地探索人生的意义问题和人应该怎样生活的问题。19世纪70年代末、80年代初，托尔斯泰终于形成了他的"托尔斯泰主义"，其核心内容就是博爱、仁慈、宽恕，不以暴力抗恶和道德自我完善。

托尔斯泰在形成了他的"托尔斯泰主义"以后，创作和改编了不少具有明显哲理劝谕色彩的小说和故事，这些小说和故事是浅显易懂的，但其中包含的哲理却是深刻的，给人的记忆是难忘的。在《人依何为生》中，被贬谪到人间的天使在靴匠谢缅家中终于明白了上帝叫他弄明白的问题——人依何为生：人不是依靠对自己的关心而生存的，人是依靠对别人的爱而生存的。在《哪儿有爱，哪儿就有上帝》中，靴匠马丁因为同情并帮助冻坏了的铲雪老人、陌生的妇女和挨打的小孩，因而就在自己的屋里见到了上帝，也真正领悟了仁爱能使人的生活富有意义，能给人以幸福的道理。《两个老人》中的叶菲姆和叶利塞去耶路撒冷朝

i

中译本译自 *Рассказы*, Лев Толстой. *Полное собрание сочинений в 90 томах*. Том 25–26. Государственное издательство художественной литературы, 1928–1958

人依何为生

〔俄〕列夫·托尔斯泰 著

许海燕 译

Лев Николаевич Толстой

托尔斯泰道德小说选

商务印书馆
The Commercial Press